金丙

著

图书在版编目（CIP）数据

再冬 / 金丙著. -- 南京：江苏凤凰文艺出版社，2023.8
ISBN 978-7-5594-7273-1

Ⅰ.①再… Ⅱ.①金… Ⅲ.①长篇小说 – 中国 – 当代 Ⅳ.① I247.5

中国版本图书馆 CIP 数据核字 (2022) 第 209293 号

再冬

金丙 著

出版统筹	曾英姿
责任编辑	张 倩
特约编辑	朵 爷 王小明
装帧设计	苏 茶 李 娟
出版发行	江苏凤凰文艺出版社
	南京市中央路 165 号，邮编：210009
网 址	http://www.jswenyi.com
印 刷	湖南天闻新华印务有限公司
开 本	880mm×1230mm 1/32
印 张	10
字 数	297 千字
版 次	2023 年 8 月第 1 版
印 次	2023 年 8 月第 1 次印刷
书 号	ISBN 978-7-5594-7273-1
定 价	46.80 元

江苏凤凰文艺版图书凡印刷、装订错误，可向出版社调换，联系电话 025 – 83280257

目 录 Contents

第一天
001

第二天
048

第三天
085

第四天
122

第五天
179

目 录
Contents

番外一
小阳春

262

番外二
小四季

283

番外三
遇见你之后，四季都是你

308

[第一天]

· · ·　　· · ·　　· · ·

ZAI DONG

喻见在打瞌睡，可惜不成功，邻座人的开口时间和她的入睡时刻重合，每当她感觉自己即将跌进梦乡，那人就开始说话。

"还剩最后一块巧克力了，吃点儿？"

大约见她没反应，对方继续："从早上到现在得有十二小时了，你一点儿都不吃怎么行，回头晕在外面，还不得上热搜？先对付一口，这是黑巧克力，吃不胖。"

深更半夜，头等舱里极其安静，这人也怕扰民，说话声一直压得很低。

喻见的适应能力还行，听着听着，下巴又开始往下点了点。

"欸，这几天都没见你着急，我还想，粉丝管你叫仙女，你真有点儿那不食人间烟火的味儿，结果，你家里头一出事，你就不吃不喝了，还是孝顺！真孝顺！"

这人殷勤道："但越是关键时候，身体越不能垮啊。你也别太着急上火，我这趟陪你回来，不就是来帮你解决事情的吗，保管你到时候能轻轻松松回北京！"

飞机广播夹杂在对方的念叨声中，喻见掏了掏耳朵，睁开双眼，尚未适应光线，先见到边上凑来的一张神情殷切的大脸。

喻见在对方期待的目光下开口了："我睡着了，你刚在跟我说话？声音太小了，你知道我听力不太好。"她又指着机舱顶，"像广播这声音可以。"

——是飞机即将着陆的预告。

经纪人笑容一垮，闭上嘴巴。

夜里的机场远比白日的醒目，因为夜里有灯光，灯光聚焦之下，万物分毫毕现。

喻见望着舷窗外发了会儿呆，终于准备下机。她顺了下头发，穿上黑色羽绒服，把拉链拉到下巴。没戴口罩，她用围巾包住半张脸，再把羽绒服的帽子戴上。

本来脸就巴掌大，毛茸茸的帽子耷拉下来，连眼睛都快掩藏起来了。

经纪人赞许地点头："好，好，你爹妈都认不出你！"

喻见戳了下额头上毛茸茸的帽子，目不斜视地往前走。

这几天，她就像是灯下的飞蛾，无论走到哪儿，都是万众瞩目，但这次回程纯属临时起意。

傍晚父母上了新闻，两小时后她就准备动身，大约有几分运气，所以此刻一路从 VIP（贵宾）通道出来，都没见到任何镜头。

经纪人放松下来，他一直帮她推着行李箱："你表妹到了没？"

喻见点了下头。她的视线只有一条缝，缝中看见的全是脚。

脚步匆匆的是旅人，静止的是等待者。

她每次回来，表妹都会在同一个地方等她，这次也不例外。

"姐？"喻见包裹得这么严实，表妹还是有点儿迟疑的。

喻见领着经纪人走近，她揉了下表妹的头，再看向表妹身旁的男人："小林。"

表妹抿嘴笑，表妹夫无可奈何地跟喻见打招呼："先上车，你爸妈在家给你做了夜宵。"

说完，他又帮着把行李放到后备厢。

表妹夫比喻见大七岁，她随心所欲惯了，每次都这样称呼对方。

"这是我的新经纪人，蔡晋同。"喻见顺便介绍。

几人客气两句后坐上车，蔡晋同这张嘴又开始不停地说了："喻见，你们家的人这颜值也太逆天了，看看你妹妹和妹夫，随时都能出道啊！"

表妹坐在副驾驶座上，朝开车的丈夫说："夸你帅呢！"

表妹夫笑了笑。

表妹又回头跟他们说："对了，伤者已经醒了。"

"什么？这么快？！"蔡晋同惊讶。

"嗯，我知道你们在飞机上，就没给你发微信。"表妹对喻见道。

喻见上车后没摘下围巾，也没摘帽子，她戳了下帽子上的毛，朝蔡晋同瞥了一眼。

蔡晋同这时说："谢天谢地，我真怕他醒不过来！"

喻见收回视线，问："他情况怎么样？"

表妹蹙眉："外伤没什么事，就是后脑勺有点儿擦破，包扎好就完了。"

"这么说是内伤？"蔡晋同问。

003

"也不是，"表妹道，"他失忆了，医生诊断是逆行性失忆。"

蔡晋同目瞪口呆："啊？"

喻见把毛茸茸的一团戳开，露出双眼，像听到天方夜谭，毕竟失忆这种事只常出现在电视里。

"他什么都不记得了？"她问。

整件事说来也是飞来横祸。

喻父喻母经营着一家小饭店二十余年，饭店的名气越做越大，上过新闻，见过报，在本地也算家喻户晓，一直无风无浪。谁能料到今天下午饭店的招牌突然掉落，差点儿砸中一个小孩，小孩恰巧被一名离店的食客所救，食客本人却被砸倒，当场昏迷不醒。

原本这也只是一桩不大不小的社会新闻，但因为喻见，才成了轰动的娱乐新闻头条。

"他全都不记得了，包括自己叫什么，有什么家人。"

车里暖气太足，喻见把围巾扯松，仍没打算摘下来。

表妹接着说："他的手机也找不到了，估计是出事之后被谁捡走了，店里的人已经在查监控。他就剩了个钱包，幸好里面有身份证，我们才知道他叫孟冬。"

蔡晋同："孟东？孟子的孟，东南西北的东？"

表妹："不是，是冬天的冬。"

喻见露出了鼻子，她的手还搭在围巾上，时间似乎流走一秒，她问："哪里人？"

"哦，看了身份证，不是本地的，他是S省的。"

这并不算什么好消息，相反，等媒体知晓，能做的文章会更多。表妹夫为了缓和车内的气氛，说："还有件有意思的事，他刚一见到佳宝，就说好像在哪儿见过她。"

表妹回想起来，露出一点儿笑意："我直播完，才看到我老公给我发的微信，说他醒了。后来我赶到医院，本来他是一直坐在床上不说话的，结果我一走近，他就直直地盯着我。看得我都不自在了，他才说好像在哪

004

儿见过我。结果,是病房里的电视机正播着我们台。"

而她是卫视台《晚间新闻》的主持人。

目前情况就是这样,时间太晚,他们去不了医院,一切都只能等到明天。

车子开到预订好的酒店,蔡晋同下车拿出行李,又敲了敲喻见这边的车窗。

喻见按下窗户。

"明天我去接你,还是你来接我?"

"我八点过来。"喻见回道。

蔡晋同走了,车启动,喻见没再关窗。围巾一直戴着,她这会儿才打算摘下,手一扯,竟然扯出一根毛线——大约是之前扯松围巾时被羽绒服的拉链钩住了。

"欸——"表妹已经换到后座,她凑近帮忙,"我来。"

表妹夫把车内灯打开,给她们照明。

喻见垂眸盯着自己的围巾:"那个小孩怎么样?"

表妹说:"小孩没事。"

"他父母没提赔偿?"

"他爸妈都是饭店的常客,他妈妈还是我朋友,有机会介绍你认识。"围巾被解救出来,表妹说,"回家让舅妈帮你钩一下就好了。"

车窗开得大,风吹乱了喻见的长发,她按着窗户开关,按一下,松一下,车窗升得断断续续的。经过凹凸不平的路段,车子颠簸,她没系安全带,后背落了空,她心底又突然腾起那种熟悉的感觉。

从起飞到落地,这次回程时长两个半钟头。几年间她到处飞,天南地北,每次落地,她总有种说不清道不明的落差感。

并不是在高处待久后骤然落地的那种落差,大约是,"旅程后的终点,并不是她的终点"的那种落差。

脚下始终落空,可她又不知道到底是因为什么。

窗外似乎雾蒙蒙的,喻见终于将车窗升到顶,一个呼吸间,玻璃变得朦胧。

喻见抬手去擦，视线依旧像被笼着一层轻纱。

是外面起雾了——晚上少见。

转眼到家，别墅里灯火通明，喻见站在门口就闻到扑鼻而来的菜香。她脱掉羽绒服，随手扔在沙发上，新鲜空气扑面而来，整个人都轻松了。她等不及洗手，先跑去餐桌前夹了一筷子肉。

微卷的发尾垂到桌上，快挨上盘子，喻见捞住头发，将菜塞了满嘴，才去洗手。

喻母跟进卫生间唠叨："你慢点儿吃，大晚上吃肉不消化，不给你吃，又怕你馋，我就怕你又胃痛。"

喻父把椅子拉开，招呼外甥女和外甥女婿："佳宝、小林，快坐下先吃，开这么久的车，累了吧？"

二老还不知道伤者已醒又失忆的事，表妹怕他们干着急，打算当面说。

喻见再回到餐桌前，将长发一扎，坐下后，把双脚也放在拖鞋外面，撸起袖子，露出两只纤细的手腕："先吃吧，吃完再聊。"

喻父、喻母："对、对，先吃。"

吃完后，表妹也没见喻见跟舅舅、舅妈说正事。临走前，她用眼神询问，喻见只轻描淡写地回了一句："几点了，还睡不睡觉？万事有我。"

表妹一想也是，现在说了，舅舅、舅妈一定一夜无眠。

把父母哄回房间，喻见自己却没什么睡意，明明在飞机上还打瞌睡。

她洗完澡，又去健身房走了几步。

这栋别墅是她在七年前为父母购置的，原本想让他们享福养老，可他们更热衷于忙忙碌碌，又没有请人打扫卫生的概念，像这种平常无人使用的健身房，自然积了一层灰。

她回来的次数很少，上次回家还是两个月前参加表妹的婚礼。

喻见拿了块抹布擦拭机器，她不习惯做家务，才抹几下，就开始觉得累，结束了这次的劳动。

翌日清早，喻见坐在车里，在一片晨雾中缓速前行。

昨晚的雾没散,今早越发浓,喻见没看天气预报,不知道外面的能见度是多少,但记忆中已很久没见过这样的大雾天了。

接上蔡晋同,对方依旧喋喋不休,她闷在围巾里偶尔才回一两个字。

他们抵达医院,单人间病房里空无一人,找护士一问,护士说病人散步去了。

"散步?"蔡晋同大惊小怪,"他能走了?"

护士说:"他腿脚好着呢。"

蔡晋同了解完病情,走到阳台,顺着喻见的视线往外望,嘀咕着:"这个孟冬也真够行的,这种天气都能起大早散步,看来咱们不用太担心了。"

病房在十二楼,并不算多高,但已给人一种云雾缭绕之感,仿佛这里是深山小屋,四野荒芜。

"乖乖,"蔡晋同感慨,"你看这雾多久能散?"

在高处看久了,好像能让人陷进去,忘记今夕何夕,身处何地,沉沦在茫茫中。

喻见无意识地摊开手掌接了下雾,什么都没有。

蔡晋同看得莫名其妙。

喻见将手插回口袋,回屋里等。

她不喜欢等待,所有等待的时间对她来说都是一片毫无意义的空白。

如果时间是条看得见、摸得着的线,那么另一端的人才是收与放的掌控者。对方收起线,她才抵达,放开线,她则滞留。她站在这一端,历经漫长而又枯燥的时光,面对的却是未知。

她能否等到,全由对方说了算。

等待的那段时间是属于另一方的,她宁愿发呆虚度自己的光阴,也不乐意期盼他人的收或放。

喻见从小沙发上起来。

蔡晋同见她要出门,问了声:"你去哪儿?"

"散步。"

"……"

她不走远,就在住院楼附近漫无目的地游荡。起初她想拉下围巾,后来又收回手，围巾仍遮挡着她的脸，浓雾中没人多看她一眼。

她还穿着昨天那一身，黑色羽绒服的面料是哑光的，沾水尤其明显。

喻见摸了下衣袖，有点儿潮，雾中水汽浓重。

兜了一圈，又将回到起点，她慢吞吞地行走，将手伸出口袋，在眼前这片空白中接了一掌心雾气。

雨有水，雪有花，风也有四方飞絮，雾始终空空。

什么都没抓着，她正要放下手，空气中隐约传来鞋底摩擦地面的声音。

她的耳朵这么好使了？

脚步稍顿，喻见侧耳。

前方影影绰绰出现一抹深灰，她的围巾有点儿耷拉下来，她往上提，重新遮住鼻子。

大概因为雾太大，医院的路灯没关，那盏昏黄的灯下，那抹深灰逐渐清晰。

他十分高大，穿着件灰色长羊绒大衣，底下露出蓝色病号服，脚上一双皮鞋。

他高鼻深目，棱角分明。

噔——

噔——

走近，他稍停，目光在她脸上滑过。

喻见捕捉到了对方的眼神，几分深邃，又有几分阴沉，像不见底的深渊，她难以形容，刚接的那一掌心的雾似乎生出一丝凉意。

对方没停留，她见到他后脑勺上贴着纱布，在原地又站了几秒，才缓缓跟上他的脚步。

即使是在这种不便出行的天气，医院依旧人来人往。电梯门开，一群人蜂拥着往里挤。喻见随手戴上帽子，安静地站到角落。

走走停停，电梯到八楼时，里面只剩她和那抹深灰。这时口袋里的手机振动，她拿出来看了眼，脸包裹得太严实，人脸无法识别，只能输密码。

微信是喻母发来的，父母不习惯打字，平常都发语音。

轿厢门锃光瓦亮,她注意到身后的男人始终看着楼层数字。

喻见把手机换到左手,举起贴住左耳。

"见见,你到医院了吗?怎么样啦?"

喻见到现在还没把伤者失忆的事告诉父母。她清早出门时,父母想跟她一道来,也被她拦下了。

她低头回复,电梯的门再次打开,她先一步走出电梯。身后的人不疾不徐,越过她走向走廊深处。

喻见回完信息,才慢吞吞地朝病房走。小护士们早已知道她出现在这里,目光有意无意地聚拢过来,倒没人敢上前。

喻见走到病房门口,房门关得严严实实,听不到里面半点儿声音。透过玻璃往里看,只见到经纪人的后脑勺,她叩了两下门,再转动门把手。

"欸,回来啦?"蔡晋同快步过来,又小声问,"撞没撞见记者?"

喻见摇头。

她迟早还是要被拍的。这趟亲自过来见伤者就是公司制定的公关计划之一,要不是伤者失忆这回事让人匪夷所思,打得人措手不及,这会儿他们已经在进行下一步了。

蔡晋同顺手关上门,回头向室内的男人介绍:"这位就是喻见,她爸妈就是那家饭店的老板,昨天咱们一知道您这边的情况,就连夜从北京赶来了!您看,您对她有没有什么印象?"

男人朝着喻见的方向不吭声,蔡晋同顺着他的视线看过去,才发现喻见仍是一副裹得严严实实的样子,就连双眼上也搭着毛茸茸的帽子。

蔡晋同给喻见递了个眼神。

蔡晋同是北方人,比喻见高一个头,男人站在蔡晋同的边上,比蔡晋同还高半指。

那身灰色羊绒大衣还穿在他的身上,是他。喻见这才把双手拿出口袋,她先拿下帽子,再一圈一圈地摘围巾。

长长的毛线围巾从肩膀两侧垂下来,她顺手一撩背后的浓密长发。

棕色长发在空中微扬,发尾打着卷,像绕着人的手指。她的眼睛不再被掩藏,日光灯下,偏棕色的眼瞳明亮澄澈,即使隔着段距离,也能看见她睫毛的开合。让人不经意地想探出手指，缠住她的发尾，再慢慢游走至她的长睫，指尖微痒，仿佛真的被挠了。

长久站在聚光灯下的人，在灰暗的阴天也藏不住自己的光芒。

孟冬将视线从这张脸上移开，走了几步，往沙发上一坐。两道视线跟着他。他靠着沙发柔软的靠背，目光再次迎上那道让人无法忽视的视线。

"听说是明星？"

低沉浑厚的音色撩拨着静谧的空气，这声音很像是低音提琴拉出的，却也不完全对，没那么低沉。准确来说的话，喻见觉得应该更像铜管乐器中的上低音号，宽广、深厚且含蓄。

蔡晋同也不知是不是失望："这么说，您还是一点儿记忆都没？"

孟冬斜靠着，胳膊肘搭在扶手上，手指抵着下巴，目光不移一寸："家喻户晓？"

蔡晋同还没来得及开口，边上的人影动了。

窗户没关，有细细的风闯入，房里暖气开得很足，冬日的微风让人在这片温暖中保持住清醒。

喻见在对方膝前站定，伸出右手，俯视着他："喻见。"

过了大约两秒，或者更长时间，孟冬手指离开下巴，迎上前："孟冬。"

两人指腹相触，再轻轻分开。

喻见微笑，在另一张小沙发上落座。

"您今天起得很早，看起来精神不错？"喻见以寒暄开场。

两张沙发相邻，孟冬侧头看了她一会儿，才说："除了头有点儿晕，暂时没出现其他不适。"

"用过早餐了吗？"

"胃口不太好，吃了一点儿。"

"医生有没有说您有什么需要忌口的？"

"今天上午我会做一次详细的身体检查，检查完才知道。"

"如果医生允许，中午我请您吃饭。"喻见道，"人的五感都有记忆，我觉得您可以先回忆一下自己的饮食喜好。"

孟冬点头，像是认可："可以尝试。"

蔡晋同还站在那儿，他挑了下眉。对于喻见的"主动"，他多少有点儿诧异。

他和喻见不熟，喻见近期负面新闻缠身，他也是在这期间成为她新的经纪人。

喻见平常话不多，对公司基本言听计从，有几分人淡如菊的意思，跟银幕上呈现的形象很相符，即使身处麻烦中，也始终一副随遇而安的模样。但偶尔他又觉得不太对，圈里没几个"老实人"。

也许今天他才和她见第一面。

没地方坐，坐在床上也不合适，蔡晋同走近喻见，随意地靠着墙壁，没有抢过话语权。

"那您想吃什么菜系？"喻见问。

"看我身份证上的信息，我是 S 省人，"孟冬说，"那就吃面食吧。"

"您还记得 S 省以面食为主？"

孟冬笑了下："我也还记得语言文字。"他双臂搭在两侧扶手上，跷起腿说，"大夫说失忆这种事没定论，能不能恢复难说，这可能会变成一件持久的事。"

喻见点了点头，没说话。

孟冬等了一会儿，道："昨晚外面汇聚了很多记者，我才知道喻小姐是公众人物。你的闲暇时间应该不多。"

围巾搭在手背上，喻见拎起一头，在指腹间转了转，说："这次的意外，责任在我们，我会负责的。"

蔡晋同后背离墙。

门外护士现身，通知孟冬去做各项检查。

孟冬站了起来，扯了下外衣，羊绒大衣带起风，喻见的发丝拂过嘴唇。

孟冬低头望着对方："我先去做检查，喻小姐随意。"

喻见也起身，说了一句："孟先生心态很好。"

孟冬手插着口袋，低头俯视她，想了下道："大概是因为我比较乐观。"

011

见人跟着护士走了,蔡晋同才开口:"这男人是个麻烦。"

喻见看向他。

"说话滴水不漏,你听听他回答那些问题说的话,针眼大小的洞也能被他说成黑洞!"蔡晋同撇着嘴,"这人很难搞。"

喻见的视线在他脸上转了一圈,没说什么。

蔡晋同又说:"你也不该揽责,这毕竟是你父母的事情。"

喻见朝窗户走去:"记者能让我赖掉?公司也清楚,不然能让你跟我回来?"

"这只是公关策划的一部分,让记者跟踪你再写几篇稿子,这事也就过去了。"蔡晋同看着她说,"看来你很重视你父母,全替你父母担着,也不让他们插手。"

喻见也没否认,她双手搭着窗台,欣赏着什么都看不清的景色。

蔡晋同靠着窗户说:"不如这次写书,就从你父母这边写起。"

喻见瞥了他一眼。

蔡晋同语重心长:"你呀,听我的没错,你看你出道这么久,自己的隐私半点儿不透露,都说什么以为你不食人间烟火,结果这回形象大反转。你要耐得住性子,是可以等外界遗忘了你的负面新闻再露面,但这不是有更好的办法吗?让你的粉丝更了解你,知道你是个什么样的人,知道你的才华是实打实的,好好重塑一下形象——就这么着,从你孝顺父母开始!"

蔡晋同原本没抱希望,他提出写书这主意后,喻见一直没点头,但也许她今天心情不错,竟然回应了他。

"我以前可不孝顺。"喻见说得漫不经心。

蔡晋同站直了:"哦?"

她以前确实不太孝顺。初二那年,她对父母说:"我准备以后当厨子了,要不现在就不念书了!"

父亲乐呵呵地把她说的话当成玩笑,母亲问:"是不是期末考试又考砸了?"

喻见一脸认真:"成绩还没出,不知道。但我说真的,爸,你现在就教我做菜吧，我高中就不念了，回家继承饭店。"

父亲收起笑，母亲按着她的脑袋去卧室："给我去写寒假作业——"

她把父母气得半死。

当晚她窝在卧室，面前横着寒假作业本，耳朵里塞着耳机，MP3 的屏幕上滚动着 Stay Here Forever（《永远待在这里》）的歌词。MP3 的音量不大，所以卧室门一被推开，她就火速摘下耳机，把 MP3 塞到作业本底下。

母亲没心情找碴，说了句："早点儿睡，明天一早我们去坐火车。"

喻见一愣："去哪儿？"

母亲："说了你也不知道，快点儿睡。"

她确实不知道那个叫作芜松的小镇，远在外省，坐火车要二十个小时，之后还要转两趟大巴才能抵达，这是亲戚告知父母的路线。

这是喻见第一次坐火车，寒假期间正是人们回老家的高峰期，火车上人多，一人一口气就把车厢烘暖了。她脱下外套，继续贴着车窗，兴致勃勃地看着铁轨一侧的夜景。

父亲没买上午出发的火车票，买了下午的。他说坐车时间太久，睡一觉醒来到天亮，车上不受罪，出了火车站也方便转车。

母亲从行李包里拿出一次性餐盒，里面是父亲做的卤鹌鹑。

"你少吃点儿，晚上吃多了不好。"母亲说。

喻见抓起鹌鹑就啃："既然不好，那你们少吃点儿，我帮你们吃。"

父母忍不住笑，让她别弄脏毛衣。

她边吃边问："妈，那个阿姨是什么亲戚啊，我以前怎么不知道？"

"她啊，你还记得小外婆吧。"

喻见点了点头。

"她就是你小外公的姐姐的女儿。"

喻见默默在脑中梳理关系，也就是她外婆的妹妹的老公的姐姐的女儿。

"这亲戚关系也太远了。"她抬起一张大花脸，看着坐在对面的母亲。

"餐巾纸呢？"母亲找了找，递给她，"吃得这么油，待会儿不好洗。"

母亲又解释："亲戚关系是远了点儿，但我跟你曲阿姨的关系特别好，所以，她老公过世了，我们一定要走一趟。"

接着，母亲又跟父亲聊："当年我爸病得急，家里拿不出半点儿钱，还是他们家半夜送钱过来的。"

父亲点着头："你以前说过好几次了。"

"这种恩情说一百次都嫌少。"

"所以我不是连饭店都关了，专门陪你来了。"

"你说这次她受不受得了？她人真的特别好，心地善良，有文化，有教养，以前人家请她去特别有名的高中教书，她都不去。她说她老公去哪儿，她就在哪儿。"

喻见吃饱犯困，想着坐火车不用刷牙了，真好。她靠着桌睡，迷迷糊糊间感觉父亲站了起来，把她移了移。她蜷缩着腿，整个人躺在了椅子上。

二十个小时的硬座旅程结束，她的短发也支棱了起来，睁眼见到父亲坐在地上，正靠着母亲的腿休息。

母亲带她去洗漱了一下，接下来是漫长的转车，她昏昏沉沉地抵达芜松镇，最后被寒气弄醒。

芜松镇太冷了，父亲从行李包里掏出他带的军大衣给她披上，总算让她缓了口气。

等见到曲阿姨本人，喻见看着对方明显比母亲大一个辈分的脸，迟疑地没有叫出声。

母亲拍拍她的脑袋："叫人呀。"

她这才张了张嘴："曲阿姨。"

后来她逮着空隙问父亲："曲阿姨年纪这么大啊？"

父亲解释："按照辈分叫的嘛，你妈叫她姐。"

整个过程枯燥难挨，喻见没法睡，坐也坐不住，等听到曲阿姨说灵堂缺点心待客了，要去杂货店买，她一下就打起了精神，自告奋勇："我去，我去，我去呀！"

但怎么可能让她一个小孩夜里去一个陌生的地方买东西，曲阿姨摸摸她的脸，问她会不会骑自行车，接着把车锁的钥匙交给她，让她骑车跟在大孩子后面。

杂货店离这儿不远，她蹬上车，裹着军大衣闯进寒风里，一点儿没觉得冷。

夜里起雾了,路边有条河,滚滚波浪在夜雾下也能看清,她吞着风说:"你们这儿的河水怎么这么黄?"

同行的大伙伴哈哈大笑:"这是黄河呀!"

从杂货店买完糕点,回去的路上,她骑车的速度降下来。她从没见过黄河,打算好好看一看,这一慢,就和大伙伴拉开了距离。她迟疑着要不要停车,突然从侧面冲出来一辆自行车,有人抓住她的军大衣,将她一拽。

"小偷——"

她一下子被拽得落地,自行车砸在她的腿上,她痛得叫起来,几拳头紧跟着捶在她脑袋和后背。

"看我这次不抓着你,让你偷——"

她边尖叫,边反击,和对方撕打起来。

"小阳春——住手——小阳春——小阳——"大伙伴折返回来,一路大喊。

对方终于住了手,她也从军大衣里抬起头,看见的是一张诧异的少年的脸。

咚咚——

"你倒是说说看啊。"蔡晋同敲打窗棂,"你以前干吗了,怎么不孝顺了?"

喻见眨了眨眼,观察着对面的一栋楼——刚来时只能看清那栋楼的一个角,现在仍只能看清一个角,雾一点儿没散。

喻见不答反问:"你说这人真失忆了吗?"

"啊?"蔡晋同眼珠一转,迟疑道,"不会吧,难道这人是打算讹你?"

喻见重新把围巾上几圈,声音闷在毛线里:"你不去陪他做检查?"

蔡晋同点了点头,匆匆走出病房。

孟冬检查完一个项目,正在穿外套,边上的年轻医生抑制不住好奇心,问:"听说喻见来我们医院了?你是不是已经见过她本人了?"

孟冬抻了抻衣领,扫对方一眼,不太走心地"嗯"了声。

年轻医生见他回应，眼睛一亮："她真人怎么样，是不是跟电视里一样，特文艺安静那种？"

另一名检查医生问："她本人好说话吗，有没有耍大牌？"

年轻医生说："喻见低调得很，从来没听说她耍大牌。"

检查医生道："明星都会装而已，没看前段时间的微博热搜，说她……"

年轻医生不理他，只盯着孟冬等答案："她真人怎么样啊？"

孟冬没说她是否文艺安静，而是笑了一下，拉开诊室的门，淡声回了一句："很漂亮。"

关上门，他正好看见喻见的经纪人坐在对面的金属椅子上。

"孟先生，检查完了？"蔡晋同起身上前。

孟冬扬了下手上的单子："还有。"

蔡晋同一看，检查项目繁多，也不知是不是因为可以报销，所以对方趁机来一个全身体检。

蔡晋同说："我担心您的身体情况，陪您一道吧。"

"喻小姐呢？"孟冬问。

"她在病房等，您知道的，医院里人太多了，她不太方便走动。"

孟冬无所谓，随便让蔡晋同跟着他。

两人兜完一圈，快中午了，部分检查报告要下午才能取，但从已有结果的几项检查来看，孟冬除了头部的外伤和少量瘀血，身体状况十分好。

医生说他平日一定有健身的习惯，身体素质强过很多同龄人，假如下午的报告没有问题，他随时就能出院。

蔡晋同对孟冬道："看样子孟先生不用担心了。"

孟冬边折报告单，边说："但愿我的记忆能慢慢恢复。"

蔡晋同觉得自己听出了潜台词，对方时刻都在提醒他——这件事没完。

既然检查结束，就该吃午饭了，孟冬要回病房换衣服，两人一道返回住院部十二楼。病房门被反锁了，孟冬没能转动门把手。

"嗯？"蔡晋同诧异。

孟冬直接敲门，叩了两下，门没开，蔡晋同掏出手机准备给喻见打电话。

孟冬没在意，继续叩着门，在敲到第五下时，门打开了。走道里信号不好，蔡晋同的电话还没能拨出去。

喻见开完门转身，边走边用手指梳理了一下微乱的头发。

蔡晋同问："怎么反锁了，有记者？"

"刚在睡觉。"昨晚在家里没能睡好，她刚才趁机补了一觉。

拿上手机，喻见道："现在去吃饭？"

蔡晋同没料到喻见会在这间病房里睡觉，有几分无语，他觉得自己至今连她的两分真性情都没摸透。

孟冬倒是若无其事地拿了衣服径自去卫生间换了。

离医院不远就有一家有名的面馆，从医院出来，直走过天桥就能到，所以用不着开车。喻见重新将自己包裹住，领着两人朝那儿走。

大白天马路上全是车灯光，这种情况极少见，或者说蔡晋同从没见过。他顺手在手机上搜了一下天气，跟两人道："这能见度说高了吧。"

天桥上行人如织，自动扶梯坏了，前面立着一块检修的牌子。蔡晋同正要走楼梯，转眼就见喻见拐了个弯，孟冬跟得比他及时，他收回脚，也跟了上去。

喻见走到玻璃电梯门口，按了键，等了一会儿，门打开，三人坐电梯上天桥。

下了天桥，面馆就在视线能及的地方。

午饭时间，面馆里座无虚席，蔡晋同正要问有没有包厢，喻见已经报上姓氏和蔡晋同的手机号。她在他们二人满医院转的时候已经预订了。

点了面条和几道小菜，喻见问孟冬还需不需要什么，孟冬问："有没有茶？"

喻见说："只有免费的茶。"

蔡晋同叫服务生上了一壶茶。

孟冬脱下外套，把衣服搁在一旁的椅背上，羊绒大衣的背部有些污渍和破损，他身上的毛衣倒是完好。

蔡晋同看到后说："稍晚我帮您去买几套换洗衣物。"

"我就不客气了。"孟冬喝着茶,直接道。

蔡晋同笑着:"当然,这本来就是我们应该做的。其实跟您相处了一上午,我觉得您也是个爽快人,咱们能认识,多多少少也有点儿缘分。我看咱们不如都少点儿客气,别成天先生来、小姐去的,直接叫名字得了。我跟您一般岁数,您可以直接叫我小蔡。"

孟冬问坐在另一边的喻见:"公共场合能直接称呼喻小姐的名字?"

她还是全副武装的状态,也不知什么神情,就听她回了一句:"您应该不会大声喊。"

孟冬看向蔡晋同:"那二位也不用说'您'了,太见外。"

蔡晋同顺着道:"咱中国就是礼仪之邦,非得整个'您'和'你'的区别出来,从现在开始,咱们就抛弃这些麻烦的礼节。"他又起身斟茶,"今天能跟孟哥相识,我先敬你一杯!"

蔡晋同实际年龄比孟冬还大两岁,叫人家"孟哥",脸也不红。

等面和菜上齐,喻见摘下围巾说:"这家面馆在这儿很有名,开了三代了,用料都很实在。"

蔡晋同问:"你以前常来?"

"偶尔来,我爸的手艺不比这儿的差。"

"差点儿忘了你家的饭店也有些年头了。"

喻见吃了口面,望向孟冬:"味道怎么样?"

孟冬说:"还不错。"

"嗯,差点儿忘记——"喻见咬断面条,拿起桌上的醋瓶,"你应该习惯加点儿这个,试试能不能勾起点儿什么回忆。"

蔡晋同说:"对、对,一提 S 省就想到醋,我记得读书那会儿我和我爸妈去那儿旅游,回来的时候一人抱一大桶醋,都是旅行团赠送的。"

醋瓶很小,量也只剩一半,瓶口一低,醋全进了孟冬的碗里。

孟冬捞起一筷子。

他吃面很大口,但不显得粗鲁,中途咬断的面条也不会掉进碗里,而是用筷子夹住,咽下先头那口后,接着吃完筷子上的。

相比细嚼慢咽的斯文人,他吃起来竟然更显干净。

"不加醋的味道更好。"孟冬抬起眼。

"那我给你另外叫一碗？"喻见问。

"那倒不用，没这么讲究。"

喻见在蔡晋同的耳朵边说了几句话，说完继续吃面。

蔡晋同站起来说："你们吃着，我上个洗手间。"

喻见说得挺"光明正大"，但孟冬一个字也没听清，他猜蔡晋同可能去另外给他叫面条了，但又不太确定。

他看向喻见，她埋头吃着，又打开一旁的调料罐，舀了一丁点儿辣椒酱，吃得更加津津有味。

孟冬觉得那丁点儿根本就尝不出什么味道。

蔡晋同回来得很快，手上拎着一个袋子，往孟冬手边一递，说："没想到这隔壁就有一家手机店，你手机不是丢了吗，到底不方便，我就先给你买了一部。待会儿再找个营业厅办张手机卡，这样我们大家也好联系。"

孟冬道谢收下。

蔡晋同接着道："孟哥，咱们也是朋友了，喻见呢，也说了，你的事，我们一定会负责到底。现在外头有些不怀好意的家伙，就等着给我们泼脏水，该我们的责任，我们当然得担着，但有些事也没必要节外生枝，你说是不是？"所以逆行性失忆什么的，就没必要广而告之了。

孟冬漫不经心地说："我不管闲事。"

喻见先吃饱了，两个男人都还剩大半碗。她放下筷子，抽了张纸巾擦嘴，看着对面的人说："你不用太担心，我上午打电话咨询过营业厅，只要带着身份证过去，忘记手机号也没事，他们能查到你使用过的号码。移动、联通、电信，三大营业厅总有一家能有你的号。一会儿补办一张手机卡，都不用等你的亲戚朋友联络你，微信号直接用短信验证码登录，你直接联系你的微信好友就行。"

孟冬的视线落在她脸上，蔡晋同也放下了筷子，显然没想到还能这样。

"更直接点儿，淘宝账号也能登录，你总网购过东西，上面一定有你的地址，待会儿一办完卡，我们能直接送你回家。"喻见把纸巾团了团，懒散地靠着椅背，微笑着说，"等找到你的亲戚朋友，一切就简单多了。"

蔡晋同蒙了蒙，然后一乐："嘿，你说我这脑子，怎么就没想到呢。"

喻见看着孟冬："所以幸好，你钱包没丢，身份证也在。"

孟冬一笑，笑声很轻，但眼里的笑意很明显。

他五官深邃，轮廓又硬朗，加上高大的身形，总有点儿不怒自威的味道。但他笑起来的时候淡化了几分锐意，人显得亲和不少。

蔡晋同见他听到好消息喜形于色，觉得对方也许没打算讹人，他是真失忆。

孟冬收回目光，把面吃完，直到离店，也没见服务生端来一碗新面条。

不知道哪里有营业厅，喻见没印象，但总归随处可见。喻见说可以先回医院取车，或者她也不介意打车。

蔡晋同说："你的车钥匙给我，干脆我去开过来，你们也别费劲走了。"

喻见的手机就在这时响了。

电话是表妹打来的，这件事对外方面都是她和她丈夫在帮忙处理，包括同派出所接洽。

"派出所那边查完了，说孟冬没有刑事记录，也没有查到工作记录，但他有酒店开房记录，是在大前天入住的，还没退房。"

所以他一定有个人物品留在酒店。

巧的是，那家五星级酒店就在喻家小饭店附近，平常步行就能到，前两个月表妹的婚礼也是在那儿举行的。

有更直观的私人物品在，自然选择先去酒店，路上要是看见营业厅，也能先补办孟冬的手机卡。

所以，蔡晋同把车开了出来，接上二人，也不用换成喻见开车了，他跟着导航走。

喻见和孟冬都坐在后座，孟冬系上安全带，喻见没系。她把羽绒服拉链拉开，又调整了一下脑袋上的帽子，给自己找了一个舒服的坐姿。

蔡晋同开着车说："我估计你是来这儿出差公干，看你的穿着打扮，住的酒店，你应该是公司的中高层，说不定你还有同事一起来的，那就更好办了。"

蔡晋同等着喻见接一句"那连淘宝账号都不用登录,可以直接送他去公司"。

但这回喻见没吭声,蔡晋同从后视镜看,她正低头按手机。

孟冬倒说了句:"也许我是来旅游的。"

蔡晋同摇头:"不像。"

路上车子开得不快,毕竟能见度低,到达酒店后,三人走进大堂。

钱包里没有房卡,房卡可能也是在事故期间弄丢的,孟冬咨询前台,前台核实他的身份后,立刻替他补办。

可惜他是独自入住,没有同伴。

另一位前台服务员见状,问孟冬:"是1005套房的孟先生?之前有位姓吕的房产经纪人过来找您,说您手机一直打不通,您又不在客房,他说有急事找您,让您尽快给他回个电话。"

孟冬道:"我手机丢了,没他的电话号码。那位是先生还是女士?"

"是位先生,对了,他留下了名片。"前台服务员翻出来递给他。

蔡晋同凑近看了眼,问:"难道你是做房地产的?"

喻见原先坐在不远处的沙发上,不知什么时候走了过来,正好听到,便说:"你帮他打个电话。"

蔡晋同把手机递给孟冬:"你自己打?"

"你之前说没必要节外生枝?"孟冬没拿。

蔡晋同这才意识到,孟冬总不能跟对方说——我失忆了,你是谁,找我做什么。

房卡补好了,三人上楼,蔡晋同边走边拨通名片上的电话号码。

对方接得很快。

"你好,是吕先生?"

"是,你哪位?"

"我是孟冬的朋友。"

对方一听,迫不及待地说:"孟先生回酒店了?他手机一直打不通,他人呢?"

"他有事,暂时还没回来,我听酒店前台说您找他有急事。"

"嗐,他不是要买房子吗,我这边按照他的要求,终于找到了几个好房源,实在是太抢手,我怕一会儿就没了,这才急着要找孟先生。"对方问,"孟先生还在不在这里?他还要买房吗?"

"您等会儿——"

"你要买房?"蔡晋同捂着手机问孟冬,又向喻见解释了一句,"房产中介,说他要买房。"

蔡晋同又道:"这里限购吧,你怎么买房?"

他脑子转得很快,最近他开始涉足房产投资,所以对这方面颇为了解。

他没等孟冬回答,正好走出电梯,四周无人,他把扩音打开,用不太确定的语气说道:"我记得他没在这儿工作过啊,他在这儿有单位,还是开了家公司?他不是想买拍卖房吧?"

中介大约没什么耐性:"他要是实在没空,你不如把他太太的联系方式给我。你帮我问问孟先生到底还要不要买房。"

"他太太?"

三人脚步同时一顿。

"他本来就没买房资格,他说他老婆是本地的,房产证写他老婆的名字。所以我看现在不如让我直接和他太太联系。这房源是真的好,错过了这套,不知道得等多久。"中介道。

"你有老婆?"挂断电话,蔡晋同诧异地看向孟冬,"你老婆不会正好在酒店房间里吧。"

孟冬的房间到了。

酒店的走廊铺着地毯,一路走来,都听不到脚步声。孟冬没回蔡晋同的话,连喻见也一直沉默,只有蔡晋同自己的声音回荡在这空间。

蔡晋同后知后觉,目光转向喻见。她帽子上的毛又遮住了眼睛,看不清她的双眼,但她似乎垂着眸,也不知道在想什么,安静得有点儿违和。

"我也好奇。"孟冬用手指夹着房卡,晃了一晃,慢半拍地说出这四个字,接着,干脆地打开了房门。

轰的一下,轻轻涌过来一股气流。

房间里空无一人。

虽然期待落空,但他们也不是很失望。

"没人。"蔡晋同环视了一圈。

这是一个套房,整体装修的风格很商务,但摆在客厅东北侧的大浴缸实在太醒目,给商务风增添了一丝风情味。

房间干净整洁,显然在孟冬离开期间,客房服务人员已经收拾过了。

三人在卧室的衣柜旁找到一个大号行李箱,双人床上还平铺着一套套着衣罩的男性服装,上面贴着标签,是送洗后工作人员送回来的。

"这行李!"蔡晋同推了一下箱子。

孟冬扫了眼床上的衣服,过去把箱子放倒。

蔡晋同蹲下来:"啧,有密码,你能想起密码吗?"

孟冬直接上手试——000、123,显然这些小白密码并不符合。

"怎么办?"蔡晋同问。

"撬吧。"

"撬锁。"

孟冬和喻见异口同声,两人相视了一眼。

孟冬起身,去拨客房服务的电话,让他们送点儿工具上来。然后他把室内空调打开,脱下外套,顺手往沙发上一扔。

蔡晋同站在衣柜前喊:"你还有个包!"

孟冬不紧不慢地从迷你吧里筛选出一瓶苏打水,边喝边回卧室,朝望着他的喻见说了声:"喝什么,自己拿。"

喻见移开视线,没吭声。

孟冬的目光在她脸上多停留了一秒,仰头喝口水,转身去看衣柜。

衣柜里挂着两套衣服,角落有一个黑色行李包。孟冬拧上盖子,随手把苏打水搁在衣柜隔板上。

他打开行李包,翻了翻,里面全是衣服。冬天衣物厚,这个包里也没装几件。

蔡晋同又四处看了看,说:"也不知道你老婆有没有来过这里,怎么没看见有女人的东西。"

房里所有摆设一目了然,放在外面的物品,只有卫生间的男士洗面奶、剃须刀等,不是酒店提供的,那应该就是孟冬自己带来的。

其他的私人物品都没见着,哦,还有个摆在床头柜上的手机充电器。

一会儿工夫,工作人员将工具送到,依旧是孟冬下手,从拉链处下刀,没半点儿迟疑地一割,行李箱报废了。

他将行李箱在地板上展开,箱子内的物品一目了然,除了男人的衣物,再没别的。

蔡晋同忍不住说:"你怎么连台电脑都不带。"

"等我恢复记忆告诉你。"孟冬把衣服扔回箱子里。

蔡晋同:"……"

"所以,你到底有没有老婆?"蔡晋同问完抬起手,"唉,不用重复了。"

孟冬"呵"了声,站了起来。

"只是昨晚到现在这里没出现过女人而已。"喻见看了看卫生间里干干净净、没一张纸的垃圾桶,终于说了一句话。

孟冬看着喻见。

"中介说你告诉他的,你老婆是本地人,你现在住酒店。你老婆是本地人的话,她应该是住自己家。"蔡晋同分析道。

他其实没怎么怀疑中介口中那位孟太太的真实性,因为外地人在限购条件下买房,要么缴足几年社保,要么以公司名义购入,要么买法院拍卖房,要么是购买公寓。

孟冬是外省人。

蔡晋同又心想,孟冬也许跟他老婆是分居状态,或者和他丈人家不睦,所以他才独自住酒店。

但蔡晋同没把这个想法说出口,毕竟涉及孟冬的私人感情问题,因此他只是总结道:"也就是说,你在这儿是有亲戚朋友的。"

那现在就该按照喻见说的,赶紧找营业厅补办手机卡。

这回换喻见开车。

这附近她太熟悉,毕竟她家的小饭店就开在这里。饭店是个老小区的门面房,从前他们一家三口就住在饭店楼上的那套房子里。

很快经过一家联通营业厅,蔡晋同叫停:"欸,欸,对面有联通营业厅!"

喻见目不斜视地说:"哦,那还要绕过去。"

但她最终没绕,笔直地往前,没一会儿,她就将车停在一家移动营业厅门口。

"先去移动营业厅吧。"她说。

她没下车,蔡晋同陪着孟冬一道进去。她打开车内收音机听了一会儿,又趁机给父母打了一通电话,让他们放心,病人身体十分健康。

车内音乐轻柔,是熟悉的旋律。她挂掉电话,跟着轻哼,调子和收音机里的完美重合。

注意到那两人从营业厅里出来,她把收音机关了。

"运气不错,正好就是移动的号码。"蔡晋同坐回车里,跟喻见说。

"那现在插上。"喻见的手指放在方向盘上,随心地嗒嗒敲着,眼瞧着车内的后视镜。

孟冬视线上移,和她对望了一下。他嘴角牵了牵,动作利索地把手机卡插上,边上的蔡晋同伸长了脖子。

车停在原地不动,手机开机,没电话进来,孟冬开始下载微信APP。

蔡晋同又提醒:"把淘宝一起下载了,还有什么微博、QQ。"

孟冬先将微信下载好,密码自然是不记得的,短信验证码登录。

蔡晋同脖子伸得更长了,没多久,喻见就听他"嗯"了声,语气里满是不可思议。

她依旧从后视镜里看,对方虽然神情怪异,但仍道:"你给他发条信息……算了,直接通话吧。"

孟冬应该是拨了微信电话,但还没听到嘟嘟声,先听见蔡晋同高八度的惊讶声:"啊?"

喻见这次回头。

"人家把他拉黑了!"蔡晋同说着,干脆拿过孟冬的手机给她看。

入眼是微信聊天界面,右边的月亮头像是微信号主人的,绿色聊天框

025

里显示"呼叫失败"四个字。

她往上看,他微信好友的名字,叫"X"。

"刚拨出去,就跳出个框,说对方把他加入了黑名单,不能语音通话。"蔡晋同说。

喻见顿了一会儿,才开口:"那换个人啊。"

蔡晋同点进通讯录页面:"我也想——"他再次让她看。

喻见总算知道他刚才第一声疑惑的"嗯"是怎么回事了——孟冬的微信通讯录里只有一个好友,就是"X"。

喻见迟迟不说话。

"可能我人缘不太好吧。"孟冬仿佛一个旁观者,满不在乎地飘出这样一句。

岂止是人缘不好,蔡晋同心底"呵"了一声,此刻很多遐想呼之欲出,但他没浪费时间:"孟哥,你再看看淘宝。"

孟冬从善如流。

淘宝里总算出现地址了,一个是住宅地址,一个是某理工大学,均在Y省,不是孟冬老家S省。

两个收件地址,但只有一个联系电话,收件人也相同,姓名叫"叉叉",蔡晋同合理怀疑,这人可能就是微信上的那位"X"。

孟冬照着号码拨出去。

很不巧,那头是关机状态,蔡晋同的合理怀疑也至少准确了一半。

车里很安静,手机不开扩音,喻见也能听见电子声,她问:"关机?"

蔡晋同:"嗯。"

孟冬翻了下手腕,看向喻见,似乎挺无奈的样子。

蔡晋同这回多了个心眼,又去看这个淘宝账号的最新购物记录。

"乖乖——"他又发出一声感叹,"2020年?六年前?"收件地址是位于Y省的住宅。

他再往后翻了几个记录,不是住宅,就是学校,没有其他地址,网购物品有零食,有男士用品,也有女士用品。

蔡晋同对此已不抱希望,很敷衍地问:"那咱们要去Y省走一趟?"

孟冬帮他说出心里话:"估计会白走一趟。"

喻见扫了眼淘宝上的地址,把手机还给后面,后座的两人继续尝试微博和QQ。

微博账号倒是有,但关注了五花八门几百人,微博一条没发过,比僵尸号还安静。

另外,蔡晋同也忘了,QQ是需要账号登录的,光有手机号没用。

蔡晋同感叹:"我服了!"他又说,"我怀疑那个'叉叉'不是你前女友,就是你现任老婆。"

孟冬似乎在思考他的话,他转而问驾驶座上的人:"喻见,你说呢?"

喻见已经在启动车子,说:"如果是男的呢?"

"他的淘宝号买过女装。"

喻见道:"那也不一定吧。"

蔡晋同一噎,接着,偏头看向孟冬。

异装癖也不是没可能……

"哦?"孟冬在翻阅着新手机,不经心地说,"我应该没那么时髦。"

蔡晋同已经忘了先前的提问,他问喻见:"我们现在去哪儿?"

"医院。"喻见说。

前方经过家里的小饭店,喻见向蔡晋同介绍:"那边就是我家的饭店。"

蔡晋同往外望,有家店铺关着卷帘门,顶上没招牌,四周三三两两站着人,还有记者扛着摄像机,拿着话筒。

喻见突然加速,车大大方方地从记者们跟前开过,甩了他们一脸尾气。

蔡晋同身子一晃,孟冬倒是坐得稳,他系了安全带。

"孟哥,你对那家饭店有印象吗?"蔡晋同问。

孟冬回想了一下,摇头:"记不起来了。"

"到时候我们带你多走几个地方,你既然已经在这儿住了三天,说不定能有什么熟悉的事物勾起你的记忆。"蔡晋同说。

三人赶在医生下班前返回了医院,取了剩下的检查报告单,医生看过后,告知他们,病人再留院观察一晚,之后随时可以出院,只是要注意伤口,记得换药和复诊,回家还需休养。

孟冬自然遵医嘱,但留院一晚也需要衣物换洗。

刚才在酒店时没考虑过这个,不过他们已经折腾了一天,不介意再耗点儿时间。蔡晋同说他来开车,送孟冬回酒店取东西,还能在酒店洗个澡,条件总比病房好。

喻见无所谓,她裹着围巾往后面一坐。天黑得早,蒙上一层雾,就算灯光璀璨,她仍觉得视野模糊。

他们一路开车抵达酒店,半途还见证了一场车祸。

"今天估计得有不少交通事故。"蔡晋同跟后座上的二人说。

孟冬下了车,停了一下,又转身,扶着车顶望向车内的人:"吃什么,我先下单。"

他是看着喻见问的,喻见舒舒服服地窝着,说:"有什么就吃什么。"

蔡晋同回头说:"你慢慢来,不着急,反正我们就在车上躺一会儿。"

孟冬说:"那我看着办了。"

车门关上,蔡晋同打方向盘往酒店停车场去,跟喻见闲聊:"就算有玻璃遮挡,人家在里头洗澡,谁好意思坐在沙发上听水流声,害得咱们得先在车里等。希望他洗澡洗快些。"

待会儿他俩就上他的房间吃晚饭了。

孟冬独自上楼,打开暖气,他先打电话叫了三人餐,没说让他们多久时间送到,总归没他洗澡快。

行李箱还摊在地上,挂了电话,他走过去,翻出一身换洗衣物,顺手将凌乱的东西理了理。手摸到底部夹层,他拉开拉链,从里面取出一本护照。

车子停稳,蔡晋同解开安全带,伸了一个懒腰,胳膊举在半空时一顿。

"欸,我想到了——"他转头说,"咱们可以去民政局查一下他老婆是谁啊。"这还是喻见提出的补手机卡,让他有了灵感。

"再去趟联通和电信营业厅,说不定他有其他手机号。"他扯了下嘴角,"不然就凭他空荡荡的微信朋友圈,他也太不正常了。"

喻见没反对:"好啊。"

蔡晋同感慨:"你说这叫什么事,咱们除了得负责帮他恢复记忆,还得帮他找老婆!"

喻见瞥他一眼,把帽子往下一拉,遮住上半张脸。

"车上有吃的吗,让我垫垫肚子。"蔡晋同问着,翻了翻水杯架和仪表台。

喻见闷在帽子里说:"不知道。"

蔡晋同没翻出吃的,倒翻出一个相架,是放在车台上的那种架子,用夹子夹着照片。

应该是底座坏了,所以被车主塞进了抽屉里。

"这照片上的人是你吧?"他问。

喻见从缝隙里瞄了眼,接着拿开一点儿帽子,身体往前。

照片里的人一头短发,十三四岁,光脚蹬在凳子上,卷起裤腿,似乎在向众人展示。

蔡晋同指着照片笑:"就是你,你跟你小时候长得一个样啊,这是什么姿势,这么逗?"他又仔细看了眼,"欸,你的脚背是乌青了吧?"

是乌青了,一大块,在右脚。

黄河边,十三四岁的她从自行车底下挣脱出来,怒不可遏地朝着已经停下拳头、一脸诧异的少年反扑过去。

那一天,她还没来得及仔细看一看黄河,先在黄河边经历了人生的第一"架"。

作为班级里的差生,她只是学习差,逢年过节长辈们聚餐,没法夸赞她读书好,只能一个劲地夸她乖巧、懂事。矮子里拔将军,至少她从没被老师叫过家长。

因此,打架这种事,她未曾亲身经历。

估计少年被她的反杀整蒙了,有几秒保持静止状态。她在这几秒间抓、挠、挥拳,毫无章法,但招招都落在了实处,直到她的巴掌即将扇到对方的脸上,对方才出手,一把掐住她的手腕。

"停、停、停！"大伙伴跳下自行车，抓住少年的手臂。

她趁机举起另一只手，扇他个连环掌。

少年朝着制住他的人喊："你瞎啊，看不到她在揍我？！"

大伙伴不知是没听清还是不管他，将他抱住，不让他还手。

少年只能抓着她的手腕不放，一边被拖开，一边拿脚踹。

她哪能再被踹到，火冒三丈，低头就往他的手背咬。

她不知道这里离曲阿姨家只有一百多米，他们这边的动静早已传到前方灯火通明的房子里，大人们随之赶到，拉的拉，抱的抱，费了好一番工夫才将战火暂时熄灭。

她见到父母也跑了过来，突然委屈盖过了愤怒，嘴一咧，号啕大哭起来。

"怎么回事啊，啊？"母亲着急忙慌地把她搂住，又想推开她检查她的情况，手忙脚乱，不知所措。

父亲怒目圆睁，眼看就要责问明显是肇事者的少年。通过周围人的言语，他知道了少年的身份。

她当时没留意父母忽愤怒忽平稳的心情，是很久之后回想当时，她才意识到，父亲原本是想替她主持公道的，但在听到少年是曲阿姨的外孙后，他立刻移开眼，大事直接化无了。

她自己也没料到，这人竟然是曲阿姨的亲外孙。

曲阿姨一直守着她丈夫的遗体，没有跟出门，众人回来后，向曲阿姨解释了经过。

曲阿姨弯下腰，扶着她的双肩，将她从头到脚检查一遍，又问她有没有哪里受伤。

她自然流着泪说："头、背、胳膊、腿，还有我的脚，都破了。"

母亲在旁和稀泥："你听她瞎说，别理她，这本来就是个误会。看看你家孩子，手都被她咬成什么样了。"

她愤怒，仰头红着眼瞪母亲："他的手哪里有事！"

少年就站在斜对面。

四周的亲属教训他，说辞也就是"你看你把小妹妹打成什么样了"，他不耐烦地挥了挥空气，不知是嫌烟雾缭绕，还是嫌烦。

手背上的咬痕倒是挺显眼,但没太夸张。

于是曲阿姨就细声细语地向她解释起因。

"家里原本有三辆自行车,上个月都被偷了,后来我重新买了三辆,没想到前不久小偷又来一次,偷了其中一辆。不过,另外两辆新车没被偷走,估计是因为我用铁链和锁头锁住了,小偷没撬开。我们都猜小偷还会上门,所以我外孙往这两辆自行车上都刷了漆当记号。刚才他见你骑着这辆车,就误会了。他这次实在是太鲁莽了,对不起。"

喻见第一次听成年人向她说"对不起"三个字,眼泪就悬在眼眶里,忘记往下掉了。

她其实不怎么疼,毕竟军大衣又大又厚,替她卸掉了不少力道,父母也早看出她是在顺杆爬。

但是,短暂的停顿后,她反而更气了。被误认作小偷,这叫什么无妄之灾,她招谁惹谁了。先不说她无缘无故被人打,光是她穿着这么重的衣服打人,她也很累好不好,到现在都还没恢复力气。

曲阿姨转头说:"小阳,你过来,先道歉。"她又顺便向她们介绍,"他之前去公交站接人了,你们没碰上面。这是我外孙,小名叫小阳春,或者叫他小阳也可以。"

小阳春的母亲,也就是曲阿姨的女儿,推了推他,让他过去。

少年迈着大步上前,不用人催,很干脆地说了声:"对不起!"但他又举起左拳,右手食指点了点拳头上的牙印,"你也没吃亏!"

"小阳春!"曲阿姨呵斥。

小阳春的母亲拽了下他:"你干什么你!"

她又对喻见他们说:"实在是对不住,这孩子性子太冲,做事都不过脑,他说他看见骑车的人穿着军大衣,又是短头发,他就以为是个陌生的男人,就一定是小偷。我想,要是没穿军大衣,女孩子的身形肯定不会认错。他自己后来都吓了一跳。"说着,她摸摸少年的头。

少年瞥了他母亲一眼,曲阿姨也深深地看了自己女儿一眼。

喻见自己没想这么多,只是听完对方的话,觉得这件军大衣更重了,心底的火苗要复燃了。

小阳春的母亲顿了下,然后含笑说:"回头我一定给他一顿教训。"

母亲道:"干吗呀,小孩子打打闹闹而已,好了,这里还办着事呢!"她拍拍曲阿姨的袖子,"别管孩子了,让他们自己玩去,一会儿就有说有笑了。"

喻见也知道,这些大人不可能真的当场抽一顿这个叫小阳春的人,对方要是七八岁的熊孩子倒可以,可他虽然个子不太高,但显然也有十三四岁了。

果然,大人们聊了起来。

"那我外孙比见见大一岁,见见是几月生日?"曲阿姨问。

"她八月的。"母亲问,"小阳春呢?"

"看样子见见读书早,"曲阿姨说,"我家这个孩子的生日是农历十月,他现在念初二,见见也一样吧?"

所以这家伙也读初二!喻见坐在一旁的小板凳上,隔着大厅的跪垫,瞪视对面的人。

"对,也是初二。那还是你家这个好,我当时还想要不要晚一年送见见上学,这样孩子懂事点儿,我们也好放心。"

"其实差不多,早读书有早读书的好。"

对面的少年大张着腿坐,手捏着可乐瓶嘴,在腿边一晃一晃的。他的身子往后仰着,肩膀和后脑勺顶着墙,眼皮低垂,漫不经心的目光对着她,一副松松垮垮的姿态。

她肝火上升,使劲把军大衣一敞。

"妈,我脸疼。"她转头说。

"牙疼?"母亲问。

"脸疼!"她强调,"刚摔的,脸好像肿了。"

母亲敷衍地摸摸她的脸:"你这是婴儿肥。"然后母亲继续跟曲阿姨讲话。

喻见差点儿就把牙咬碎了。

"哧——"

她耳朵灵,立刻瞪过去,对方的视线轻飘飘地移开,嘴角的笑意还嚣张地挂着。

"他刚是去车站接他爸了,我们这里出租车少,他爸可能没法过来。"曲阿姨低声跟母亲聊家事,"……他们两个都离婚五六年了,当初都和和气气的,所以现在也算是朋友。听说老韩没了,小阳他爸立刻订机票说要过来。他人在英国打拼,自己也不容易,订的都是高价票,谁知道航班会延迟,小阳没接到人,回来还把见见打了,这孩子!"

"这不是误会吗,孩子哭一哭就没事了。"母亲问,"那他爸明天才能到了?"

"是啊,"曲阿姨说,"等老韩的事情办完,我女儿也要回柬埔寨了。"

母亲问:"她怎么会去柬埔寨工作?"

曲阿姨说:"她的工作很少跟我说,这几年都这样,孩子一直跟着我和老韩。她见孩子次数少,所以有些时候,在孩子的事情上,她难免做得歪。"

喻见边听大人聊,边把凳子往后挪,凳脚翘起,她后仰靠墙,觉得挺舒服,还打了个哈欠。

晚上,他们就睡在曲阿姨家了。母亲坚持要陪曲阿姨守灵,曲阿姨就让喻见去楼上房间睡。

曲阿姨家的房子大,房间也多,她领着喻见上楼,推开一间房的房门说:"我给你拿毛巾、牙刷。"

喻见跟着进去,见到墙上挂着的是曲阿姨夫妻合照,知道这是主人房,小腿意外地撞到一个东西,她一低头,才发现柜边的地板上放着一把吉他。

吉他歪倒,她弯腰去扶,手指头碰到琴弦,忍不住刮了两下。

曲阿姨拿着毛巾过来,说:"这些都还没来得及收走,腿撞到了吗?疼不疼?"

她摇头,问:"这个要扔掉吗?"

"不扔,要放到仓库去。"

她多看了一眼。

"你喜欢吉他吗?"曲阿姨问。

她说:"我不会这个。"

033

进到客房，喻见把军大衣放到窗边的凳子上，脱了鞋，她才意识到右脚脚背有点儿疼。她按了几下，后悔刚才没脱鞋给大人们看——这可不是污蔑，母亲总不能说她的脚也是婴儿肥。

楼上暖气片是热的，她第一次见，还用手去摸了摸，不明白楼下怎么没开。这一觉睡得并不好，她开始想念家里的床。

次日天刚亮，喻见就起了，楼下充盈着香烛味。

准备送走遗体，曲阿姨说："老韩说他这一生都活得很恣意，到这个年纪走了，虽然早了点儿，但也算喜丧。他和我都不是注重仪式感的人，但到底我们这代人不可能完全不尊重传统，所以葬礼需要办，但我们不需要伤心。"

于是，喻见后来猜，当葬礼乐队一通荒腔走板，曲阿姨也能始终面不改色，大概就是因为她不是一个注重外在仪式感的人，所以没怪乐队的不专业。

小阳春作为亲外孙，自然全程在场。他神情肃穆，而她昨晚没睡好，也没精力去瞪对方。

忙到天黑，客人也都散去，曲阿姨的女儿和前女婿送外地亲戚去住宾馆。今晚喻见和父母仍在曲阿姨家过夜，明天下午再搭乘曲阿姨亲戚的车去市区的火车站。

时间渐晚，大人们却不准备去休息，母亲叮嘱了她一句："你跟哥哥待在家里看电视，别跑出去。"

她哪里来的哥哥？！

她忍住，看出她们有事，问："你去哪儿？"

母亲说："我陪你曲阿姨出去办点儿事。"

她站起来："我也去！"

母亲把她摁下："你老实点儿。"母亲又转头看向父亲，"老喻，你看着她。"

父亲却说："我陪你们一起去，不然我不放心。"

曲阿姨想了想道："小阳，你陪着妹妹，我们一会儿就回来。"

喻见看见小阳春瞥了她一眼,这一眼很有点儿煽风点火的味道,她的肝又热了起来。

小阳春扬了扬手上的遥控器,意思是"去吧",又懒洋洋地说了声:"放心。"

山中没大王,他们两个也没打起来,小阳春在楼下客厅看电视,她噔噔噔地回楼上,打算洗洗睡。

关了灯,她在乌漆墨黑中辗转反侧,大约因为明天就能回家了,所以她有些兴奋,没丝毫睡意。

窗外隐约传来些动静,她以为父母回来了,跳下床往窗外看。

两层小楼外阴森森的,月光下有个男人站在墙根处——看着也不像小阳春的爸,再说要是他爸送完客人回来了,他妈怎么不见人影?

她半截身子往外探,想看得更仔细,余光突然瞄到一个影子正靠近墙根。她定睛一看,立马认出是小阳春。这家伙脚步轻而慢,手上还高举着一根棍子。

大约她的身体往窗外探出太多,存在感太强,小阳春突然抬头,两人四目相对,她的脑子里有点儿空。

墙根下的陌生人影忽然转身,一下就能发现小阳春。她想都没想,抓起窗边凳子上的军大衣,朝下一抛。

"啊!"叫声短促,陌生的声音被闷在了大衣底下。

小阳春趁此时机冲上前,落棍一下比一下狠。

喻见鞋都来不及穿,冲下楼找座机,先打110,再打父亲的手机,扯着嗓子喊:"爸,有小偷,你快回来!"

墙根处,她的视觉盲区,正停着那两辆被上过漆的自行车——这就是那个偷车贼!

挂断座机,她躲到大门背后偷看外面,那人不知道是不是后脑勺长了眼,喊道:"去叫人啊!"

"我打过电话了!"她回。

"蠢啊,喊隔壁的人!"

她光着脚冲出去，既兴奋又慌张，邻居家隔了段距离，三更半夜的，她蹦蹦跳跳："救命——抓小偷——救救小阳春——救救小阳春——"

邻居家的大人纷纷冲了出来，赶在小阳春即将控制不住贼人前，把偷自行车的贼彻底放倒。

她跑得气喘吁吁，叉着腰站在众人的后面喘气，小阳春手里还握着棍子，回头找了找，然后盯住她。

他的眼神有点儿怪，她甚至看出对方有一丝咬牙切齿的意味。

她当然知道这人为什么咬牙切齿，她抬起一只脚，用脚底板搓了搓裤腿，这么冷的天，她光脚竟也没觉得冷，她给了他一个得意的笑。

见小阳春的目光移到她的脚上，她还把脚底板往前一亮："跑掉我半条命！"

"要截肢了吗？"小阳春凉飕飕地问。

她将脚放回地面，质问道："你这是什么态度，别忘恩负义！"

边上的邻居甲大声打断他们："曲老师呢？"

小阳春的目光从她身上移开。

——又是这种嘲讽、不屑一顾的眼神，她使劲安抚自己的胸口。

小阳春回答邻居："出门办事了。"

"那就没大人了？"邻居乙说，"先报警，你外婆的手机在身上吗？你赶紧给她打个电话。"

喻见听到，气也喘匀了，喊道："已经报警了，电话也打了！"

邻居丙望着她："你怎么穿成这样就跑出来了，快回屋里，别着凉！"

偷车贼被几个大人抓着，她想把衣服捡回来，就在那几个大人脚边。

她又搓了搓脚底板准备过去捡，眼前的人影一晃，小阳春先她一步。

她尚未反应过来，小阳春把军大衣打开，朝她一抛。

眼前一黑，她整个人被盖在衣服底下。取下衣服，露出脑袋，她说："这件军大衣救过我的命，也救过你的命！"

——它替她挡过拳头，为他蒙过小偷！

"我要不要给它上一炷香！"小阳春不耐烦。

"也不是不可以！"

小阳春作势挥拳头。

她将脖子往前伸——你想干什么！

"给我进去！！！"小阳春貌似抓狂。

她也有些受不了冷了，抱着衣服赶紧往房子里跑。

等大人们惊魂未定地赶回家时，喻见已经穿好鞋袜，裹紧自己的外套了。军大衣太脏，她实在不想穿。

大人们严格按照流程，先关心，再教训，母亲还朝她的屁股打了两巴掌。她扭开屁股，朝曲阿姨和小阳春看了眼，再没好气地抓住母亲的袖子，不让母亲使她"丢人现眼"。

回到客房之后，喻见问母亲："妈，你们刚才干吗去了？"

母亲说："你曲阿姨去找今天那个乐队算账。"

"啊？"她以为听岔了。

"啊什么啊，鞋子脱了，我看看。"母亲说。

她坐在床边，双脚把鞋子蹬开："曲阿姨去算什么账？"总不能是字面意思的"算账"，给钱还用三个人一起去？

"算什么账啊，"母亲捧着她的脚细看，"他们今天演成那样，你说算什么账，当然是去跟他们讨说法了。"

她回想了一下曲阿姨先前当众的说辞，问："曲阿姨不是说她不是注重仪式感的人吗，那不就是走了个仪式，为什么要算账？"

"什么仪式感不仪式感的，"母亲说，"哀乐奏成那样都能算了，你当你曲阿姨是二百五啊。"

"那她怎么当时不说，现在这么晚才跑过去？"

"她总要顾全大局吧，最重要的是把你韩叔叔送走。"

"原来曲阿姨是这样的人。"她晃着脚说。

母亲嫌弃地朝她的脚背拍了几下："你又知道了。行了，没破皮，去洗个脚睡觉。"

她抬起脚："你没看见这里青了吗，是被小阳春打的。"其实是被自行车砸的。

母亲不当回事:"明天就好了。"

喻见一家原定次日下午才返程,走之前的时间正好可以用来观光。

芜松镇算是座旅游小镇,离曲阿姨家不远有座小山,听说风景别致,山上还有民宿。

再往前走到尽头,会出现一座桥,过桥后又是一个景点,周边饮食业比较发达。

但计划没赶上变化,因为这一晚发生了抓贼事件,第二天大家没时间再去游览小山,不过桥对面还是能去走一走的。

因此,在桥对面的一家餐馆用过午饭后,他们一行人到了不远处的景点,也就是清末时期的一户大户人家的家中去参观了。

她看不懂历史,也品不出其中的沧桑,脚下的石板镌刻着光阴,她穿过一道道拱形的门,站在二层望着大院外的车来人往。

"第三层被封了,不能上去。"曲阿姨介绍,"那边的房子以前是给丫鬟住的,那边住老爷、太太,封住的那间是小姐的闺房。"

相比在历史长河中留下浓墨重彩的大院,芜松镇的这座,算是小院,管理并不完善。曲阿姨的亲戚说,封住的几间屋子还是能悄悄进去的。

但他们没偷偷进去,老老实实地逛了一遍开放区域,然后坐在石凳上休息。休息完,他们就可以出发去市区火车站了。

曲阿姨的亲戚拿着数码相机拍照,大人们同时聊着天,讨论昨晚那个偷车贼,还夸喻见和小阳春胆大、机灵。

小阳春跨坐在二楼边沿的石墩上,手上拿着根树枝,无聊地扫来扫去,闻言,朝她这边瞧了眼。

她和对方的目光在空中相遇,仿佛瞬间生成了高压电流,那是一种不是你死我活就是两人同时安详闭眼的超级波动。

"妈,我待会儿走不动了!"她盯着对方,话却是对母亲说的。

"怎么了?"母亲转头问她。

她把右脚的鞋子一蹬,一把扯下圣诞红的袜子,在众人诧异的目光中,她提起裤腿，把光脚蹬在石凳上，向大家展示："你看，都乌青了！"

白嫩嫩的脚背上，一大片乌青突兀、吓人。

"小美女。"有人对着她叫。

她转头，是曲阿姨那位忙着拍照的亲戚。

咔嚓——

于是父母的注意力被转移了，安抚了她两句，就去看她在照相机里是什么样了。

曲阿姨倒是过来关心她，问了她好一会儿。

休息够了，离开这里前，小阳春远远地冲她喊："你过来！"

他还坐在边沿的石墩上没动。

"干吗？"她警惕。

"你过来，给你看个东西！"他催促。

"你拿过来。"

小阳春指指下方："这里！"

她觉得对方不会把她推下楼，于是无所畏惧地走了过去。

"喏——"小阳春拿树枝指着楼下，示意她看。

院子里的石板小路上有两只土狗，一黄一黑，两只狗刚打完上半场分开。龇了龇牙，黑狗再次朝黄狗扑去，黑爪子一阵乱挠，大约打不过，便开始下嘴。

她莫名其妙，没明白土狗打架有什么好看的。

"你那架势跟这黑狗子一模一样，"小阳春说，"跟它偷的师吧？"

嗯？

她愤怒！

小阳春哼笑一声，随手把树枝一甩，从石墩上起来，跟上队伍。

回到曲阿姨家，父母把行李装上车，小阳春在屋外的水龙头下洗手，她去看墙根处的盆栽，等小阳春洗完手，她也过去洗手。

小阳春走开前朝她弹了一下手指，她一缩肩，把脸颊上的水珠蹭掉，不忘也弹他一下。他一个大步走远，半点儿没让她得逞。

曲阿姨拿着一把吉他出来，叫住她："见见。"

她关上水龙头："曲阿姨？"

"这把吉他送你好不好？"曲阿姨将吉他递到她面前。

她愣了一下。

父母已经放好行李，见状，过来说："你送她这个干什么，这么贵的东西，她没用。"

"这吉他不贵，又是旧的，"曲阿姨解释了一句，又说，"留在我这儿没用，我又不会弹。"

母亲推拒："她也不会弹啊。"

"没事，给见见当个玩具也行。"

"哎呀，不行，不行，那就浪费了。"母亲摇头。

喻见甩了甩手上的水，看着大人们你来我往。

曲阿姨转移方向，直接让她拿，也不问她要还是不要了。

喻见顺从心意，在母亲说出"她不要"这三个字时，已经把吉他拿在了手上。

母亲哑了一下，朝她的肩膀一拍。

曲阿姨笑眯眯的。

吉他被喻见小心地放进了后备厢，众人告别，小阳春父母还给了他们一袋水果，让他们在路上吃。

她礼貌地一个个叫人——

"曲阿姨再见。"

顿了顿，她才接着叫："姐姐再见。"

小阳春的母亲乐了一下，大约不太适应这样的称呼。

"姐夫再见。"

小阳春的父亲笑呵呵的。

喻见最后看向小阳春，小阳春站在边上，起先他神色如常，后来大约意识到了什么，双眼渐渐瞪大。

"大外甥，再见——"喻见愉快地挥手。

小阳春低声骂了一句。

阳光明媚，母亲上车后说她笑得像个二百五。她贴着后车窗，见到大外甥还站在原地，她掐着椅子头枕，感觉牙齿都被风吹得酸了。

估计以后她都不会再见到这个大外甥了，可惜没能听到他叫她小姨妈。

回家不久，又在一个阳光明媚的冬日午后，她登上电脑 QQ，收到了曲阿姨的亲戚发给她的电子照片。

后来父母跑了一趟照相馆，特意将这张照片打印了出来。

喻见拿着这张略微泛黄的旧照，十多年过去，她好像还没看懂石板路上镌刻着的那些光阴。

蔡晋同打开车内灯，打起照片的主意，说："你这张照片有特色，脚上的乌青怎么来的？肯定有个故事吧！我现在越琢磨越觉得你写书这事有把握，到时候书里添上你的几张私人照，不愁没新闻。"

喻见没接茬。

"你倒是好好想想，明星出书也不是稀罕事，但你的优势就在于你从前过于低调，谁都有好奇心不是？欸，对了，你小时候还是短头发，跟你现在的形象大相径庭……"蔡晋同滔滔不绝。

"行了。"喻见打断他。出门没带包，她把照片放进羽绒服口袋。

蔡晋同还想再说，手机响了。

"上来吧。"孟冬在电话里道。

孟冬是腰上围着浴巾打的电话，放下手机，他不紧不慢地换好衣服，又打开客厅里的电视，随意调出一个频道。他做完这些，那两个人正好到。

"饭菜还没送到，你们先坐会儿。"孟冬打开门。

"我想着酒店的动作也没这么快。"蔡晋同关心地问，"洗了个澡怎么样，有没有舒服点儿？"

孟冬说："还行，去去消毒水的味道。"

蔡晋同笑："我也最烦医院里那股味儿，我上回住院好像是三年前还是四年前，割了盲肠。第二天我就嚷着要出院，家里老太太就说干脆再给我做个开颅手术得了。"

孟冬笑了笑，瞥见一旁的喻见，对方仍将脸埋在围巾里，像是也在听，但看不见她的表情。

"你是北京人?"孟冬和蔡晋同聊。

"不是,我是东北的。"蔡晋同问,"我京腔学得还行?"

"你要是不说,我还以为你就是北京的。"孟冬边说边走到迷你吧前,问,"你们喝什么?饮料和水都有。"

"我喝饮料吧,随便什么都行。"蔡晋同转头问喻见,"你呢?"

喻见说:"有柠檬茶吗?"

"有,这个?"孟冬翻出一瓶,远远地给喻见看。

喻见视线转向他,见孟冬手上还拿着苏打水和味全每日C,转而说:"味全每日C吧。"

送餐员也在这时推着餐车到了。

孟冬点的是中餐,三个人,四菜一汤,以鲜蔬为主,菜色都很清淡,唯一一道重口味的是蒸河鳗,鲜香微辣。

喻见和蔡晋同都把外套脱了,搁在沙发边上。套房里只有办公桌,没有餐桌,三人就坐在沙发上吃,边看电视,边闲聊。

蔡晋同说到自己的过去:"……我小学是在北京念的,大学又去了北京,所以我其实是京话和东北话混搭。"说着,他问喻见,"欸,你是不是一直在家上的学?你一看就是爸妈都不放心你出远门的那种乖学生。"

喻见喝着味全每日C葡萄汁,吃着河鳗。河鳗基本没刺,微辣,很下饭,但热量高,她打算下一筷就转向清炒芦笋。

听见蔡晋同问她,她不自觉地扬了下眉,只是幅度小。

蔡晋同坐在喻见边上没看见,孟冬坐在蔡晋同侧面的单人沙发位,倒能发现这点儿细微的表情变化。

喻见夹起芦笋说:"既然是乖学生,爸妈不该放心吗,有什么不放心的。"

孟冬端起汤碗,看着她说话。

蔡晋同闻言,脑子转个弯才明白:"哦,那你在外地上过学。"

他正想问是在哪个学龄阶段,不知道是小学、中学,还是大学。他隐约记得喻见没念过大学,还是大学没念完来着?

电视新闻背景音乐响起,分去他的注意力,他一心二用地问:"那你在哪儿上的学？"

喻见吃着芦笋说："我就不用找回忆了吧。"

"这不是怀念青春吗。"蔡晋同道。

喻见说："我没老呢。"

蔡晋同觉得喻见有时说话挺有意思，他笑了下，确认了一下电视机里出现的主持人，便把原本想说的话给忘了。

"这是你那表妹吧，我看了半天，应该没认错？"他问。

喻见扫了眼电视机："嗯，是她。"

"别说，你们俩有点儿像啊。"蔡晋同瞅瞅电视机，再瞅瞅喻见。

一旁的孟冬也看着喻见。

蔡晋同评估："得有两三分像，你表妹多了点儿清纯，你更有灵气。"说着，他转头找认同，"你说是吧？"

孟冬点头，扒了两口饭道："有点儿。"

饭后，三人返回医院，孟冬上楼，蔡晋同和喻见两人没下车，两边约好明天上午接人出院。

回到病房后，孟冬没换病号服，他把外套脱了，放在沙发上，半躺在床。他左臂枕着脑袋，搜索手机新闻。

他昨晚醒来后身体不适，医院被记者包围，他的病房里也热热闹闹，身边没手机，直到现在他才能看到有关昨天傍晚的那场意外事故的新闻。

不过主角不是他，媒体都把目光聚焦在喻见身上。

他的手指停留在喻见的照片上。

另一头，喻见也已经到家，她把车留给蔡晋同开回酒店。下车后，她把父母放在车里的东西收拾出来。

蔡晋同帮她撑开袋子说："你说我要不换到孟冬的酒店去住？这事一两天也解决不了，东奔西跑的，累得慌。"

喻见说："随你。"

"这一天下来我观察了很多次，这个孟冬像是真失忆了。讲真心话，他要是想讹钱，对咱们来说倒容易得多，讹得少就给，讹得多就告他，对你没害处。我现在倒希望他是想讹你。"

喻见将东西塞进去,拿回蔡晋同手上的袋子说:"那你跟他开诚布公地聊一下,问他是不是想讹我,让他开个价。"

"那他要是真失忆了,又是个不差钱的,听我这么质疑他,他决定守卫自己的尊严,跟咱们没完了怎么办?"

"那就麻烦你和公司了。"

"……"

别墅里一片漆黑,喻父和喻母都在卧室,喻见上楼时,父母打开卧室的门。

"我就说好像听到你回来了。"喻父说。

"你们这么早睡了?"喻见问。

"还没睡,睡不着。"喻母披着外套说,"之前电话里问你,你一直说没事,我跟你爸也听你们的,不去医院,怕给你惹麻烦。现在你跟我说实话,那个人真的没事吧?"

喻见道:"真没事,他明天就出院了。"

"那他在这儿有亲戚朋友吗?出院了,他住哪儿?"

"他暂时住酒店,在这儿还有事要办。"

喻母总算稍稍放心,又问:"那么,这事算是解决了吗?对你还有什么影响?"

"公司会帮我搞定的。"

"欸,对了,那人叫什么名字啊?既然出院了,那你看我和你爸能不能上他住的酒店看望一下他,给他买点儿东西。怎么说都是我们的错……"

喻见把父母推回卧室:"等他有空再说,你们就别管了。"

喻见总算能回房了。

回到自己的卧室,她把外套脱了,一阵翻箱倒柜,忘记关房门,大约这边的动静又把母亲招了过来。

"你找什么呢?"喻母走了进来,一想,说道,"吉他吗?我给你放到衣帽间去了。"

说着,她进了衣帽间,打开靠外的一个立柜,说:"喏,我给你放在这里了,你上次走的时候搁在床边没收起来。你呀,就知道用,不知道整理,我把这个位置给你腾出来了,以后就放在这儿。"

喻见挥挥手:"知道了。"

"不是找吉他吗?"喻母看她的样子,问。

"不是。"

"那找什么?"

喻见欲言又止,最后摇头:"没什么,不找了。"

她去洗了澡,洗完擦着头发出来。阳台门留着缝,她把门关紧,想了下,走去翻了翻羽绒服的口袋。

没摸着,她迟疑了一下,去摸另一边。

两边都没,她把衣服拎起来,扫了圈周围,依旧没有。

照片不见了。

她放下衣服,给蔡晋同打去电话,让他去车里帮她找找。

蔡晋同还没洗漱,下楼去停车场,在车里翻了一遍,给喻见回电话,说照片没落在车里。

喻见把毛巾挂回浴室,拿出吹风机,吹了几下,又把吹风机关了,站了会儿,她重新打开开关,直到吹干头发。

第二天一早,蔡晋同打来电话。

"我现在过去接你,然后去医院接上孟冬,咱们再去趟民政局。民政局应该全国联网吧?手机卡都能异地补办呢。"

喻见还穿着睡衣,说:"你今天送他回酒店的时候跟他上楼,找找沙发上有没有我的照片。"

"照片落他房间了?"

"嗯。"车上没有,也只可能落在孟冬的房间了,昨晚吃饭时她曾脱过外套。

"行,那我先过去接你。"

"我今天不去了,你陪他吧。"

"那怎么行。"蔡晋同一听就反对,"你这几天都得把态度摆出来,等差不多的时候,把你的行踪往外一透露,最好还能让孟冬向媒体做个说明,那样这事才算过去。"

"我没空。"

"你怎么没空?"

"你不是让我写书吗,我今天有灵感,打算构思一下。"喻见随口道。

蔡晋同有些惊喜:"哎哟,你可算是想通了。"但他权衡了一下哪边重要,"写书不急于这一两天,你先放一放,把孟冬这边的事先解决了。"

喻见开了一盒牛奶,说:"灵感转瞬即逝,你让我静一静。对了,别忘记,一定要找到照片。这照片我打算听你的,放进书里,我小时候的照片少,这张算是拍得最好的。"她又多说一句,"最好别让其他人看见,书还没出,得保密。"

喻见不愿出门,蔡晋同也没法逼迫她,他只能一个人去医院。走进病房,见孟冬已经穿戴整齐,他道:"见鬼了,今天这雾跟昨天一样大,这么点儿路都走得费老半天劲。"

整座城市都在雾里,今天听广播里说,目前航班都已取消。

孟冬朝蔡晋同的身后看,问:"就你一个?"

"啊,喻见今天有事,她让我先过来,等她忙完再来。"

孟冬没说什么,办完出院手续,车子开到了民政局。

他们在这里耗时颇久,最后的结果叫蔡晋同失望。

"未婚。"蔡晋同叹气,又看了眼孟冬的手,"也对,我刚发现你手上都没戴戒指。"

孟冬坐在副驾驶座上,神情像是事不关己:"确实。"

蔡晋同问他:"你的手机响过没有?"

"没。"

蔡晋同琢磨了一会儿:"但你肯定有个未婚妻,就算不是未婚妻,也是女朋友,最大的可能是你俩吵架了。只要找着她,对于恢复你的记忆一定有帮助。你想想你喜欢的女人类型,穿衣打扮,长什么样,做什么工作的。"他强调,"我们现在是先帮你找到你老婆!"

孟冬看了眼手机上的时间，已经是下午，半天过去了。

他手指头轻轻点着大腿，说："你这么一提，我好像想到点儿什么。"

十五分钟后，喻见的手机响了，是蔡晋同来电。

[第二天]

ZAI DONG

喻见从床上坐起,把手机扔在被子上。

她枕头边的果盘里还剩几颗草莓,水果叉放在盘子中央,叉头颜色有红有绿,最后一片猕猴桃的残渣还留在上面。

蔡晋同在电话里说他快到别墅了,让她准备准备,孟冬的记忆恢复了一点儿。

手机屏幕已经暗下,她还坐在被子里,脑中似乎在走马观花地回想着什么,但一会儿回神,又觉得脑子里空荡荡。

或者也不是空,而是像这朦胧的天气。

喻见望向阳台外。

最后她还是爬起床,翻出一件白色高领毛衣。她不打算换外套,现有的衣服里,只有这件黑色羽绒服的帽子够大。

她把毛衣领子扯起,遮住半张脸,再裹一圈毛线围巾——除了呼吸不太顺畅外,其他都好。

等了没一会儿,车子就到了,喻见出门前被喊住,喻母让她请经纪人进家里坐坐。

喻见道:"再说。"

车子停在小区外,她戴上帽子出门。

别墅买得早,当年她刚赚第一桶金,钱不算太多,因此买的别墅不算高档,还背了房贷。但以她当时二十岁出头的年纪,能够买房已经很了不起,父母担心她压力大,也怕她一有钱就挥霍,还劝她买这个小区的小高层就够了。

那会儿她斗志昂扬,自然不会像父母一样凡事都瞻前顾后。

她从家里出来,远远地看见掩在雾中若隐若现的小高层,大约现在,她在别人眼中也是若隐若现的。

她稍稍扯松衣领,放进一点儿新鲜空气。走到车旁,她打开后座门进去,一只手还插着口袋,一只手去关车门,问:"记忆恢复了?"

"似乎想起一些片段,不算恢复。"孟冬坐在副驾驶座上,回答她。

"这就是进步啊,希望就在眼前!"蔡晋同的手搭着方向盘,说得很振奋人心。

门关上了,喻见问孟冬:"那你想起什么了?"

孟冬朝后偏头,一抬下巴,说:"现在去你家的饭店。"

喻见一顿:"去我家饭店?"

孟冬道:"我对那里有了一点儿印象。"

"哦,你受伤之前是在那里吃饭。"喻见不惊不喜,语气平淡地说,"不会只是想起你吃了什么菜吧。"

孟冬说得煞有其事:"你有菜单吗?也许看到菜单,说不定我真能想起什么。"

喻见接茬:"回头我拿给你。"

孟冬说:"好。"

别墅离饭店不远,当初买房时喻见考虑到父母整日起早摸黑地开店,选址特意挑了一个最近的。因此,二十分钟左右,车子就停在了小饭店对面的马路上。

外面的能见度虽然低,但依旧能看见饭店四周徘徊着的记者,媒体耐性十足,"阴魂不散"。

蔡晋同刚担任喻见的经纪人,从前他手上又都是些小艺人,所以他名声不显,本人没可辨识性,隔着车玻璃,他也不怕被记者看见。

他回头看后座,喻见虽然扯松了围巾,但脸还是半遮,至于边上的孟冬,身为事故当事人,媒体还没能拍到他的脸。

"说吧。"喻见望着窗外,对斜前方的人道。

孟冬没有卖关子,也看着窗外,说:"前天傍晚我在这里等人。"

蔡晋同插嘴:"可惜等的那人爽他的约了,不然他出事,对方不可能不现身。我就是奇了怪了,你等的那人爽了约,也不知道再联系你?"

这些之前孟冬已经跟他说过了,但他现在还是想发牢骚。

"你继续,看着外面再好好想想。"蔡晋同指望着他"故地重游"能有更大的收获。

喻见的视线移向斜前方。

"你朋友爽约了?"她一字一句地问。

孟冬没正面回答:"人没出现,后来我就走了,接下来就发生了意外。"

他道:"在这之前,我也来过这里,上一次来,路边的树还没上漆,叶子也没掉。"

蔡晋同扭身,意外于孟冬竟然真的回忆起了更多,他不敢说话,怕打断对方的思绪。

倒是后座的人开口了:"是什么时候?"

孟冬望向临街的一株树,说:"上次我踩到了桂花。"

掉落一地的桂花,那是一个秋天。

蔡晋同忍不住说:"那是十月份?两个月前?还是去年?前年?"

"两个月前。"孟冬道,"那时也挂着这条红色横幅。"

顺着孟冬的视线,喻见和蔡晋同抬头,看见小饭店往上三楼的玻璃上,拉着两条横幅,上面写着硕大的"租售"二字,还留有联系电话。

二楼就是喻家原先的房子,这几年断断续续对外出租,目前已经空置。

蔡晋同按捺住激动:"你能不能想起当初你来这儿干什么?出差?"

孟冬说:"不是,见个人。"

蔡晋同大力地拍腿:"没跑了,一定是你老婆!"

喻见看向蔡晋同,可惜视线被车座挡住。孟冬也偏了下头,一笑,指了下前方:"我在那边见到了她。"

蔡晋同发动车子,把车速降到最低。

"再往前吗?"他问。

"再往前。"

那是某个秋天。

十月底,桂花犹在,却已落地,满城还能闻到它的清香。

他穿着皮鞋,漫步在这里,周遭人声鼎沸,车流络绎不绝,夕阳余晖染红了这座城市。

有个人戴着一顶宽边帽,边走边打电话,身旁的同伴搭了下她的肩膀,似乎在催促,她点头,手机仍没放下。

夕阳落在她背后,风吹起桂花,景象如梦似幻。

"酒店？"蔡晋同停下车，指着边上熟悉的酒店，"就是你住的这家酒店？"

"嗯，"孟冬声音很轻，"我在这里见到了她。"

"然后呢？"

"没打招呼，她进了酒店。"

"你跟进去了吗？"

"我在外面等。"

酒店外没坐的地方，周围也许有什么咖啡馆，蔡晋同想得理所当然，顺着思路帮他回忆："你找了哪家店坐？在东边还是西边？"

孟冬说："没走，我就站在那儿。"

那是离大门不远的一棵树。

"一直站着吗？站了多久？"

"大概两个小时。"

"这么久……那你等到她了吗？"

"她出来前，酒店里先出来了一堆人，等那些人都散了，她才慢慢走出来，还戴着帽子，就她一个。"

"你叫她了吗？"

"没叫，我走了过去。"

月明星稀，他迈出第一步时跟跄了一下，膝盖已经僵硬，走得艰难，但他很快又迈出第二步，第三步。

哗——

酒店的喷泉突然打开，烟花似的形状绽放在夜色中，一个小孩朝喷泉冲，家长紧追其后，撞到他的身上，耽搁了一秒，他看见她坐进了一辆轿车。

"后来追上她了？"

孟冬摇头："膝盖疼起来，跑不动。"

"你就站了两个小时，膝盖就不行了？"

"可能因为以前髌骨粉碎性骨折过。"

喻见视线下移，从她这个角度，看不见对方的膝盖。

蔡晋同低头看了眼，问他："之前你在医院检查时怎么没提起？"

"检查出有旧伤，报告在酒店，你要看吗？"

"不用，不用……所以你那天没能跟人说上话。"蔡晋同按照常理推测，"看来你们是久别重逢？"

孟冬没吭声。

蔡晋同猜测："你这回住这家酒店，不会是为了守株待兔吧？"

孟冬依旧没说话。

蔡晋同问："你还想起什么了？记得对方的名字吗？"

孟冬摇头。

"长相呢？"

孟冬目视着酒店的大门："应该很漂亮。"

"你都想起那天的事了，没记起她的模样？"

"她戴着宽边帽，进酒店的时候只有背影，出来的时候天黑了，她低着头。"

蔡晋同咂舌："你都记得这么详细了？"他又一想，"光看背影都能把人认出，行了，这要不是你老婆，我跟你姓！"

喻见轻飘飘地打断蔡晋同，问："就记起了这些吗？"

孟冬似乎答非所问："后来我又去了你家的饭店，看见大门关着。"当时他抬头，于是看见了挂在三楼窗户上的租售横幅。

"哟——"蔡晋同振奋，"你是特意去的那家店？"他说着回头，对喻见道，"他前天傍晚也是约了人在你家饭店，两个月前又是去你家饭店，显然跟你家饭店有渊源！"

喻见只是说："是挺巧的。"

她的手机响了，有电话进来，正好打断了蔡晋同想再次发表独到见解的欲望。

手机贴着她的左耳，但车里安静，表妹在那头的话没能逃过蔡晋同的耳朵。

"姐，我不是在查捡走孟先生手机的那个人吗，我问了附近几家商铺，都看了监控，可那天实在太混乱了，还是找不出是谁捡走孟先生手机的，但有了意外发现。隔壁烧烤店的老板说他没事翻了翻这几天的监控，看见孟先生连续几天都上我们家吃饭。他都是一个人来的，走的时候没拍到，但也许当中他有朋友来呢，两人先后到。"

表妹建议："我们收银台不是有监控吗，总要付账的，调出监控，让孟先生认一认，你说行不行？"

"行！"蔡晋同替喻见回答。

重新启动车子，蔡晋同打着方向盘道："现在就去找你爸妈，说不定那人是你家常客，你爸妈正好认识！"

孟冬抬眼扫过车内后视镜，重新系上安全带。

喻见往后倒，靠着车座头枕，似乎有些累，毛茸茸的帽子耷拉着，蹭着她的脸颊，她从缝中望着副驾驶座上的人。

车子从酒店附近驶出，蔡晋同一边注意路况，一边问："你爸妈在家吧？"等了一会儿，他没听到回应，"喻见？"

"嗯。"喻见两脚交叠，调了调后座空调出风口，说，"不用这么麻烦，车上有店里钥匙，你找找。先去看监控，要真是看到人了，再问我爸妈。"

蔡晋同自然同意："钥匙放在哪儿了？"

"抽屉。"

她指的是仪表台下方的手套箱。

孟冬打开箱盖翻找，一会儿就翻出一个钥匙圈，上面套着两把钥匙。他转头问道："这个？"

喻见从上车，直到现在才见到孟冬的正脸，她和对方对视一眼，"嗯"了声。

喻父和喻母做事仔细，家里和车上都放着备用钥匙，一把是卷闸门的，一把是饭店后门的。

这会儿时间渐晚，但还没到天黑，喻见说："等记者走了，从后门进。"

蔡晋同就把车停在了饭店后门附近，他问两人饿不饿，两人都说不饿，他又问起喻见:"你今天构思得怎么样?"

喻见差点儿没记起,敷衍道:"灵感又枯竭了。"

蔡晋同:"……"

蔡晋同这会儿也意识到了,喻见可能是懒得出门,所以才想了个构思新书的借口。

他虽然被耍,但也不气,既然喻见已经说出口,那他绝对会让她照计划进行。

因此,他语气自如地说:"你第一次写书,没经验,要不我找两个作家给你上上课,教你怎么写?"

孟冬听见,问:"写书?"

"是啊。"明星出书这种事不用保密,蔡晋同道,"公司想让她写本关于她自己的书。"

"哦?"孟冬问,"写得怎么样了?"

蔡晋同说:"头都还没开。"

天黑了,蔡晋同下车走了几步,观察四周,灯火喧嚣,记者散场,他回来跟车上的两人招了招手。

他们打开饭店的后门,直接进厨房。穿过厨房就是大厅,面积很小,只有几张桌子,地上有些小垃圾,但整体还算干净,毕竟前天意外发生后,里面只是大致打扫了一遍,不像平常那样能仔细做卫生。

喻见把灯打开,走到收银台后,开电脑。

蔡晋同头一次来,一边四处打量,一边问:"店里没其他监控吗?"

"这么小的店,没多装。"喻见从电脑显示器上看见她身后的影子,那人手插着口袋靠墙站,眼睛看着她所在的方向。

屏幕变亮,他的影子也消失了。

"要不是被骗过钱,我爸妈连收银台这边的监控也懒得装。"喻见接着道。

监控调出,喻见也没多大兴致,她转头,一下对上那人的眼睛:"你自己来。"说完,她往外走。

孟冬上前，正好将喻见的出路堵死，于是他往后退，她却往左偏，他又往前，她同时也向右偏，两人最后撞到一起。

喻见抬头，孟冬微侧着头，距离近到孟冬能看清她的根根眉毛，喻见也能看清他下巴上的细小胡楂。

店内没开空调，冬天潮湿阴冷，有热度的呼吸相撞后格外明显。

"我也来看看。"蔡晋同走了过来。

这回孟冬身形没动，喻见擦着他的后背走出收银台。

两个男人看起监控。

蔡晋同有些饿，货架上只有酒水饮料，他问喻见："店里有没有什么能填饱肚子的？"

"不知道，"喻见从餐桌上搬下一把椅子，解下围巾散热，坐下说，"你找找看。"

蔡晋同抬头又弯腰，最后拉开柜台抽屉，从里面翻出两盒喜糖。

他拆开一盒，倒出糖果，拣了一块巧克力，问他们："有糖，吃不吃？"

没人说要吃。

他又拨了下压在喜糖盒底下的一张请柬，对喻见说："这儿有张请柬，新人冯佳宝、林道行。"

喻见倚着餐桌说："是我表妹他们。"

"原来他们刚结婚？"蔡晋同随手打开看了眼，"十月二十六日，就在那家酒店结的啊，巧了。"

孟冬滑动着鼠标，蔡晋同觉得他点击进度条有些随意，于是说："你慢点儿，第一天你不是四点四十五分左右进的店吗，一顿饭等上菜吃完，少说也要十来分钟。"

孟冬松开鼠标："你来吧。"

蔡晋同无所谓地接手。

孟冬重新手插口袋，靠着墙站。

过了一会儿，蔡晋同边盯监控，边对喻见循循善诱："刚没接着往下说，写书这种事吧，也没那么难，开了头，往下也就顺利了，文笔这些也不用太讲究，不过以你的才华，我觉得没问题。我建议你就从你学生时代写起，比如你是怎么接触到……欸？"

蔡晋同握着鼠标，一不小心点开了屏幕下方菜单栏中的音乐播放器。正要去关，他看见歌名，播放界面上只有三首歌，他顺手就把歌点开了，缓慢的曲调从音响中流淌出来。

喻见一只胳膊支在餐桌上，正玩着围巾上脱出的那根线头，她手指一顿，把玩线头的动作慢了下来。

音响的音量较低，节奏舒缓又带点儿跳跃，歌声有几分随性和慵懒，仿佛阳光穿过树梢，蝉鸣开启夏日。

蔡晋同曾问过她——她怎么对她父母不孝顺了。

大概就是那个夏天的最后一场模拟考之后，她把母亲气得晕倒，父亲怒而拍桌，打碎了两只碗。

"所以，因为你不想读高中了，舅妈被你气得病倒，舅舅连饭店生意都不做了，你在家里待不下去，就坐了几个小时的大巴车，从你们市，到我们市来？"十几岁的表妹扒着树问。

喻见坐在草坪上，一边剥果皮，一边纠正："不是我待不下去，我是不想背负'弑父弑母'的骂名。"

"嘿嘿……"表妹笑。

喻见抬起眼皮。

"哦。"表妹老实了。

喻见："再给我摘几颗。"

表妹往树上爬："姐，树都被吃秃了。"

"我吃的是枇杷，不是树。"

枇杷果实累累，颇为喜人，她吃满一肚，等表妹的亲哥找来时，树上只剩几颗果子。

表哥东张西望，让她们赶紧撤："不知道我们小区的枇杷树都被保洁阿姨承包了？你们俩想讨骂是吧！"

"我说你，待会儿吃完晚饭，我送你回家。"表哥按住她的脑袋说。

她甩开头顶的手："没车了。"

"我开车送你！"

"你会开车？"

"五一的时候刚拿到驾照。"

喻见回到家已经快夜里十点，母亲坐在客厅喝水，父亲没开店，正在厨房为母亲熬粥。

表哥是学霸，已经念大学，在父母看来他懂事又有主见，所以拉着他说了会儿话。

"去年她说不想念书了，要跟我学炒菜，我当她小，不懂事瞎说，现在她又说这种话。"父亲道。

"我都搞不清楚她到底是认真的还是开玩笑，她说要去报名'新东方'，就是学厨师的那个新东方。我一想到她说的这些话，我就喘不过气。"母亲轻轻捶打自己的胸口。

喻见站在卧室门背后，耳朵贴着门偷听，书桌上还摊着这次模拟考的试卷，成绩一如既往地惨淡。

她不爱读书，也不认为人生只有读书这一条路。她认为父母太过迂腐，她不想浪费时间，只想走一条她觉得自己已经能看得见未来的道路。

何况以她的成绩，十几天后绝不可能考上普高。

她躺在床上思考一夜，心底逐渐向父母妥协，到时有三条路可走——留级、读职高，或者交一笔择校费去读普高。

谁知道中考结束后，父母会给她指出第四条路。

"你曲阿姨教了一辈子书，不知道教过多少学生，前几年她有一个亲戚的儿子刚小学六年级就跟人学坏了，她亲戚把儿子送到她家里，让你曲阿姨教了他三年。中考的时候，那小子考上了区重点高中！"

母亲身体没好彻底，说话有些累。她继续道："我原先听说外省有所学校，实行的是军事化管理，本来想把你送到那里去，我跟你曲阿姨打电话一说，你曲阿姨的意思是，让你去她那儿上学。我跟你爸商量了很久，职高是不可能让你上的。反正都要交择校费，你曲阿姨任教的那所学校，在他们当地也算不错，你学习也许能跟得上！"

她一听就急了，不愿离家去外地念高中。她向父母保证她进入普高后会努力用功，到最后甚至已到哀求的地步，但父母铁石心肠，已经看不见她泪流满面的脸。

那半个月，鸡飞狗跳，半个月后，她没再和父母说一句话。

七月初，父母听从曲阿姨的建议，让喻见提前离家适应新环境，她二话不说就坐上了火车。途中父亲跟她发短信，叮嘱她小心行李别丢了，不要跟陌生人说话，问她同卧铺的乘客是男还是女。

喻见用的手机是母亲已经使用了数年的诺基亚5310，外观九成新，母亲很节省，摔一下都心疼半天。

她没回复，趴在桌上看窗外。

母亲患胆结石住院了，父亲关了店陪护，所以他们让她独自出行。

她可以随便挑一个站台就走，这列火车之外有无数条路任她选择。

中途，火车甚至停在荒郊，不知何故，一停就停了将近半小时。午后烈日炎炎，她双腿灌铅，最后只是低头回复短信。

"是女的。"

到站，下午两点多，曲阿姨接上她，将行李放到后备厢，包车前往芜松镇。

后一小段抄近路，路面颠簸，长时间耗在路上外加炎热的天气，她胃里翻江倒海，拼命咬紧牙关。

七点多时车停下，天还没黑，两层小楼掩在围墙中。

曲阿姨问："你上次来的时候还没围墙吧？"

她点头。

"我是去年夏天的时候找人修围墙围起来的，这一年还没碰上过第二个小偷。"

打开铁门，院中绿意盎然，水龙头旁站着人，对方背对着大门，穿着格子裤衩和白色背心，皮肤黝黑，肩宽背挺，身量颀长。

水龙头上接着水管，清冽的水柱从他头顶浇下，白色背心贴在他身上。

曲阿姨说："你在呢！过来拿下行李。"

他甩了甩头,水珠簌簌,余晖中明净闪亮。他转过身,抹了一下脸。

她站在铁门边,再也忍不住,对着他的脸,呕出了一大口。

耳朵嗡嗡响,喻见盯着脚前的一方地面,发觉蝉鸣鸟叫都消失了,这真是一个安静的夏夜,虽然天还亮堂堂的。

她脚步虚浮,被曲阿姨搀进室内,进卫生间洗完脸,出来时空调已经打开。曲阿姨还给她倒了一杯冰水。

喻见坐在沙发上,喝着冰水,吹着冷气,偶尔望一眼玻璃窗。

"白背心"浑身湿漉漉,还在冲洗地面。

喻见一杯水喝完,院子里的人进屋,一步一个水印,向她越走越近。

她情绪低落,本来不想说话,但还是在辨认出对方阴冷发青的脸色后,有气无力地说道:"你气色不好,是中暑了吗?"

"怎么了?"曲阿姨正好端着一盆西瓜走出厨房,闻言,拽过小阳春查看他的气色,"哪儿不舒服吗?"

小阳春这才绷着脸,盯着喻见开口:"我没事,倒是你,要帮你倒立吗?"

喻见虽然没明白他的意思,但下意识地知道对方肯定没好话,所以准备装聋作哑,但是曲阿姨单纯,上了他的套:"倒立干什么?"

小阳春说:"帮她倒干净肠胃。"

喻见就知道!!!

"瞎说什么呢!"曲阿姨把西瓜放下,让他们一块儿吃。

一大盆西瓜,喻见只吃了一片,曲阿姨吃了两片,剩下的小阳春包了,胃口大得惊人。

喻见这才恍然意识到,时隔一年半,小阳春已经比她高半个头,身形也不再消瘦,肩宽腿长,不至于壮,但手臂很结实。假如再碰上偷车贼,她不需要再光着脚跑出门替他找救兵了。

她觉得上帝造人很不公,自从她去年初潮之后,她的个子至今只拔高了三厘米。

她在小楼里住下,房间仍是去年住的那一间,没阳台,但有大窗户,有个小小的独立卫生间,衣柜很大,她的行李只占了一半的空间。

平时没有娱乐活动,她在这里人生地不熟,电视看久了就没意思,电脑倒是有一台，但在小阳春的卧室里。

白天小阳春通常不见人影，在家时，他不是陪曲阿姨看电视就是关上房门打游戏，而曲阿姨的退休生活是学习英语。

喻见对此敬而远之。

喻见无所事事地过了三天，第四天时曲阿姨买菜回来，站在厨房门口冲她招招手："见见。"

喻见趿拉着拖鞋过去。

曲阿姨温柔地说："你不是说要去新东方学厨艺吗？其实在这里学也是一样的。从今天开始，我教你做菜。放心，先教你做南方菜，以后这个家里的一日三餐就交给你了。"

喻见目瞪口呆。

于是，这顿晚饭，小阳春难得斯文一回，她注意到他的喉结动得极为缓慢，仿佛一个世纪之后，他放下碗筷，默默地进厨房煮了一锅泡面。

曲阿姨说："给我一碗。"她又转头问喻见，"你要吗？"

何必呢，何必折磨彼此。

洗菜、切菜太累，炉灶前太闷热，第二天晚餐前，喻见汗流浃背地说："我不想去新东方了。"

曲阿姨温和地点头："那你的决定，我们大人肯定是要尊重的。"

喻见重新过上了无所事事的生活，偶尔和家乡的同学在QQ上聊天。见曲阿姨捧着书本时，她就躲着走。倒是每天，她会独自坐在一块干净的水泥地上，望着黄河发一会儿呆。

黄河就在曲阿姨的家门口，喻见通常会走到百米开外，这里沿岸修整出一片地方，极其适合跳广场舞，有水泥凳，还有雕塑，河对面是一片人声喧嚣的景象。

但也许因为这一头地广人稀，她至今都没听见过广场舞的音乐。

黄河水流的湍急程度是她从没见过的。她从前遇见的江水，温柔得像春天的风，要是水质清澈，还能见到鱼的身影，除了大潮的时候。

但黄河的湍急和大潮的汹涌是迥异的，她无法用语言或文字描述清楚这种区别。

偶尔闭上眼,她的世界只剩下黄河的声音,一种壮阔的、冲破桎梏的、开天辟地一般的浪潮声。她胸中有种强烈的冲动,可是她无处发泄。

这天午后,她回到家,小阳春还没出门,正对着水龙头冲洗甜瓜,曲阿姨在整理仓库。

仓库是建在小楼东面的一间低矮平房,外观陈旧,喻见来这里一个多礼拜,没见门打开过。

她站在门口望了一眼。

曲阿姨穿着件旧衫,胳膊套着小碎花袖套,正拿抹布擦拭一支萨克斯。喻见眼睛睁大,想起去年曲阿姨曾指着吉他跟她说,要把吉他放进仓库。

喻见正好奇,屋外传来车铃声,一道公鸭嗓喊着:"大哥,走了!"

水龙头旁的"大哥"咬了一口甜瓜,慢悠悠地回了声:"来了。"

又有一个甜美的女声说:"今天你们去,我不去了。"

公鸭嗓:"怎么突然不去了?"

甜美女声道:"我怕晒黑,你看我的胳膊,就陪你摆了两天摊,都变成两个色了。"

"呵,那是你本来就黑,你不去,跟我来干吗?"

"我找曲老师补课。"

"哦,那你就是蹭我的车了!"

喻见倒退几步,歪头望向门口,门口一男一女两个少年话音一止,同时看向她,问:"这是谁?"

小阳春又咬一口甜瓜,朝她瞥来,她自然而然地说:"我是他小姨妈。"

小阳春一口甜瓜卡在上下牙齿间,抓起石台上另一个甜瓜,几步走近她,往她的嘴巴一塞。

她脑袋往后仰。

曲阿姨从仓库出来,说:"苟强,你们今天带她一起去玩儿,她叫喻见,是我外甥女。"

这坐实了那一声"小姨妈"。

喻见拿走嘴巴前的甜瓜,说:"我不去。"

曲阿姨道:"去吧,去吧,让小阳春带着你,出去玩总比留在家里跟我补数学好。"

于是她立刻问小阳春:"去哪儿玩?"

他们不是去玩,苟强骑着一辆满载小食品和小物件的三轮车,她和小阳春骑着去年被上过漆的两辆自行车,一道前往一处无名风景地。

苟强说:"我想换去年新出的 iPhone 4S,我爸妈不让,说除非我用自己的钱买。"

于是,他向父母讨回新年红包,开始做起小贩,小阳春闲来无事,偶尔帮帮他。

她骑着车问:"哦,就是小阳春现在用的那款手机?"

"对。"

她以为无名风景地应该不远,谁知半小时后前面两人还没停车,四周也越来越荒凉。

"还要多久?"她问。

"快了!"苟强道。

一路上坡,艰难程度简直赛过马拉松,又过了大约半小时,他们终于在一处荒郊野外停下。

她扶着自行车气喘吁吁,手掌遮挡太阳光,眺望着远处的山峰问:"你们在这里摆摊?"

苟强说:"现在是暑假,这里基本每天都有游客,边上什么店都没有,我在这里摆摊卖水、卖吃的,生意可好了!"

她四处张望:"这里是景点?"

"这就是大自然啊,"苟强卸着货说,"你不觉得风景很美?"

美是美,山峰地质不同,景观很有特色,但这里只有山,除了山,没见其他的,游客坐几小时车远道而来,拍完照就走。

苟强的小摊生意倒是真的好,掏钱的人络绎不绝。

她坐在自行车后座,踩着一块石头,啃着特意带来的甜瓜,一边吹着呼啸的山风,一边欣赏拍照的游客。

吃完瓜,又晃了一会儿,她问小阳春:"厕所在哪儿?"

小阳春跷着腿坐在三轮车后面,看她一眼:"很急?"

喻见不知道他问这话什么意思,道:"你就指个方向给我。"

小阳春伸腿,朝蹲在地上的苟强晃了晃。

苟强边收钱,边抬头:"干吗?"

"我去'放水'。"

"去吧。"

小阳春下了三轮车,冲她说:"走吧。"

她亦步亦趋地跟上,几分钟后拐个弯,继续直走几十米,空旷的荒野间出现了一座破败的院落。

院落的围墙坍塌了一半,没有门,站在外面能看见屋子,屋前是空地,空地的另一头是座高高的戏台。

院中杂草丛生,她愣愣地跟着小阳春进去。

小阳春指着远处的破屋说:"去屋后面。"

"厕所在那边?"她单纯地问。

"尿在地上。"小阳春说。

"什么?!"她惊悚。

小阳春的手贴着裤腰,往围墙边走:"去那儿尿吧,没人看见。"

她跟在他后面:"没有真正的厕所吗?我要找厕所!"

"周围没厕所,都是在这儿尿的。"小阳春回头,"停下!我撒尿,你跟着我干什么。"

她气急:"我是女的,怎么在这儿解决!"

"那你就憋着,不然还想我给你搭个厕所?"小阳春道,"转身,我要尿了!"

她不转,小阳春作势脱裤子,她赶紧转了个一百八十度,面朝远处的戏台,说:"我不信这里没厕所!"

"你自己去打听!"小阳春走远了些。

她听到细微的、像是水流砸在草丛里的声音,说:"你告诉我最近的厕所在哪里！"

小阳春边尿边回："往回骑车，三四十分钟。"

她觉得自己憋不了这么久。

"你还上不上？"

声音靠近，她回头，小阳春已经完事了。

她脑中天人交战，最后摇头。

人声从远处传来，几名游客陆续从院外走进，她和小阳春相距数米远，这数米是游客们的必经之路。

他们从中间穿过，左看她一眼，右看他一眼，"放水"声接连不断。

小阳春遥遥地问她："你真不上？"

她还是摇头。

"待会儿那边就更脏了。"

她能想象到。

小阳春道："那回吧。"

她鞋底摩擦着地面，艰难地迈开步伐。

小阳春忽然回头，指着破屋子："去！"

她坚定："不上！"

小阳春说："你去不去，不去我给你把裤子扒了！"

"有本事你就扒！"

小阳春冲上前。

她绝不信对方会扒她的裤子，但当这人的大手碰到她的腰时，她怔住了，仰头直愣愣地望着对方。

小阳春垂眸盯着她，低声说："我扒了。"

她抬手挥向他的手臂，使劲把他的手打开。

踩着遍地碎石杂草，她绕着屋外走了半圈，最后选定一处角落，探出头，朝站在大院门口的人说："你帮我看着，别让人进来。"

小阳春手插着裤兜："你烦不烦？"

"你把脸转过去。"

小阳春的后脑勺对着她。

她蹲在角落,这一刻内心深感屈辱。穿好裤子,她面红耳赤地走出来,看见小阳春手插着口袋,背靠坍塌的围墙,侧头看向她。

夏日炎炎,天干物燥,沉默在蔓延。

许久,这人勾了下嘴角,语气淡淡地说了声:"走了。"

这之后的两三个小时,她坐在一块阴凉的石头上,抱着膝盖,面朝着远处备受游客喜爱的山峰,留一道孤独的背影给身后的山路。

两个"摊贩"在她右侧两米之外。

东西卖得差不多后,苟强扭头望一眼,再把头扭回来,问小阳春:"你欺负你小姨妈了?"

小阳春一条腿支着,一条腿挂在车外,正躺在三轮车上玩手机。闻言,他坐起身,一脚踹在苟强的肩膀上。

从苟强偷看她,到苟强被踹,全程都被她用余光捕捉到了。

她装作没看见,等苟强说收摊了,才从石头上起来。

坐了太久,屁股又酸又疼,她趁这两人不注意,拳头往后捶了几下屁股。

回去的路比来时轻松太多,一半是下坡,傍晚的风也变得轻柔。到家时,补课的女孩方柠萱还没走。

见他们回来,方柠萱才背上包,准备再次蹭苟强的三轮车回家。走前,她还对小阳春说:"我爸妈给我寄的快递应该明天到,里面有一半是你爸爸给你的。明天你别出门啊,我给你送过去。"

喻见正打开水龙头准备洗脸、洗脚,小阳春一边把她挤开,一边回应方柠萱:"你给我外婆。"

方柠萱说:"那不行,收件人是你,我得亲自交给你。"

喻见没防备,一下就被小阳春挤开了,但她反应极快,立刻用手堵住水流出口,水柱分成几股射出,他又轻而易举地将她的手拽了下来。

苟强和方柠萱走了,小阳春冲洗脚,她把脸凑过去,让他用她的洗脸水洗脚。

最后两人身上都湿了。

入夜,曲阿姨又去仓库打扫卫生,喻见终于找到机会跟过去一探究竟。

走进仓库,她震惊得说不出话,曲阿姨笑着问:"看傻了?"

她合拢嘴巴,瞪大眼问:"曲阿姨,你们家以前是开乐器行的?"

曲阿姨好笑:"哪儿能啊,你韩叔叔是音乐老师。"

"音乐老师有这么多乐器?"

"他喜欢,所以就买得多,有一段时间他还喜欢上了画画,把半间房都改成了画室。"

她问:"这些乐器,韩叔叔都会用吗?"

曲阿姨四处打量:"基本会用,但不是每样都精通。"

她又问:"那你会吗?"

曲阿姨摇头:"我学是学过,但我没这方面的细胞,怎么都学不会。"

喻见没回屋,而是留下陪曲阿姨一道打扫。平日里她大大咧咧的,但这方面的分寸,她还是有,知道这些东西昂贵,她轻拿轻放,擦拭时也像在挠痒痒。

清洁工作完成,曲阿姨摘袖套时,问她:"喜欢这些吗?"

她说:"我不会。"

问题和答案似曾相识,好像去年冬天,她们也有过这样一段对话。

曲阿姨笑着问:"你去年回去后,学吉他了吗?"

她想了想,摇头。她在网上找视频跟着学过,那不算"学吉他"。

曲阿姨说:"这间房我没上锁,你随时可以进来玩。"

"可以吗?"

"为什么不可以?"

"这些都是韩叔叔的东西。"遗物不是都该被珍而重之的吗。

曲阿姨说:"我不是把吉他都送你了吗?我跟你韩叔叔都不是注重这些外在的人。"

喻见记起去年曲阿姨说过这种类似的话之后采取的"雷霆行动",自动替她补充一句——只要别人能自觉,她就不是一个注重仪式感的人。

出门的时候,曲阿姨轻轻搂着喻见的肩膀,说:"你韩叔叔是在三十八岁那年决定在这里定居的。他说他前二十年看遍了祖国河山,觉得还是这里的风景最合他的心意。你有没有特别喜欢的地方?"

她想了想:"家里?"

"除了你的家乡,你还去过哪里吗?"

她说:"这里。"

曲阿姨笑了笑:"你今年才十五六岁,看过的风景也少,你知道年少最大的好处是什么吗?

"就是在你不需要为生存而烦恼的时候,你就不用为生活着急。你可以多看、多听、多学、多想。等你该为生活忙碌的时候,即使你做出的选择仍旧不合你父母的心意,他们也没法再真正强迫你做什么了,因为这是长大成人的好处之一,也是代价之一。"

仓库的门被轻轻关上,灯光从主屋的窗户内流泻出来,照亮她们脚下的路。

曲阿姨温婉道:"你韩叔叔临走前两天跟我说,他回想他的一生,遗憾少,快乐多,所以他离开时一定是笑容满面的。他走的那天,倒没笑容满面这么夸张,但确实嘴角带着笑。后来,我就想也像他一样做个少有遗憾的人,我还有时间,而你,十五六岁的漂亮小姑娘,时间就更多了。"

当晚喻见内心有不小的震撼,难得地失眠到半夜。她第二天醒来,前一晚的情绪仍有少量遗留,但消散得更多。

她也看过不少鸡汤文,曲阿姨给她灌的鸡汤确实有几分效果,但还不至于让她"头悬梁,锥刺股"。因此她没捧书本,而是走进了那间仓库。

她在仓库一待就待到傍晚,小阳春回来时,她还拿着一件乐器。

小阳春冲洗完脸,扶着门框问她:"我外婆呢?"

"她去邻居家拿小鸭子了。"她说,"方柠萱把你爸寄给你的东西送来了,就放在茶几上。"

小阳春撩起T恤下摆擦拭脸上的水珠,问她:"你会吗?摸半天。"

她抱着乐器反问:"你会吗?"

小阳春说:"我没兴趣。"

她把怀里的上低音号举起来,朝他吹响。

这一声,低沉、浑厚、含蓄且悠长。

声音消失后,安静半晌,小阳春抬起手臂,慢动作拊了第一掌,慢动作拊了第二掌,又慢动作拊了第三掌。

"难为你了。"他说。

她放下上低音号,一副要教训他的样子朝他大步走去,但他不按套路来。他不像别人那样转身就逃或者等人来追,而是一只手扶着门框,身形岿然不动。

她已经逼到他面前,再也不能近半寸了,他低头,她甚至看见了少年人上唇两侧的胡须。

与人对视是最难的一步,不避不让,不躲闪,坚持到最后的才是王者。她觉得很难坚持,不知道小阳春是怎样,她的耳根已经逐渐发热。

她依旧保持与之对视,开口说:"让你猜个名词。"

过了两秒,小阳春才低声:"嗯。"

"什么东西不挡道?"

小阳春看着她,不紧不慢地说:"你有这样的自觉,不是应该让开吗?"

她终于忍不住去推他。

曲阿姨拎着装小鸭子的篮子回来时,喻见两只手腕正被人抓着高举过头顶,显然处于下风。

"别打了。"曲阿姨已经见怪不怪,"来看看你们几年后的口粮。"

"……"

这天以后,仓库成为喻见的常驻地,卫生自然也由她负责。

乐器种类太多,她花了数天才弄清它们的名字,大多是铜管乐器和弦乐器,还有少量的国内传统民族乐器。她奇怪怎么没有钢琴,曲阿姨说原本有架钢琴放在客厅,在小阳春九岁那年被他破坏到了无法修理的程度,韩叔叔索性就把钢琴卖了,又买了一架电子琴回来。

喻见开始使用这间仓库里的乐器,每天沉醉在她自己制造的声音中。

小阳春躺在院落里的竹椅上乘凉,小鸭子四处乱窜,小阳春喊:"喂——"

她抱着吉他,望向门外。

小阳春侧头看她，遥遥地说："今晚宰鸭子吃吧。"

她狐疑道："你饿成这样？连幼儿园的都不放过？"

小阳春道："反正它们也活不长了。"

她不解。

"你再拨几下吉他，它们今晚就能归西。"

她放下吉他，也不按套路走，没有追着这人打，而是跑进主屋，拿出一把水果刀，往他手上一塞："宰吧，宰完，你还能自尽！"

小阳春顺手削了个脆桃，她让他切一半分给她。

八月底开学军训，九月初正式上课，从家去学校，骑自行车要半个多小时。苟强偷骑电瓶车上学，被老师发现后还被叫过家长。电瓶车的速度较快，路上要是发生事故，学校一定会被追究责任。

喻见和小阳春不同班，她是交了一笔择校费才进校的垫底生，他在重点班。期中考时，他排名年级第二十五，苟强和方柠萱还问小阳春是不是没发挥好。

回家后，喻见盘腿坐在沙发上，端详小阳春的试卷。

小阳春经过沙发，悠悠地说了句："人的智商有限，别太为难自己。"

她浑不在意："我比你小九个月，你胜在起点比我高。"

到了冬春交替之时，高一下学期开始，喻见也已经完全适应了这座城市的咸味自来水，能面不改色地一饮而尽。

不过曲阿姨家长期喝矿泉水，她喝咸味自来水的次数不多。

她和小阳春相处得也算和平，只是偶尔对彼此的生活习惯不能苟同。

比如某一个周日，快递员在院外焦急地喊门，她和小阳春急急忙忙地从各自的房间里跑出来，小阳春穿着背心和裤衩，而她还穿着冬天的棉睡衣。仿佛他们二人生活在两个季节。

直到很久之后，他们所在世界的季节才得到统一。

这时夏天也快到了，去年的这个时候，她把枇杷当饭吃。

正值五一假期，她刚好想起表妹家小区里的枇杷树，曲阿姨从院子里进屋，说有事跟她说。

表妹的手机关机,喻见的手机上刚按出表哥的号码,闻言,她暂时把手机搁在一边。

小阳春刚回家不久,习惯性地在外面冲去汗水,这会儿也走了进来,站到了沙发后。

她警惕地回头,提防小阳春把水珠弹到她的脖子上。

"见见,你爸妈刚才给我打电话,"曲阿姨坐在另一边的单人沙发上,摁着她这头的沙发扶手,说,"你表哥出了事。"

她一愣,还问:"出了什么事?"

"你要有心理准备。"

她心里立时咯噔一下,下意识地不愿听。

"你表哥跟着实习单位去旅游,发生了意外事故,他遇难了。"曲阿姨小心翼翼地说。

喻见的脑袋嗡的一声,背后的小阳春低头,大手从她的额头抚过,按在她的头顶。

不知道是不是他手上的水珠滚落到了她的脸上。

她这回没有反抗。

回家的路程太远,时间又紧,曲阿姨替她叫来一辆面包车,午饭打包,直接送她去火车站。

喻见准备上车时,面包车另一边的门也被打开了,她立着没动,另一边的人坐进车里,朝她说:"愣着干什么?"

她看了眼路旁的曲阿姨。

曲阿姨走过来,瞧着车里的小阳春:"你干什么呢,下来。"

小阳春道:"我顺便去机场。"

小阳春的母亲正好是今天下午五点多落地机场。

曲阿姨叹口气,轻哄着喻见:"你上车吧,路上饿了渴了,让他帮你跑腿。"她又叮嘱小阳春,"照顾好见见。"

喻见上车后系上安全带,车启动后也不见边上的人有动作,她提醒道:"安全带。"

"坐在后面系什么安全带。"小阳春不为所动。

她不再说话，偶尔看向窗外，头转回来时，眼睛总是辣辣的，车颠得她头昏脑涨，后来上了大路，才平缓下来。

半途，司机下车抽烟，撒尿，和人聊天放松一下，小阳春打开车窗冲外面喊："聊够了就上车，赶时间！"

司机瞟他一眼，继续和人聊，他的手臂够到驾驶座，狂按喇叭。

司机被他逼回来，原本气势汹汹，后来看见他的身形，大约意识到什么，不想惹麻烦，转而叨咕了两句："烟都还没抽完，急什么急。"

他们一路无话，到达火车站，小阳春率先拎起她的包。

只走几天，她只带了两件换洗衣服，一个双肩包就够装了。

离发车还有段时间，她抱着包坐在候车室，小阳春跷着腿坐在她旁边玩手机。

她正沉浸在自己的世界里，身旁的人忽然说："饭菜吃了，盒子我带走。"

喻见偏头，说话的人还在认真地点着手机屏幕。

她没理。

过了会儿，小阳春把饭盒打开，递到她面前。

她摇头。

小阳春又把盖子盖上，将饭盒重新装进塑料袋，再放回她的双肩包里。

发车时间快到了，她跟着人流排队检票，回头看一眼，小阳春握着手机朝她挥了下手。

自她有记忆起，参加过三次葬礼，最近的一次在初二那年，送走的人是曲阿姨的丈夫，小阳春的外公。当天有人伤心，但并不悲痛，席间也是和乐融融，仿佛老友聚会。

直到这一次，她从千里之外返家，似乎才明白死亡究竟意味着什么。

没人会再在饭点来找她，对她说小区里的枇杷不能摘。

二十岁出头的大男孩，意气风发，壮志未酬。

她咬牙隐忍，晚上和表妹同床，没人能入睡。她抱紧对方，半夜肩膀被表妹的眼泪打湿。她揉揉对方的脑袋，这一刻她成熟无比："乖，佳宝乖乖睡觉。"

而她的眼泪也哭干了，在她过了随时随地能向父母撒娇的年龄后，她已经很久没流过泪。

但她仍没有得到纾解，满腔的情绪像无头苍蝇般四处冲撞，它在找一个出口，再找不到，也许就会爆炸。

她比计划提前两天回到曲阿姨家，曲阿姨一家三口正在外旅游，小阳春的母亲还带上了方柠萱。

她跟曲阿姨通电话时，听见一片欢声笑语。

她没告知曲阿姨她已经回来了。放下包，她在客厅呆坐半小时，然后洗澡，把前几天带走的餐盒放回橱柜。她原本还想喂鸭，没见到鸭子，她猜鸭子应该被托付给了邻居。

她进仓库转了圈，一顿乱吹乱弹，夕阳西下时，她想起去年此时，表妹爬树为她摘枇杷，而她在树下，仿佛能接住对方落下的笑声。

她坐在仓库门口，看着天边的晚霞，拨动了一下琴弦。

在仓库待到后半夜，其间她感觉不到口干和饥饿，第二天一早，她吃了点儿面条，又钻进仓库。

曲阿姨他们到家时，她两天只吃过一顿主食，其实只是两天没认真吃饭，曲阿姨就说她瘦了一圈。

她低头看自己："哪儿有。"

曲阿姨说："待会儿去借个体重秤，你称称看。"

小阳春咬着根黄瓜过来，握起她的手腕，拿手量了一圈，然后拿下嘴里的黄瓜，评估道："瘦了，以前揍你的时候，掐你的腕子没余这么多。"

她给他一个白眼："那是你现在又长高了，手长大了！"

小阳春的母亲没待两天就返回柬埔寨了。日子继续过，喻见每天两点一线，空闲时不是窝在仓库就是蹲在黄河边。大约是夏天太闷热，她食欲不佳，餐餐都吃不进东西，偶尔和表妹通话。表妹说这可能是苦夏，她自己也是没胃口，还伴随着失眠。

喻见庆幸自己的睡眠质量还行。

但因为食欲不振,她在极短的时间内肉眼可见地瘦了下来,脸颊上的婴儿肥逐渐消失,牛仔裤裤腰直往下掉。

这天晚上,曲阿姨和老人们在外乘凉,喻见一个人踱到老地方,找了棵树,舒服地躺下,看着对岸的万家灯火,听着黄河的滚滚涛声。

她哼起歌来,节奏舒缓又带点儿跳跃,哼到结尾,她听见微信提示声,不是她的,她的诺基亚手机用不了微信。

她回头,果然看见小阳春胳膊搭着树干,两人视线对上。

"你作业写完了?"她问。

"该我问你。"小阳春捡走地上的枯树枝,往她边上一坐。

"没呢,待会儿你借我抄。"他们虽然不同班,但有两门课的作业相同。

小阳春伸开腿,舒展肩膀和脖子,懒洋洋地说:"好处。"

她说:"我帮你送粉红色的信。"

小阳春说:"你有封粉红色的信在我那儿。"

她问:"刚刚怎么没给我?谁写的?"

小阳春问:"我的呢?"

"在教室,忘拿了,明天给你。"她又一次问,"我那封是谁写的?"

"二班的一个,叫许什么。"

她想了想:"没印象。"

风吹浪滚,她指着左岸说:"我刚才看见有人在那里游泳。"

"嗯。"

"这是黄河。"

"怎么?"

"黄河里游泳欸。"

小阳春抬起眼皮,看着她说:"我以前还常游到对面。"

她不信:"怎么可能,我怎么没见过你在里面游泳。"

"几年前了。"

"那你现在游一个。"

"找死?"小阳春捡起枯树枝往黄河一抛,"不知道哪里来个旋涡,就能把人吞了。"

月色昏暗，喻见没看清枯树枝究竟是不是被吞了。她托腮望着对岸说："我还没去过那里。"

"跨省了。"

"我知道。"

在来芜松镇生活之前，她从没想过一条河的两岸会是两个省，有种白天与黑夜、人间与天堂的一线相隔感，同在世间，却生活在两个世界，似乎只要跨出一步就能抵达彼端，却隔着天堑。

这条河没法横跨，要去到对岸，得坐一段时间的车，想象只能被现实扼杀。

小阳春说："我们以前把钱放进塑料袋里带在身上，游到对面，吃一顿饱的，再游回来。"

"那里有什么好吃的？"

"也就那样，"小阳春回想了一下，"有家店的蜜三刀和水晶饼的味道不错，是招牌。"

她抱着膝盖，歪头看着他。

他转头对上她的眼，顿了下，问："没吃过？"

"嗯，"她说，"这两样听说过，没见过。"

小阳春问："你不跟你们班的人逛街？"

"还真没逛过点心铺。"

小阳春摇摇头。

突然传来咕咕几声，横冲直撞地进入了夜风中，小阳春看向她。

她将下巴抵在膝盖上，平静地陈述："想吃。"

小阳春："……现在没车。"

她故意道："你游过去，我请客。"

"呵……"小阳春似乎懒得理她，他头枕双臂，闭目养神。

她的肚子又咕咕叫了几声，还真饿了，难得在这个燥热的夏天，她有了饥饿感。

坐也坐够了，她想回去写作业，正要叫小阳春起来，他忽然睁开眼，

075

看着她不说话。

她迟疑："干吗？"

小阳春起身，拍拍裤子说："跟我来。"

"去哪儿？"

"跟上就是。"

他沿着黄河岸边走，边低头发微信，她莫名其妙地跟了他一路。

走了一会儿，他才停下，前方苟强骑着电瓶车抵达，把手机防水套和浮标抛过来，嚷着："我的哥，你要干吗？"

小阳春把手机塞进防水套里，脱了T恤，身上就剩一条裤衩。他做着热身运动，对苟强道："我去趟对面，你帮我看着点儿。"

——仿佛在说下趟馆子这么轻松。

她目瞪口呆："你开玩笑？"

小阳春的语气很敷衍："你不是想吃？"

她狐疑地将小阳春从头看到脚，觉得他应该是在逗她。

小阳春热身完，套上手机挂绳，拿上浮标，走向黄河。

她不再管上不上当，忙拉住他手臂："欸、欸、欸，你来真的啊！"

小阳春拿下她的手，朝苟强说："你看着她，别让她跑去找我外婆。"

苟强应该也没料到小阳春来这一出，傻愣愣地没回神。

她根本拽不住人，小阳春已经长到一米八出头，她这一年紧赶慢赶还是比对方矮了一头，加上这人肩宽背厚，她最后只能抱住他的手臂，使劲往下拽。

"你拉什么，松开。"小阳春说。

她把自己当成树桩："你别耍我，跟我回去！"

"谁耍你。"小阳春去拽她的手。

她干脆抱住他的腰，完全没在意对方现在打着赤膊："那我不想吃了，完全不想吃了！"

小阳春皱眉："放开，放开。"

"你先跟我走！"

"你不放开，我怎么走？"

"你万一跳河呢？"

"你才跳河。"小阳春索性半拖半抱，把她带回路上。

这一场游泳就这样不了了之了。

她回到家，虽然还心惊肉跳，但越想越怀疑——自己是被小阳春耍了。

心不在焉地写完作业，她精神仍有些亢奋，躺在床上翻来覆去半天，把空调温度一会儿调高，一会儿调低，最后觉得还是吹自然风好，于是把空调关了，拉开窗帘。

她还没来得及开窗，房门忽然被叩响，她说等一下，然后把衣服里的文胸穿好，过去开门。

她猜到是小阳春，因为曲阿姨敲门的时候总会叫她"见见"。

但她没想到门外的人浑身湿漉漉的。

小阳春朝她递了递塑料袋。

"你干吗去了？"她不知道是什么，接过来一看，愣住。

"睡了。"小阳春转身就走。

她一把拉住对方："你哪儿来的？"

小阳春站住："买的。"

"哪儿买的？"

小阳春转头："对面。"

她眨着眼睛问："黄河对面？"

"废话。"

她头晕了下，拽紧对方湿漉漉的手臂："你怎么去的？"

小阳春不知想到什么，顿了顿，忽然扯起嘴角："你说呢。"

她眼珠转动，放开他，往楼下跑，到院子里一看，水龙头周围都是水。

她转身看向站在门口的人："你坐苟强的车去的吧？"

小阳春说："你说是就是。"

她一听，抿紧嘴巴，又开始动脑子。这人每次外出回来都要冲水，她实在猜不准他这一身湿漉漉的，是因为在黄河里游了泳，还是淋了自来水。

她上前："你跟我说实话，你到底是怎么去的？"

小阳春进屋："别把外婆吵醒。"

"你说啊。"她小声。

"我游过去的。"

"你想骗我。"

"嗯,坐车去的。"

"你到底怎么去的!"

"说了,你又不信。"

"那你说实话!"

小阳春去浴室洗澡,她没法再跟。她站在门口等了一会儿,不知道他什么时候洗完,她又回客厅,边吃着跨省买来的蜜三刀和水晶饼,边坐在茶几旁写写画画。

小阳春洗完澡,穿着背心和裤衩出来,走到她身旁,转了下她面前的乐谱。

她咬了口蜜三刀说:"你看得懂吗?"

"你再唱一遍。"

她轻轻哼着歌,即将十七岁的她,嗓音慵懒、随性。

月光倾泻,穿透树梢,盛夏的天气,雨忽然地来,又忽然地走,站在树下仰头,总能等到漏进来的光。

音响的音量稍稍变大,歌声萦绕。

"这播放器里正好都是你的歌。"蔡晋同松开音量键,说,"你是怎么接触到音乐的,照着这个思路写,你觉得怎么样?"他又转头对孟冬道,"这首歌听过吗?喻见的代表作之一,写词谱曲都是她一人。"

孟冬望着喻见,过了会儿才说:"很好听。"

"那当然。"蔡晋同问喻见,"我没记错的话,这首歌好像是你十七岁的时候写的?"

喻见松开围巾上的线头,手指顺了下头发:"老皇历了,提它干什么。"

"十七岁,那是读高中的时候?"孟冬道,他走上前,胳膊搭着收银台。

喻见看着他:"嗯。"

"很厉害,年纪还那么小。"孟冬说,"我也很好奇,你是怎么接触到音乐的。"

蔡晋同得到认同,说:"是吧。"

孟冬笑了笑,又看向喻见:"这个切入点不错。"

喻见过了几秒才说:"别三心二意了,看监控。"

蔡晋同转回注意力。

孟冬走向喻见,还有两步远,喻见抬头看他。

孟冬越过她,继续往前,搬下旁边一张餐桌上搭的凳子,坐了下来。

随后他看着喻见道:"站累了,坐会儿。"

喻见说:"你好像不太上心自己的事。"

"是吗?"孟冬道,"我可能情绪不太外露。"

蔡晋同眼睛都盯出泪来,最后也没见到孟冬有同伴,每次结账,都是他独自一人走到收银台的。

蔡晋同擦擦眼泪,瞄一眼坐在右边的孟冬,暗自咂了咂嘴,头一偏,又无意中看见了左边的喻见。

日光灯就只开了靠近收银台的两盏,他们的位置靠门,处在半明半暗之中。两人隔空相视,在略显昏沉的环境中,仿佛隔了层雾,他看不清他们的神色。

蔡晋同莫名生出一种旁观感。

三人走时也是静悄悄的,蔡晋同先行打开饭店的后门观察一番,见没有可疑人员,才让那两人出来。

他还揶揄道:"我怎么觉着自己像情报人员,这跟做贼似的。"

开车门,孟冬没像来时那样坐副驾驶座,他又坐到了后面。

虽然昨天孟冬也是坐后座的,可这会儿蔡晋同总有点儿说不出个所以然的感觉。

昨天才见第一面,大家都不熟,孟冬坐在后面很正常。

今天上午因为喻见没来,孟冬上车后自然而然地坐在他边上,这证明不管孟冬是不是一个不好相处的人,但至少表面上不会摆出一副趾高气扬的姿态,两人相处时不会把他当司机。

并且全天接触下来，他们说话也少了昨天那么多的客套。

换作他自己，应该会继续选择坐副驾驶座，而不是又坐到一位相对陌生的女性旁边。

当然，后座空间大，也许孟冬会觉得比较舒服？

蔡晋同看一眼后视镜，慢慢开往酒店。

路边几家商铺的圣诞装饰还未拆，孟冬看了一会儿，问旁边的人："你参加跨年晚会吗？"

喻见把围巾拿在手上，说："我人在这儿，明天赶得及去哪里？"

孟冬问："没有录播？"

喻见直说："被删了。"

孟冬看着她的脸，灯光一排排闪过，她说这话时淡然自若。

"咳⋯⋯"蔡晋同清了下嗓子，换了话题，对孟冬道，"刚才在监控里面虽然什么都没找着，但今天咱们也不算无功而返，你能恢复一部分记忆，这比什么都让人开心，说不定今天晚上你睡上一觉，明天一睁眼，就什么都记起来了。医生不是说了吗，什么可能性都有。"

说着话，他们就到了酒店。

蔡晋同正要说告别的话，听见后面喻见开口："昨天落了东西在你房间，你有没有看见？"

孟冬解着安全带问："什么东西？"

"新书里要用的材料。"

蔡晋同这才想起喻见让他找照片的事。

孟冬说："要上去找找吗？保洁应该打扫过卫生。"

喻见道："他们应该不会随便清理。"

于是三人上楼，蔡晋同先借用厕所，喻见在沙发上扫了一圈，又弯腰看沙发底下。

孟冬问："是什么材料，我打电话问下酒店。"

喻见也不藏着掖着："一张照片。"

"哦？你的照片？"

"是。"

"知道了。"

孟冬拨打电话,酒店方告知得等询问过今天的客房工作人员后再给他回复。

看样子最快也得到明天了,喻见没多留,跟蔡晋同一道离开了。

喻见回家时间早,表妹还没走,喻父和喻母在桌上给喻见留了饭,喻见让表妹一块儿吃点儿。

表妹说:"我就是在你家吃的晚饭。"

喻见多拿一副碗筷,放在她面前:"再吃两口。"喻见又让父母去看电视,自己跟她聊天。

"那我只吃两口啊。"

"吃吧。"

"今天怎么样,孟先生情况有好转吗?"表妹低声问。

喻见点头:"嗯,他恢复得不错。"

"真的假的?"表妹说,"你别把我当成舅舅和舅妈糊弄。"

"骗你干什么,他今天已经恢复一部分记忆了。"

"真的?"

"估计过两天他就全想起来了。"

"那你也别这么乐观……"

喻见挑眉,给表妹夹了一筷子油焖笋:"多吃点儿。"

表妹又问:"那你们有没有在监控里看到他的同伴?"

"没有。"

"可惜……算了,慢慢来吧。"表妹又问,"现在说说你的事。"

"我什么事?"

"你忽然换经纪人,是因为之前那些新闻吗?"

"你想太多了。"喻见挑着清淡的菜吃,"是我前经纪人家里出事,她没办法才离开的。"

表妹安心不少,又说:"我老公出差了,今晚我睡这儿吧。"

没整理客房,饭后喻见抱出一床干净的被子,放在自己床的另一边。

081

她们姐妹俩很久没在睡前聊天了。

洗完澡，表妹走出浴室，看到喻见靠床坐在地毯上，怀里抱着吉他。

"很久没见你弹这个了，怎么今天突然想弹了？"表妹问。

"想起一些事。"喻见轻声说。

"我记得你说过，这是小阳春的外婆送你的。一眨眼都这么多年过去了，我都快忘记那一号人了。好像是五年还是六年来着……"表妹记不清，"后来我都没见你再提起他，你跟小阳春还有没有联络？我到现在都不知道他长得是圆是扁。"

喻见低头，拨了一下琴弦。

没得到回答，表妹坐在床沿，安静地听她弹出那一首熟悉的歌。

另一头，蔡晋同把行李收拾好，准备明天搬到孟冬住的酒店，省得把时间都耗在路上。

他睡前刷各种娱乐资讯，心想要是喻见发条微博帮孟冬寻亲，事情就简单多了，可偏偏孟冬失忆这事不能往外传，否则就是火上浇油了。

如今蔡晋同只能寄希望于孟冬的老婆能主动联络他，同时他能再接再厉，把遗失的记忆统统给找到。明天还是得带着他多走多看，帮他回忆，否则即使找到他的家里人了，他记忆要是不恢复，始终是颗不定时炸弹，说不定哪天往外撂几句话，喻见又惹得一身骚。

蔡晋同在风口浪尖上接手了喻见这个烫手山芋，可不想"出师未捷身先死"。

也不知道孟冬跟他老婆究竟是闹了什么矛盾……

蔡晋同猛然从床上坐起，"欸欸"自语了两声，终于意识到了被他忽略了的某个问题。

昨天他跟孟冬的那位房产中介联络过后，他的手机上留下了通话记录。

他看了眼时间，有些晚，就不找喻见了。他直接拨通房产中介的电话，酝酿出一个借口，问他跟孟冬是怎么联络的。

房产中介说出一个微信名。

蔡晋同一拍大腿，果然，是另一个微信。

孟冬现在的手机没任何来电,微信上的联络人又只有一个,房产中介之前是怎么跟他联络的?

自然是联络了孟冬的另一部手机——孟冬有两部手机。

蔡晋同一边兴奋于有了希望,一边感慨,这样才对,否则看孟冬如此窄的社交圈,而他本人又是一副精干的模样——矛盾得很不正常。

蔡晋同决定明天一早先带孟冬去联通和电信营业厅,找到他的另一个手机号。

可是,一觉醒来,他一瞧手机,先骂出了声。

喻见又上热搜了,关键词是"喻见夜会型男"……

孟冬拉开窗帘,外面依旧是雾气笼罩,他拿着手机进浴室。

挤上牙膏,他一边刷牙,一边看手机新闻,扫完文字,他把照片放大。

刷完牙,漱口,他随意地冲洗了一把脸,又拿起手机。

放大的图片上是他和喻见二人的侧影,照片是昨晚偷拍的,加上天气原因,看起来并不十分清晰,但熟悉喻见的人也能将她认出,不知道她昨晚是不是放松警惕了,没用围巾裹住脸。

角度关系,没拍到他后脑勺上的纱布,否则应该不会是这样的新闻标题。

这张照片中,他和喻见正走进酒店,蔡晋同当时应该走在他们后面,但他没被拍进去。

网上的评论都在嘲讽,说喻见从北京偷偷回家,原来是太有闲情逸致,人不可貌相。

孟冬走到阳台,往楼下看了看。

他随便吃了两口客房里的饼干填填肚子,等了十分钟左右,蔡晋同的电话打了进来,先问他有没有看新闻,又问他酒店四周有没有记者。

孟冬把饼干封口随意一捏,说:"我从阳台上看,没见有人鬼鬼祟祟的。"

蔡晋同叹气:"我打听了,拍照的就是个路人甲,他认出喻见了,把照片卖给了娱记。"

孟冬问:"喻见知道了吗?"

蔡晋同说:"我给她打过电话了。"

083

"这事算大吗？"

"当然。"简直是火山上浇汽油了。

"是这事大，还是我被外头知道的事大？"

"啊？"蔡晋同没太明白孟冬的问题，"当然是今天的谣言影响更大。"

"那你找人再拍几张我跟喻见的合照，要拍到我的后脑勺。"孟冬把饼干撂一边，双腿架到茶几上。

"……我明白你的意思，让我再想想。"

蔡晋同想来想去，只能老实认命。

喻见原本决定今天依旧不出门，但天不遂人愿，蔡晋同又给她打来一通电话。

她听完，一字一句重复："你说他提议，让我现在出门，跟他拍合照？"

虽然意思是这么个意思，但蔡晋同觉得他的原话不是这样，喻见的表述有些怪异。

蔡晋同忽略这些细节，说："对，晚不如早，免得这些谣言发酵下去。你知道的，事情拖久了不澄清，猴子也能被人说成是熊猫。哪里有这么多清者自清啊！再说——"

蔡晋同压低声音："孟冬这人，虽然看着难搞，但至少现在挺好说话，只要他不往外说，医院不往外说，谁知道他的伤势严重？你身为事故责任人的女儿，替父母分忧，亲自出面照顾、关心伤者，这不是该被夸的事吗？更重要的是，说不定孟冬的记忆立马能全部恢复呢。那样一来就真的万事大吉了。"

喻见最后被逼得出了门。

蔡晋同是抱着一种破罐子破摔的心态许下愿的，没想到他竟然成了神算子，接上喻见之后，再去接孟冬。

孟冬告诉他们，他恢复了第二段记忆。

[第三天]

ZAI DONG

在蔡晋同到达酒店前，或者说在接到人之后，进出医院的这一路上，他都没想过真有这种惊喜。

中午时分，蔡晋同和喻见抵达酒店门口，喻见没下车，蔡晋同过去找人。

孟冬穿着昨天那件外套下楼。

他的外套依旧是羊绒大衣，但不是之前穿的那件背后有破损的。虽然这件也是深灰色，但款式比之前那件更宽松休闲，里面搭配黑色毛衣，整个人高大挺拔，器宇轩昂。

确实是型男。蔡晋同在心底自语。

孟冬走出酒店大堂，一扫四周，然后看向蔡晋同。

蔡晋同说："我刚去安排了一下，所以耽误了点儿时间。"

"没事。"孟冬问，"人呢？"

蔡晋同示意他看远处的一辆商务车，车旁站着个抽烟的男人："那儿呢，我一个'小朋友'，拍照写稿一手抓。"幸好他在这座城市也认识一些人。

孟冬双手插进兜里，也不再问了。

蔡晋同跟他商量怎么拍，几句话说完，才打电话叫喻见。

喻见戴着帽子和围巾，出现时，她先看了一眼孟冬，孟冬也在看她，但一会儿就收回了视线，听蔡晋同说话。

蔡晋同这回行事格外小心，怕有娱记在暗中窥伺，又怕再碰上什么路人甲，所以他让他的"小朋友"离得远远的，好好扮演偷拍者这个角色。他们这边，他写了一个完整的剧本，为求真实自然，他准备送孟冬去医院复诊，再送孟冬返回酒店，不做戏，该怎样就怎样，大大方方地给人看。

这样一想，他又期待娱记或路人甲统统现身。

来接孟冬的几张照片拍好，三人上车前往医院。

路上，蔡晋同还将自己昨晚的发现告诉后座二人："……所以你其实还有另一个手机号！"过一会儿，他又说，"前天我们去了移动营业厅，要是再去一趟联通和电信营业厅就好了，可惜我们仨都没想到。待会儿咱们再去一趟联通和电信营业厅，我是真着急，要不是莫名其妙冒出个路人甲偷拍，现在哪里来的这么多事，早给你补好卡，联系上你家里人了。"

等车厢里安静下来，孟冬才对身旁的人道："酒店那边说没见过你的照片。"

"哦,那就不要了。"喻见目视前方。

"既然是你要用在书里的,回头我再找找。"孟冬说,"找到再通知你。"

"那也行。"喻见朝驾驶座扬了扬下巴,"你找到后,直接给蔡晋同,他今天会搬到你住的那家酒店,以后你有什么事,找他方便。"

蔡晋同开着车说:"对、对,我房间已经订好了,待会儿送你回去,我直接办入住,你接下来随时都可以来找我,也就几步路的事。"

看了眼喻见,孟冬随意道:"好。"

大约是今晚跨年的缘故,即使天气状况依旧不佳,但一路上的气氛很热闹,商场门口有很多人在摆摊。

没过多久,他们抵达医院。

医生是喻见表妹夫的熟人,对他们讲话也多了几分亲近,开玩笑地说还没见过这么积极的病人,昨天早上刚出院,今天就来复诊了。

他给孟冬换了一次纱布,没有配其他的药。

离开医院后换场地,来时蔡晋同瞄到了电信和联通营业厅的标志,就在商场附近,两家店就相距百来米远。

孟冬听从蔡晋同指挥,车停在路边后,他跟蔡晋同先去电信营业厅。

喻见也下了车,反正她从北京回家的事已经被全网知晓,她也可以想逛就逛了。

商场应该是这一年新开的,喻见从没来过,她在电信营业厅边上的无印良品里走了一圈,买了一包抹茶巧克力扁桃仁,拆开拿出一粒,从围巾缝隙里塞进嘴。

等孟冬和蔡晋同走出电信营业厅时,她已经吃了六粒。

蔡晋同对她道:"看来是联通了。"

喻见掐着零食包装口,双手插进羽绒衣口袋,没什么情绪地"哦"了声。

接着,他们去联通营业厅,等工作人员给出结果,蔡晋同挠着脑袋:"欸?没有?"

联通和电信营业厅中间这段路上摆着几个装饰得喜气洋洋的摊位,喻见正兴致勃勃地打量一个青花瓷盘,蔡晋同将这个坏消息告诉她后,她也只是轻飘飘地说:"是吗,那怎么办?"

蔡晋同对孟冬说:"不是这三大运营商,这么说来,要么就是你另一个号是用别人身份证办的,要么就是这个号不是国内的?"

孟冬拿起摊上的青花瓷盘说:"应该是。"

喻见转身:"是不是该回去了?送他回了酒店,我还有事。"说着,她走向另一个摊位。

"也差不多了。"蔡晋同回答完喻见,看向孟冬,摇头感叹,"哥,我就没见过像你这么心大的人。"

孟冬把瓷盘放下,看着另一边的摊位,边走边说:"其实我又想起一些事。"

"什么?"蔡晋同一愣。

孟冬走到那个摊位前,摊主正在跟喻见推销:"我这里的百分之百都是正品!"

摊位上全是些老件、书本和画,老件像古董,书本都是中外绝版,画是名家画作。

蔡晋同正想问孟冬又想起了什么,手机来电,是他的那位跟拍"小朋友"。他抬手接通。

对方说:"哥,你又挡道了,我这一路拍下来,全是你跟那男的当主角,就没他俩同框的。"

蔡晋同一听站位有问题,忙往边上走了两步:"你给我认真点儿,没拍到同框的,你该好好质疑一下自己的水准。"

"嘁,找我的时候把我一通夸的人是谁?"对方不跟他贫嘴,认真道,"他俩隔得太远了,哪像当事人和伤者,这会儿人好不容易走近了,你又一直挡镜头。不过,说实在的——"

这人迟疑道:"我看着我拍下的这些照片、视频,越看越觉得不对味。"

"什么意思?"

"就觉得他俩之间好像有什么事,我也说不上来。"

蔡晋同不能理解:"什么意思啊,你把你拍的照片发几张给我看看。"

挂断电话，蔡晋同对孟冬道："你接着说，你今天记起了什么？"

喻见也不再看摊上的画作。

孟冬反而上了心，他边看一幅画边说："上一次见她，是两个月前，再上一次，是去年。"

蔡晋同一开始没明白"她"是谁，过了两秒才记起，根据孟冬昨天恢复的那段记忆，这个"她"是那个消失在酒店门口的女人。

孟冬说："去年下半年很忙，公司准备扩张，我跟合伙人意见不合，年尾的时候拆了伙。圣诞假期的时候，我去见她。"

他用信用卡积分兑换了飞行里程，这些年，他总是飞来飞去。

那段时间，他一直没休息好，每天工作超过十二小时，睡眠时间只有五小时，但他没有充分利用这五小时。通常他会在躺下后的二十分钟左右睁眼，看一会儿手机或电视，再闭上眼，十分钟后仍睡不着的话，他会把屋里所有门窗关紧，窗帘拉拢，隔绝一切声音和光线。

那次在飞机上，他倒是难得地睡了一个安稳觉，觉醒后转机，他到达了目的地。

"那天我没迟到，早早进场，坐在第一排，她穿一条白裙，长头发披着，她也看见了我，后来响起了歌声。"

蔡晋同听得专心，一想，问道："那是在演唱会？"

"公益演唱会。"孟冬说。

蔡晋同问："她也去听演唱会了？去年圣诞期间的演唱会……"他立刻记起来，"我们公司也去了几个艺人，喻见好像也受邀了。"

他话音刚落，微信通知声接连响起，是照片和视频发来了。

蔡晋同分神，一边随意地点开微信，一边跟孟冬说话："然后呢？"

他眼睛扫过聊天界面上的照片。

前几张照片是在酒店，孟冬落后他半步，他微侧着头在跟孟冬说话。

喻见走在一旁，和他们相隔大约半米远。

孟冬像在听，又并不专心，他似乎瞟着喻见那边。

后几张是他们进出医院大楼的照片，孟冬和喻见依旧隔着段距离，但孟冬的脚步有一定的倾向性，脚尖总是对着喻见。

而有时候孟冬背对喻见时,她似乎又在看他。

蔡晋同是明星经纪人,对某些方面有一定的专业素养和职业敏感性。

身处环境中,他没留意,脱离了环境,真正作为一个旁观者看着照片时,他敏锐地察觉到了那种"说不上来的感觉"。

蔡晋同没再点开视频。

他默默地将手机放回口袋,头一次认真打量摊位前的这对男女。

摊位上的名家画作并不是挂在画廊墙上、裱在精致画框里的那类,而是一张张随性之作、漫画手稿或者课堂作业。

孟冬看完一幅,翻看下一幅。

"当时在演唱会现场,我看见她朋友也在,就跟对方打了个招呼。我跟这人也熟,后来就聊上了。"

孟冬继续讲述他恢复的第二段记忆。

他的语气和神态都很随意,像在跟普通朋友说着普通的话题,同时还在想着其他事,这样的状态下,他说话应该会给人一种敷衍的感觉。但此刻的他,虽然垂着眸,没注视任何人,却又像在凝视着某一特定的对象。

"她很快就走了,演唱会还在继续,我跟她朋友约了一起吃夜宵,所以也没接着听下去。"

她的朋友是一个叫沁姐的女人,三十六七岁,留着一头短卷发,有着北方女人的高个子,行事说话有一股雷厉风行的味道。

他跟沁姐边走边聊,正好化妆间的门被打开,她披着件羽绒衣走了出来。他站住了,门口的人也站住了。

沁姐含笑说:"小孟来这儿出差,正好,既然碰上了,你们就打个招呼吧。"

她裹着衣服望向他:"哦,这么巧。"

他说:"我回来过圣诞。"

她点头:"挺洋派的。过完圣诞就走?"

"是。"他问,"你呢,在这儿待几天?"

她道:"明天就走了。"

"今晚住酒店？"

"嗯。"

"我也住酒店。"他双手插着裤兜，瞥了下沁姐，"待会儿我跟沁姐去吃夜宵，一起吗？"

她看向沁姐："你不跟我一起走？"

沁姐说："你还小啊，要我带路？"

于是，他道："一起吃夜宵吧。"

他说这句话时，裤兜里的手微微握成了拳。

她回答："不了，我还有事。"

他不合时宜地刨根问底："有什么事？"

她看着他不作声。

沁姐也问道："你有什么事啊？"

她这才说："我约了人。"

他目送她坐上保姆车，沁姐拍拍他的肩膀："走吧，说是请我吃夜宵，不会因为少了个人，你就吝啬了吧？"

他一笑："要不要来两瓶二锅头？"

"果然吝啬吧，今儿晚上不给我开瓶红的，你别想下桌。"

"吃夜宵的时候，就我跟她朋友两个人，那会儿正是圣诞期间，满大街都是圣诞老人和麋鹿的装饰，彩灯一拉，跟过年似的。"

孟冬放下手上的画，又看起下一幅，摊主正忙着招呼别人，这会儿没在他们跟前推销。

"我们去吃露天大排档，边上有个小孩坐的那种摇摇车，车子一边晃，一边播着 *Jingle Bells*（《铃儿响叮当》），它开头第一句唱出来——*Dashing through the snow*（冲破大风雪），我就想起她小时候，冬天穿的红色圣诞袜。那会儿正是冬天，她第一次出现在我家，裤腿缩了一小截上去，露出了脚上的红色圣诞袜。她特无聊地问她妈，说这儿怎么还不下雪。被我听见了，她还瞪我一眼，真是莫名其妙。"

孟冬摇头笑，又放下一幅画。

"夜宵结束后,我跟她朋友一块儿去了酒店。我也是订的那家酒店,碰巧跟她在同一层。那会儿已经挺晚的,有个男的从她房里出来。"

吃完夜宵回酒店,他跟沁姐坐电梯上楼,沁姐抱着胳膊,似笑非笑地说:"你这酒店订得也挺巧的。"

他回:"这里环境不错。"

走在铺着地毯的走廊上,沁姐跟他聊接下来一段时间的工作。

说到一半,沁姐下巴朝某个房间一抬:"喏,她住那儿,我住那边。"她打着哈欠,"挺晚的,我洗洗睡了,明天要是赶得及,一块儿吃早餐。"

"电话联系。"他站着没动,等着对方离开。

手机接连响着,他把它拿出口袋,看了看收到的信息,这时那间房的房门被打开,走出来一个男人。

男人三十多岁的年纪,留着类似郑伊健的长头发,戴着副眼镜,个子一米七五左右,穿着文质彬彬,看起来很斯文。

她送男人到门口,也看到了他,两人相视一眼。

长发男人说:"那你今晚早点儿睡,明天送你个惊喜。"

他倒想知道是什么惊喜,可惜她没问。她跟对方挥了下手:"晚安。"

人走了,她重新看向他。

他把手机放回口袋,注视着她说:"还以为你睡了。"

"我说了有事,没这么早睡。"她问,"你住这儿?"

"6012 房。"

"哦。你这几天都待在这儿吗?"

"应该是。"

她点了下头:"很晚了,我先进去了。"

他上前一步,两人之间的距离瞬间缩短。

她已经卸妆,穿着休闲的毛衣和牛仔裤,洗发水的味道香浓,皮肤状态不是很好,脸上泛着红血丝。

他低头看着她:"脸怎么了,过敏?"

"不是,是季节问题,也可能是没休息好。"她顿了一秒才回答。

他沉默片刻,手机又响了起来。

她朝他的口袋看了一眼。

他没接电话,她扶着门框说:"你接吧,我进去了。"

过了会儿。

"嗯,"他低声道,"晚安。"

"晚安。"

电话是他的公司那边打来的,之前的信息也是员工发的,说之前的合伙人在搞事。

他在房间休息一夜,第二天没碰上沁姐,给沁姐打电话。沁姐说她们先办点儿事,晚上的飞机离开,中午可以一起吃饭。

他看了眼时间,道:"我公司有事,现在得走了。"

沁姐似乎欲言又止,半晌才说:"那好吧,一路平安,有时间再聊。"

他只听见呼呼的风声,她们似乎在户外。

摊主做成一单生意,送走客人后,又回到孟冬三人跟前,极力推销:"老板好眼光,这是最近正当红的青年画家吴悠悠大学时期的期末作业,虽然只是份作业,但价值绝对不容小觑。你看,这儿还有她的亲笔签名。"

蔡晋同嫌摊主碍事,打岔道:"后来你就走了?"

孟冬沉默半晌,说:"本来是要走的,但我后来又退了机票,等到中午,我给她朋友打电话,她朋友手机关机。我又等了一两个小时,她朋友才给我回电话,说她们刚刚下飞机。"

说到这里,他看向身边人。她的双手还插在口袋里,隐约有点儿窸窸窣窣的声音从口袋里传出来。

一双带着点儿棕色的眼睛隐在帽檐下,静静地回望着他。

他看着她的眼睛说:"她朋友以为我走了,所以她们办完事,也很快离开了。我没告诉她们,我还在酒店。我找到她的房间,还没新客入住,工作人员正在打扫。"

风吹起画作,纸张哗哗地响。

"我记得那个男人是谁,以前我见过他,他大概不记得我。我知道那天晚上她的房里还有一个女性朋友,里头有声音,我听见了。我也没告诉她,我是顺路出差,演唱会上,其他的歌,我没兴趣听,她走了,我才跟着走的。"

孟冬把手里的画作放回摊位,低声说了句:"本来就是想见她。"

谁都没再说话,连蔡晋同也安静下来。

蔡晋同抠着口袋里的手机,微微倾着身,看向站在孟冬另一边的喻见。

喻见始终是那副全副武装的装扮。

蔡晋同真想把视频也看一遍,钢化玻璃膜都快被他抠下来了。

摊主一心做着生意,见他们没再聊天,忙接着推销:"老板有没有看得上的画?要不就选吴悠悠的这张吧,毕竟是她的作业,所以价格不贵,一千五百元就够了。"

孟冬过了会儿才问:"作业也能卖?"

"有价值的东西自然有市场,当然能卖。"摊主一副商人口吻。

孟冬看向边上,问:"有兴趣吗?"

等了一会儿,喻见才把手拿出口袋,手指揿着画作一角,开口道:"你怎么拿到的作业?"

摊主神秘地笑笑:"我们就是干这行的,自然有渠道,保证是真品。"

孟冬问喻见:"你看呢?"

喻见垂眸赏画,没吭声。

摊主见有戏,再加把劲:"这幅写生不论是构图还是色彩都非常出色,画里的风景也少见,这边是建筑,这边是悬崖,像不像是在说,一边是生活,一边是戏剧?画里的人物也生动。你们再看角落里的日期——2014年11月,十二年前就有这画工,可见再过一个十二年,吴悠悠的作品能达到怎样的价位。"

摊主口若悬河,蔡晋同却受不了今天户外的阴冷,他心里还有事,于是催他们:"走吧,该回了,别站在这儿吹风。"

风越来越大,接连三天大雾,这刻雾气倒被风吹散少许。

但南方的冬天本就湿冷,风一吹,像冰锥在刺骨头。

孟冬往喻见的背后站了站,和她一道低头看画。

蔡晋同见他们都在欣赏画作,也去瞄了眼。他看不出这幅风景画作业有什么价值。

"这画好看?"他不解,但也知道摊主"狮子大开口",一幅作业怎样都要不了一千五百元。

他还价:"便宜点儿我们就拿了。"

摊主说:"那不行,一千五百元是最低价。"

蔡晋同说:"一口价,二百。"

摊主把头摇成拨浪鼓。

还价声不绝于耳,先是一千五、二百,再是一千四、二百,接着一千四、二百一……

这幅画的价格成了一道波浪线,起伏的弧度像波翻浪滚的黄河。

喻见低头凝视着画作上的山景。

夏天过去,再没人会进黄河戏水,树叶逐渐泛黄,芜松镇的秋末,已经需要换上厚实的冬衣。

喻见之后又吃过一次同款水晶饼,是特意坐车去买的,一来一回耗时颇久。

买饼是因为要上山秋游,总要带点儿吃的喝的,她心血来潮,想起了夏天的味道,所以在秋游前的那个周六,"跋山涉水"跨了一回省。

秋游的地点就是曲阿姨家附近的小山,是当年因为她和小阳春半夜捉贼,没来得及游览的那处景。

不过,这点儿水晶饼没能留到秋游那日,在买饼回来后的第二天,也就是周日,她亲自把饼送人了。

周六晚上,她原本要拆开第二盒饼吃,曲阿姨在家里转了一圈,及时按住她的手,说:"正好,加上水晶饼,礼物就够了。"

她的手蠢蠢欲动:"曲阿姨,那是'行贿'吧?"

"胡说,这叫礼貌。"曲阿姨把饼从她手里硬拽出来,"谁叫你不提前跟我说你明天要去方老师家的。时间这么赶,上哪儿买合适的礼物。"

"有水果不就够了。"

"你要去麻烦人家，礼多人不怪知道吗？"

"那她也不差一盒饼吧。"

"那你也能忍一忍吧？"曲阿姨又拍了一下小阳春的膝盖，"你明天去那儿，别影响见见办正事。"

小阳春斜靠着沙发扶手，一条腿弯着，一条腿竖得直直的，被拍得腿一歪，他又噔的一下竖起来，脚伸向前，对着喻见晃了晃，边打着手机游戏，边说："你绕着我走。"

她往一旁倒，挥掌将小阳春的脚拍回去，不过拍的是他的小腿，摸到了一手心的腿毛。客厅暖气太足，小阳春一身T恤、短裤，他还在过夏天，只差去院子里冲凉了。

明天他们要去拜访的方老师是喻见的音乐老师，就是方柠萱的小姑姑。

方柠萱的父母和小阳春的父亲同在英国工作，方柠萱和爷爷奶奶住，她姑姑也住家里。

第二天上午，小阳春把礼物系在自行车的车把手上，喻见低头将她的那辆自行车来回推了推。

小阳春跨上车，催她："走了。"

她说："我的车链子坏了吧？"

车把一拐，小阳春滑到她边上，按住她的自行车，俯身看了看，说："别管了，你坐我后面。"

车型不同，小阳春的自行车轮子特别高，连带着后座也高。她之前没试过坐后面，此刻按住后座，往上一跳，屁股坐上去，两脚不能着地，她抓住小阳春的衣服。

小阳春抖抖肩："别拽。"

"你想摔死我？"

"哪那么容易摔，"他蹬起自行车，故意往石子上轧，"你摔了吗？"

"欸，欸——"她抱住他的胸部，"我脚没地方放，你别晃！"

"你的手放在哪儿？"

"你豆腐做的？"

"手拿开!"

她退而求其次,只能搂住他的腰。

沿着黄河边骑了一路,半道上她拍拍小阳春的后背:"还有枣树!"

"废话。"小阳春蹬着车。

"我说还有枣,红枣!"她又开始拽他的衣服,"你停车。"

小阳春脚踩地,烦躁道:"你是蝗虫啊?"

她跳下自行车说:"我跟你可是亲戚。"

小阳春把自行车停到一边,跟着她走到树下,往上一瞄,说:"这几颗不好吃。"

"长得这么珠圆玉润呢。"

"你的语文老师怎么没被你气死?"

她撸起袖子说:"吃了就知道好不好吃了。"

"十月中旬的枣最好吃,现在十一月了。"

小阳春扯着她外套的帽子,把她拽开,踮脚摘了两颗,一颗在手上擦了擦,再递给她。

她质疑:"你的手干净吗?"

小阳春把那颗红枣直接塞进她嘴里,剩下那颗,他没擦,自己吃了。

看小阳春的模样,他应该觉得味道还行,所以他又摘了几颗够得着的,同样擦了擦再给她,她没再多问,免得被他塞一嘴。

枣核被她投掷到了路边的泥地里,她妄想也许有一两颗能在将来长成枣树,开花、结果。

去方柠萱家需要过桥,过桥后又骑了十几分钟,他们终于到了方柠萱家。苟强已经等得不耐烦,冲他们喊:"我还以为你们是爬着来的,原来你们有车呀?"

小阳春跟苟强、方柠萱有约,喻见则进屋去找方老师。

方老师的房间很大,书房和卧室连在一起,房间的边边角角放着很多购物袋,还有一只格外抢眼的红色行李箱。

她问方老师:"这是结婚用的箱子?"

"对,我在淘宝上买的,昨天刚到货。"方老师说。

"你下学期真的不教我们了？"

"不教了，教你们多累啊，有福自然要去享了。"

方老师年纪不大，才二十六岁，未婚夫是美籍华人。这学期结束，她就要结婚，之后会跟随丈夫去美国。

喻见觉得自己夏天时写的那首歌很不错，自娱自乐有些可惜，所以问过方老师后，她今天就来这里录歌。

方老师热爱音乐，房里有一套录歌设备，教了一会儿她怎么用后，就让她随意。喻见也不会用设备上太复杂的功能，就想把歌传到网上让别人听，所以她很快就抱着方老师的吉他弹了起来。

她弹了一遍，方老师轻轻鼓掌："自学能学成你这样，真是了不起。"

她说："我不是在上你的音乐课吗？"

"高中的音乐课能教些什么，我倒是想教。"方老师说，"我也写不出你这样的歌。"

正说着，小阳春从门口进来，不客气地往卧室沙发上一坐。

方老师算是看着他长大的，跟他自然熟稔，于是说："你进来干什么，我们在这儿录歌呢。"

"你们录你们的，我坐坐。"小阳春掏出手机。

"柠萱他们呢？"方老师问。

小阳春说："在下棋。"

刚提起方柠萱，方柠萱就出现了，她见到小阳春后，过去拉他的手臂："你下棋下一半就跑，也太缺德了！"

小阳春甩开她："你去跟苟强下。"

"他下棋技术太臭！"方柠萱摇晃小阳春的手臂，"你去下完那一局嘛。"小阳春用力地抽出手臂，往沙发另一边坐，方柠萱索性往他空出的位置一坐，虎视眈眈地盯着他。

很快他们就把苟强也招来了，方老师头痛："以前怎么没见你们这么喜欢我的卧室？"

喻见抱着吉他，倒是浑不在意，警告那三位小伙伴："你们别出声！"

方柠萱往嘴上做了个拉上拉链的动作，可爱地点点头。

喻见开始第二遍弹唱，房间里的人连呼吸都变轻了。

晚秋的阳光照进窗，斑驳的树影落在她脚边，她在秋天唱着夏天，忽然，她就想写一个"四季"。

弹完最后一个音符，喻见有些发愣。

方柠萱迫不及待地跑上前，说自己也想学。

喻见回头的时候正好看见小阳春举着手机，和她对上视线，他也没把手机放下。

因为方柠萱求知欲旺盛，这一上午，喻见没能录制成功，午饭就留在方老师家吃，下午继续。

他们吃的是面，各种面食随意挑，秋冬季节喝汤更暖和，所以他们几个都要求吃热乎乎的汤面。

成年人不和他们一块儿，他们四人自成一桌。面上齐后，苟强先来了一大口，边嚼边问方柠萱要醋。

方柠萱去厨房把醋瓶拿来，等苟强倒完，方柠萱自己也倒了些，又问喻见："你要吗？"

她觉得鲜汤美味，所以摇头："不要。"手擀面很香，她继续埋头吃。

方柠萱又往小阳春的碗里倒了一些醋，才把醋瓶放回厨房。

小阳春回来吃面，喻见放下面碗，去厕所。

从厕所出来，喻见重新坐下，拿起筷子，一开始没发现问题，吃了一口，才察觉不对，蹙眉抬头，看了看另外三人。

方柠萱和苟强都没在吃，小阳春倒是吃得起劲。

她问："你们给我添面条了？"

苟强忍不住说："你才发现啊？不是添面条，而是他跟你换了面。"

他指着小阳春："他不喜欢加了醋的，吃了一口，恶心得跟什么似的，就直接跟你换了。"

喻见张了张嘴。

小阳春吃干净筷子上的面条，抬头看她。

苟强继续说:"方柠萱说厨房里还有面条,他跟饿死鬼投胎一样听都不听。"

喻见仍张着嘴。

苟强一脸嫌弃:"他恶心吧,吃你的口水?"

喻见终于闭上嘴巴,然后开口:"那你们为什么不给我换一碗面条?"

苟强:"啊?"

"不是说他已经吃了一口吗?"她道。

苟强嘴角一抽。

小阳春目光凉飕飕地看喻见一眼,继续低头吃面。

喻见眯眼观察小阳春。

方柠萱原本一直在垂着头拨弄面条,面也不吃,声也不吭,这会儿忽然说:"那我帮你换一碗吧。"

喻见一听,示意方柠萱等一下。她问小阳春:"你刚吃的那一口面咬断了吗?"

小阳春大概不太愿意搭理她。

她问方柠萱和苟强:"他咬断了吗?"

两人都摇头:"不知道。"

小阳春捏着筷子没再吃,歪坐在那里瞅着喻见。

喻见一本正经地说:"据我刚才观察,你有两口面是咬断后没掉回碗里的,有两口面是咬断后掉回碗里的。你要是刚才那口吃得挺干净,没掉回碗里,那我就没必要浪费一碗面。"

小阳春扯起嘴角,慢悠悠地说:"不巧,我咬断的那口,你刚才已经吃了。"

她深呼吸,觉得大概率是"木已成舟"了。她重新拿起筷子,一边瞪小阳春,一边狠狠地嚼。

她原以为今天总能把歌录完,不承想下午的时候方柠萱还缠着她继续上午的教学,好不容易等到方老师把闲杂人等都轰出去,她最后录制的两遍又不够满意。

这一耽误，直到秋游那天，她还没把录歌计划完成。

高中不是小学，原本并没有秋游这样的福利，上学期期末高三年级有两个学生因学习压力过大闯了祸，学校才决定插入几个放松学生心情的活动，秋游就是其中一项。

那座山离曲阿姨家不远，喻见之前也跟着小阳春到那儿玩过。那里的风景，她很喜欢，可是山上的那些路，她至今无法接受。

百年前那里是座山寨，上山的路都是当时的人用石头铺好的，台阶陡峭不说，宽度只容得下一人通过。最关键的是，路的一边就是没有任何遮挡的悬崖，据说这样设计是为了"易守难攻"。

喻见觉得有道理，换作她，也是保命要紧。

她不恐高，但走在这种山路上，总觉得自己在玩命，所以来过一次后，她再没上过山。

这次学校组织秋游，自然安全第一，带着他们绕远路——从盘山公路上山。走完半程，她气喘吁吁，结果，走到最后还是要踩上那几段玩命的石头路。

小阳春从他们班里出来，跟她一道走，喻见把自己的书包取下来："你帮我背。"

小阳春将她的书包挎到肩上。

走石头路的时候，她紧紧地贴着一边，小阳春回头嘲笑她："出息。"

喻见故意一跺脚："嘿——"

她等着小阳春一个趔趄，然后露出一脸惊魂未定的表情。

但小阳春面无表情，岿然不动，显然她没能吓到他。

过两秒，小阳春突然作势扑她。

她"啊"地叫了一声，人往后退，小阳春一把将她捞回来，她气愤地推了他两下。

后面的同学还等着走，他们没再妨碍交通。小阳春将喻见的手一抓，依旧在前，牵着她走完这段陡峭的路。

终于上了平地，她的脸蛋贴着小阳春三角肌的位置，手还拽着他的手，把自己的重量全托付给了他的胳膊。她心情沉重地说:"我想学习了。"

小阳春拖着她,仿佛拖了个麻袋。

山上有一些高低错落的窑洞,他们一行人进入一座院子参观、歇脚。她和小阳春才待没多久,苟强和方柠萱便找了过来,边分零食,边找水喝。

有个男生前来搭讪:"是不是要喝水?我带了两瓶。"

喻见和方柠萱都带了水,小阳春和苟强嫌麻烦,两人是空着手上山的。

苟强没客气,接过一瓶说:"谢了,兄弟!"

男生忽然跟喻见和方柠萱打招呼:"我叫许向阳。"

喻见和方柠萱正兴致勃勃地打量院子里晾晒着的密密麻麻的衣服,顺口也做了自我介绍。

这座院落是美院的一个学习基地,每年都有美院的学生来这里写生。最近又到了写生的时候,三面的屋子都住满了人,男男女女都有,廊下挂满了各式衣服,包括贴身内衣。

喻见和方柠萱看中几个款式,于是脑袋挨着脑袋地说了半天悄悄话。

人太多,小阳春大概觉得这里又挤又无聊,扯起喻见的外套帽子说:"去外面。"

方柠萱道:"这里不是挺有意思的吗?"

小阳春说:"那你待在这儿。"

方柠萱追着他:"我一个人多无聊,苟强呢?"

小阳春朝门外一扬手:"跟人在吹牛。"

方柠萱又说:"你别拉着喻见。"

喻见被小阳春带着跟跑了几步,外套的拉链都滑了下来,露出了里面的秋冬校服。

正好觉得热,她把外套敞开了,说:"显摆你个高?"

——成天把她扯来扯去。

小阳春低头看她:"你是缺钙。"

她把他撞开。

跨过院落的高门槛,她呼吸到新鲜空气,再回头看大院,里面人山人海。

院外的路上有一排沿着悬崖砌的低矮石墩,像护栏,可是砌得太低,才到她小腿中间的位置,她觉得这排石墩毫无防护作用。

她踩在石墩上,眺望远处的山峦和脚下的崖底。

崖底杂草丛生,仿佛近在咫尺,土黄的窑洞层层叠叠,和这座山融为一体。她喜欢这种壮阔的景色,就像她喜欢黄河,每成长一点儿,她就更清楚地理解曲阿姨当年同她说过的那番话。

生在这样的风景中,她还如此渺小。

山风呼啸,她张嘴,无声地和这风一唱一和。

小阳春不嫌脏,像大爷似的屈着一条腿坐在石墩上。大约看见了她的小动作,他嗤笑了声,手背往她踩着石墩的小腿上一抽,说:"现在不怕摔死了?"

"你别乌鸦嘴。"她说。

小阳春握住她脚踝,然后坐直,手掌顺势按在她的鞋面上,指着崖底说:"有只鸟。"

她低头一看,果然有只鸟立在崖底的枯树枝上,她认不出是什么品种,但应该不多见。

等鸟展翅远去,她和小阳春也没想出那只鸟的名字。

她转身准备和小阳春换地方,忽然听见有女声远远地叫:"小朋友,小朋友,先别走!"

喻见以为周围有小孩,看了看,哪里有。

"小美女,穿着黄色外套的小美女!"

这次她停住脚,望向左边,准确地定位到另一边的崖上。

那里或坐或站着好几个大学生模样的人,几块画板支起,她知道这些人都是美院的学生。

叫住她的是个长头发女孩,举着画笔,让她再站一会儿。

喻见从善如流地又站了几分钟,等结束,她和小阳春朝那边走去。

长头发女生笑眯眯地让他们看画,说:"我在画作业。"

写生风景画,一边是悬崖,一边是错落有致的窑洞山,交界的地方,站着一个人,坐着一个人,虽然没描绘五官,可这就是喻见和小阳春。

不知道为什么,看着这幅仿佛被切割成两半,却又分明浑然一体的画,她生出了一种时空交错感。

　　她站在画前进入了忘我的境界,直到小阳春按住她的头,低声说:"还没看够?"

　　长发女生笑容满面:"没关系,想看多久就看多久。"

　　她仔细盯着喻见的眼睛:"原来你的眼睛是棕色的,真好看。"

　　喻见笑起来。

　　秋游在落叶纷飞中结束。

　　平常要上学,有晚自修,等到周六,喻见背起吉他,准备独自上山。

　　小阳春最近在忙着准备竞赛的事,周六也要去学校,他拎着书包皱眉看着她:"你自己去?"

　　"啊。"她低头蹭掉脚上的鞋,准备换一双适合爬山的球鞋,问他,"你想得怎么样了,到底想去哪儿读大学?"

　　小阳春说:"你少打听。"

　　"曲阿姨让我打听的。"

　　小阳春抿紧嘴。

　　她穿了鞋,抬头说:"你说不说?"

　　前天小阳春的父亲发来一堆电子资料,全是些英国大学的相关信息。小阳春父母的意思,都是让他去国外念书,明年就要升高三,现在可以准备起来。

　　小阳春还没做决定,这两天脸上乌云密布。

　　她知道他心情不佳,也不故意招惹他,拍拍他的胳膊说:"你要快点儿想啊。"

　　"行了。"小阳春把她的手拿下来,捞起车钥匙说,"你今天别去了,等我有空了,带你去。"

　　"不用,我认识路。"

　　"你敢走?"

　　"我有什么不敢的。"

　　小阳春"呵"了声:"祝你好运。"

她上山走的是那条石头路,全程并不长,只是地势险峻,人多的时候,她还敢玩闹,人少的时候,她腿有些发软,一眼都不敢往另一侧的悬崖看。

还没走到美院学习基地,她就见长发女生站在山路上等着了。彼此相视一笑,她和对方手牵手,找了一处风景,一人画画,一人写歌。

音符流淌,悬崖有时候会给喻见回应。

喻见看山听鸟,感受带着寒意的风拂过她的脸颊。

这让她一时沉沦,一时清醒。

她着迷不已。

第二次独自上山,喻见的脚步已经变得轻松,第三次独自上山,她已经敢若无其事地边走边看悬崖。

做什么事都得先跨出第一步,才能有接下来的无所畏惧。

这一回她还碰上了上回秋游给他们贡献水的那位许向阳,她原本已经不记得对方了——许向阳先跟她打了招呼,说他陪旅游的亲戚来这里,亲戚住在山上的民宿。

喻见第四次独自前往,又碰上了许向阳。她面朝悬崖盘腿而坐,边上是美院的那个长发女生,许向阳在远处和亲戚聊天。她离开时,他和她一道下山。

就这样从深秋到寒冬,她在方老师家录好了歌,那座山也成为她的第二基地。

美院的学生即将返校,这天喻见没带吉他,在山上待到天黑,提前给曲阿姨打了电话,说要和大朋友们一起吃晚饭,顺嘴又问了一下小阳春。

曲阿姨说:"一直在打游戏,不知道是沉迷得不能自拔,还是借电脑消愁。"

喻见想了想,说:"我房间里有眼药水。"好歹别让"电竞少年"坏了眼睛。

曲阿姨叹道:"你回头再问问他到底是怎么想的。"

喻见问:"你支持他出国?"

曲阿姨说:"我赞成,但我支持他自己做主。"

105

美院学习基地里摆出了一个露天烧烤摊,大家就在院子里吃,四周是他们晾晒的衣服,已经收起一半了,剩下的一半明天就能清空。

他们喝酒,喻见闻了闻,只觉得酒不美味,她喝起了果汁。

许向阳也在其中,他经常陪亲戚登山,和美院的学生也熟了。晚饭结束后,他打开手机手电筒功能,和喻见一起离开。

走在路上,许向阳问她:"你过年是在这里过还是回老家?"

喻见回答:"回老家。"

"过完年马上回来吗?还是等开学?"

她说:"还不确定,到时候看情况。"

"你坐火车还是坐飞机?"

"坐火车,我还从来没坐过飞机。"

"我也只坐过两次。"许向阳问,"那你火车票买了吗?"

"现在买是不是太早了?"她仔细算了一下时间,说道,"再过一两个礼拜吧。"

走石头路的时候只能一前一后,原先许向阳在后,但大约手机手电筒的光照不够亮,走完一段,到下一段的时候,他换到了前面,手机朝着后方,替她照明。

其实天幕并不黑,月光一路都在,还有窑洞里射出的灯光。

喻见问他:"你亲戚也回去了?"

"还没回去,他们这次留在这里过年。"

"你的手机手电筒关了吧,能看清路。"

"没事,照着好点儿。"

"你别手抖,万一手机掉了,找也找不到。"

许向阳回头笑笑:"不会的。"

刚说完最后一个字,许向阳突然脚底打滑,人倒没怎么歪,手却松了一下,手机往下坠。

许向阳下意识地去捞,喻见想都没想立刻拽住他,好在手机只是砸在了石头上,他也没摔下去。

她拍拍自己的胸口,许向阳低头检查手机。

她问:"没摔坏吧?"

许向阳点亮屏幕给她看:"碎屏了。"

她凑近:"能修好吗?"

"换个屏吧。"

忽然有人叫她:"喻见。"

她抬头,看见远处的小阳春,喊道:"你怎么过来了?"

小阳春没说话。

喻见拍了下许向阳,两人走完后半段石头路,小阳春也走到了他们跟前,她正要问,小阳春突然拽住许向阳的衣领,挥出一拳。

喻见一惊:"你干吗?!"

许向阳始料未及,被一拳砸倒在地,小阳春用膝盖顶住他的肚子,连出数拳。

这人不再是初二时的那个瘦小子,他身形高大,手臂结实有力,一拳能把人砸出血。

她去拽他:"你发什么疯,快点儿放开他!"

小阳春甩开她的手,朝着她怒道:"你不知道他的心思?!"

吼完,把许向阳一撂,他起身抓住她的胳膊就走。

喻见当时完全没想起,许向阳就是那个曾经托小阳春给她送信的"许什么"。

山路还没走完,她被小阳春拽到下一段石头路上,起步没跟上,脚下一崴,下意识地轻呼了一声。

窄小的路容不下两人,小阳春已经走在前,突然回头。她被他愤怒的双眼瞪得心惊肉跳,连脚腕的那点儿疼都顾不上了。

在她完全反应过来的下一秒,小阳春将她横抱起来,大步走下险峻的石路阶梯。

夜里的山风嚣张跋扈,她的眼睛被碎发盖住,这一晚,她第一次知道心脏要跳出胸腔不是一种妄谈。

她的心脏要脱离她的掌控,同时又有一股无形的力量在攥着它,一边是疯狂挣扎,一边是全力抑制,这种心悸让她失语。

又一阵风袭来,她才找回自己的声音:"放我下来!"她按住小阳春的肩膀,想摆脱他的控制。

小阳春不为所动,搂她更紧,在风里大步向前。

景象在她眼前迅疾地倒退,这速度是她自己从没走出来过的。

她头皮发麻,抱紧小阳春的脖子,脑袋往前凑,鼻尖仿佛能感受到对方冬装下的体温,她心脏泵出的血液也向着四肢和大脑不断冲击。

风逐渐缓和,四轮车驶过寂静的小路,山下的路灯仿佛昏昏欲睡。

她被放到大杠自行车旁,头晕目眩,面红耳赤,四肢也酸软无力,但脚一站稳,脚腕也不疼了,她立刻掉头往山上跑,可惜没跑几步就被人抓住。

她踹回去,接下来却被对方控制得不能动弹了。

她气急败坏:"许向阳要是死在上面呢!"

小阳春抱她一路,气也没怎么喘,他掐着她的小臂道:"死不了!"

"他要是出事,你要偿命!"

"他死了再说!"

"你神经病!"

突然传来咔的一声响,她和小阳春暂停,同时望向山脚的路口。

昏暗的路口处,许向阳佝偻着背踩在枯树枝上,正慌张又警惕地看着他们。他小心翼翼地迈着步子,没一会儿,他逃命似的跑掉了,只留下一个背影。

看到许向阳身姿矫健,喻见的精神顿时放松,顷刻脱力。

直到许向阳的背影彻底消失,暗夜中的空气才再次流动。

小阳春默不作声地拉着她走向自行车,她抽出手臂,这次倒没遭到大力阻碍。

她和小阳春对视了一眼,转身走上大路,下一刻就听见了缓缓跟在她身后的脚步声和自行车轮子滚过地面的声音。

走了一会儿,她加快步伐,后面的脚步也加快,平静的男声传了过来。

"上车。"

她走得更快。

"你走不回去。"

她脚底像装了风火轮。

"喻见。"

她充耳不闻。

忽然她的手臂被拽住。

"上车。"小阳春看着她说。

她拍开他的手,飞速奔到马路对面,跨过绿化带,沿着黄河岸继续向前走。小阳春把自行车拎过绿化带,几步走到她身边,二话不说就将她按着坐在车后座上。

她反抗:"我不坐!"

"先上车!"

"我说了我不坐!"

她和他一个推一个按,她心里有怒火往上蹿,一巴掌打在小阳春的下巴上,他把自行车脚撑支好,架起她硬是往后座上放。

她手脚并用地反击,几个回合后连人带车砸到地上。

小阳春拉她起来,她宁死不从,一边牢牢地扒着地,一边赶他。

他们头一回打架是初二那年的冬天,当时在黄河边,他们谁也不饶谁,两败俱伤。时光仿佛又回到那个雾气蒙蒙的冬夜,此刻他们又打在了一起。

只是,这回,小阳春没出拳头,只掐着她的手臂,她用上脚,他又用双腿将她控制住。

黄河在夜晚也不休息,骇然翻滚着涌向远方,有一种誓不罢休的决绝和破竹的强势。

他们斗了几个回合,最后她全面溃败,脸贴着草地,气喘吁吁。小阳春压在她背上,双手按着她的胳膊,他的呼吸也和她一样急促,滚烫的热气往她的耳朵里灌。

耳朵里起火,连眼睛都在发烫,她动了动肩膀想起来,背上的人大概以为她又要打,于是又往下压了一寸。

她发觉自己多了颗心脏,那颗心的跳动声穿透了她的羽绒衣,与她的相会,咚咚,咚咚,焦躁又迫切。

她攥着拳头,脸更紧地贴着草地。

马路上有零星的车来人往,谁也没注意连排枣树的另一侧有两个人在无声地交战。

许久,乌云遮挡住月亮,风停了,她的呼吸也平稳了,整个人安静下来。背上的人缓缓起身,将她扶起,她赶紧擦擦脸,一手的青草味。

她看向小阳春。

小阳春把自行车从地上扶起,推到她旁边,低声说:"回家。"

这一架,她毫发无损,却莫名地觉得自己失败了。她还是不愿意坐小阳春的自行车,抬腿向前走。

小阳春又来拉她,可这次她没再像先前那样决绝地反抗。

她还是推搡,但只是小幅度的挣扎,事后她曾回想,这分明就是故作姿态的欲拒还迎,但当时的她全然没意识到。

眼见她依旧不配合,小阳春索性将她架到了前杠上,在她想跳下地的前一秒,他蹬起脚蹬,从草坪往下冲,沿着河岸直行,再从小道骑回马路。

寒风肆虐,她扶着车把手望着前方,一路安静地到家,自行车在门口停下。

她的手指头缩在袖子里,她低头跳下车,小阳春按住她的肩膀,拍打着她外套上的泥土和青草汁的印子,拍完,说:"好了。"

他又拍了拍自己身上。

客厅里亮着灯,曲阿姨还没洗漱。喻见和小阳春一前一后进屋,曲阿姨说:"回来啦,还挺快,小阳去的时候没打扰到你们聚餐吧?"

喻见摇头:"没,已经结束了。"

"你们先别急着上楼,我烤了饼干和杯子蛋糕,你们帮我尝尝味。"

曲阿姨参加的街道社团近期将组织去儿童福利院慰问,她准备给孩子们带些自制的甜品,最近一直在厨房钻研。

喻见"哦"了一声,脱下外套,见小阳春也在脱羽绒衣,他的拉链上似乎卡了根什么,他捏出来,是一根长头发。

她近一年在留发,不再是初中时的假小子发型,她现在的头发已经及肩,这根长发应该是她的。

她把外套挂在衣架上,转身撞上小阳春。他也挂起羽绒衣,这会儿,他只穿了一件短袖T恤。她又闻到了一股青草香,那是对方身上的味道。她侧身从另一边钻出来,跑进了厨房。

曲阿姨一边打奶油,一边盯着烤箱,见喻见进来,说:"还没的吃呢,再等等。"

"哦,我看看你怎么做。"喻见撑着厨房石英石台面说。

"之前我烤了一盘,可惜烤焦了,没控制好烤箱的温度。"

喻见问:"烤焦的呢?"

"放在那边的盘子里了,明天喂鸭子。"

"鸭子能吃吗?"喻见找到盘子,拿起一块焦黑的饼干。

"鸭子不吃就扔了。"曲阿姨问,"对了,小阳跟你说了吗?"

喻见拿着饼干问:"说什么?"

"他答应去英国读书了。"曲阿姨道。

喻见一怔。

"下午的时候,他妈给他打电话,在电话里哭了。"曲阿姨把喻见当成亲人看待,家里的事很少避着她,小阳春是男生,有些悄悄话,曲阿姨只会跟她讲。

曲阿姨说:"他妈妈其实什么都挺好的,就是对小阳过分关心,控制欲太强,她认为好的,就一定要强加给孩子。"

喻见捏着手里的饼干说:"我妈有时候也这样。"

"你妈算是很民主了。"曲阿姨把奶油装进裱花袋,说,"不过说实话,这次我还是赞同他妈妈的分析,这是一个对小阳有利的选择。其实小阳自己心里也清楚,否则以他的性格,他要是真的完全不想出国,肯定会反抗到底。他向来强势,谁能逼他?但你看,他从来没有很坚决地说不去吧?"

喻见缓缓点头:"嗯。"

"他妈妈只是在帮他下定决心,但他自己没意识到,还一个劲地摆黑脸。讲完电话之后,他就一声不响了。我问他要不要给他煮壶下火茶,他整个人焦躁得很,理都不理我。我看他大概是迟到的叛逆期终于来了。"曲阿姨摇摇头,烤箱发出叮的一声,她戴上手套拉开玻璃门,"他吃饭的时候问你什么时候回来,我说还早着呢。刚刚他说去接你,我想他闷在家里一整天了,出去吹吹风也好。你看他明天要是还黑着一张脸,你就跟他聊聊天、斗斗嘴。他要是一直这么压抑,我过年也不想跟他一起过了。"

喻见笑了笑,说着:"哦,知道了。"她无意识地咬了一口手里的饼干,苦得皱起眉头。

她捧着新鲜出炉的杯子蛋糕回到客厅,电视机开着,小阳春没在看。

他坐在沙发上,攥着那根长头发,绕一圈,打上一个结,再绕一圈,又打上一个结。

听见动静,他抬起头,注视着她,将长发绕着手指。

她把托盘放在茶几上:"吃吧。"

小阳春俯身拿起一个杯子蛋糕,左手手指上的头发没松开,他咬了一口蛋糕,问:"饼干呢?"

"等一会儿。"她坐到单人沙发位。

单人沙发位向来是曲阿姨的专座,她和小阳春通常占据长沙发的两头。

小阳春朝旁边的空位转了下头:"坐过来。"

她置若罔闻。

曲阿姨端着饼干走出厨房,说:"这次的饼干肯定好吃,你们试试。好吃的话,我明天先给邻居送一些过去。"

曲阿姨径直走向单人沙发位,喻见不自觉地起身让开,看向小阳春。

小阳春靠向沙发靠背,仿佛在给她腾出更宽敞的行走空间。

喻见坐到小阳春旁边,吃完蛋糕吃饼干,嘬手指头的时候,她才想起:"糟了,我自行车没骑回来。"

"怎么没骑回来?"曲阿姨问。

喻见顿了一下,才说:"忘了。"

"这都能忘,那算了,现在太晚了,明天有空了再去骑吧,先让小阳带你上下学。"

"万一被偷了呢?"

"哪里有那么多小偷,不会的。"

试吃结束,回房的时候,喻见看见小阳春的左手食指泛红,头发已经缠得很紧,再缠下去,就要断裂了。

这一晚她失眠,大约是因为想着明天上学,她要早起去取车。

房里太热,她闷在被子里竟然有了汗意。她起床去开窗,几朵雪花亲上她的脸,她仰头望向天空,伸手去接。

今年的第一场雪来得晚,还是叫她碰上了。每一个季节都有它独有的景,冬天的雪是属于这个季节的独一无二。

一觉醒来,天还未亮,屋顶已经白得耀眼,喻见洗漱完,穿上羽绒衣轻手轻脚地出门。

打开大门,她看见院落雪地里的脚印,愣了一下,走出院子,一排脚印走向一方。

雪花还在飘着,她站了一会儿,迈步向前。起先她踩在积雪上,走着走着,她才踩上那些脚印。

脚印比她自己的宽大许多,相邻脚印之间的距离也大,虽然有些勉强,但她努力踩着脚印走。她戴着帽子和手套,低着头一步步向前,雪花落在她的手套上,她抬起手,哈了一口气,听见前方的脚步声,于是抬起了头。

那辆上过漆的属于她的自行车,此刻出现在了雪地里。

"今天不骑车,坐公交车。"小阳春推着自行车走向喻见。

喻见露出一双眼睛看着他。

小阳春也看着她的眼睛,雪花纷纷扬扬,静默一会儿,他转过她的肩膀:"走吧。"

她跟着小阳春返回家。

两个人四只脚,雪地沙沙响,自行车放在室外一夜,车后座已经盖着一层雪糕似的积雪。

她落后小半步,偏头看小阳春,心不在焉地想他是几点出门的。她看着对方羽绒衣的帽子上积起的雪花走了神。

寒假如期而至,喻见带着曲阿姨送的土特产和她依旧不怎么好看的成绩单回家过年。

小饭店客似云来，父母忙得脚不沾地，喻见做不来炒菜、刷盘子的活，只能站在收银台帮忙结账。

除夕前她把自己的歌下载到收银台电脑里，在父母送走最后一桌客人后放给他们听。

"好听吗？"喻见问。

父母真心实意地夸奖："真好听，真的是你自己写的？"

"当然。"

"好听，好听，再放一遍。"

喻见设置单曲循环，霸道地说："以后店里就只放我的歌吧。"

母亲说："你就这么两首，还不得听腻。"

"我还会再写的。"要凑够四季，现在才写了两季。

母亲提醒她："你马上就高三了，要把心思放在学习上，别成天不务正业。"

喻见不跟母亲顶嘴，自顾自地给父母定下："这首歌先播放三个月，等夏天到了，再放电脑里的另一首。到秋天的时候，我再给你们一首新的，一年四首歌轮着来。"

父母笑呵呵的，没当真。

"我说真的。"喻见强调。

母亲说："那也不对啊，现在是冬天，你怎么放春天的歌？"

喻见说："我还没来得及写冬天的呢，再说已经过了立春，现在算春天。"

父母说不过她，最后勉强答应了她这古怪的要求。

她把音乐播放器里不属于她的歌都删了，就留下自己的，然后随便滑动鼠标，盯着电脑屏幕，说了句："爸、妈，我想出国读书。"

"啊？"父母都愣了下。

她没重复，父母很快回神："你成天想什么呢，你先把你现在的成绩提高，好好考个大学。我们对你的要求也不高，考不上本科，至少考个大专。"

喻见依旧盯着电脑，过了会儿才轻轻地说："哦。"

寒假结束返校，喻见开始认真钻研书本，但她也许跟曲阿姨一样——

曲阿姨说自己没有音乐方面的细胞，喻见则觉得自己应该是没有学习数学和英语的细胞。

这天喻见又在"悬梁刺股"——周日把自己禁锢在卧室死记硬背数学例题。

她正背得昏昏欲睡，卧室门被叩了两下，门是敞开的，她回头，看见小阳春斜倚着门，捧着杯咖啡在自饮。

他看了她一会儿，才迈进来，慢慢走到她边上，扫了眼她的书本。

他把咖啡杯放下，一只手扶着她的椅背，一只手撑着桌，俯身说："笔。"

他在她耳边把这道数学题翻来覆去地"蹂躏"了一遍。

接下来的这一年，每周总有一天，小阳春会待在她的卧室，有时给她讲题，有时扔给她一张卷子。

她做题的时候，小阳春就躺在她身后的床上，打一会儿游戏，看一会儿书，或者睡上一觉。

她的书桌角落摆着一个鞋盒大小的收纳箱，白色塑料箱体，亚克力抽拉门。有一回她写字写到一半，想拿根头绳扎头发，她刚抬头，就看见了映在玻璃上的那个影子。

这人靠着床靠背坐着，跷着腿，一只手枕在脑后，一只手拿着手机，像在打游戏，目光却落在她的方向。

她找到头绳随意扎了两圈，再看向收纳箱，那人已经重新打起了游戏。

高考的前一天，气温拔高至三十摄氏度，夜里家中忽然停电，曲阿姨赶紧打电话询问，对方说附近电力抢修，最快也要两小时后来电。

屋里太闷，喻见也看不进书，索性坐到院子里吹风。她想吃根雪糕解暑，曲阿姨不让，怕她拉肚子。

院里的风还是闷热的，她坐了没多久，身上就黏糊糊的。小阳春火气旺，T恤都湿透了，他干脆拿起水管对着自己冲。

她在旁边看着他，过了一会儿，水管忽然拐了个方向，对准了她的脚。

她起先条件反射地缩了缩，后来觉得还挺凉快，便将脚伸出拖鞋。

小阳春对着她的脚冲了一会儿，又往上冲她的小腿。她弯腰，把手臂也伸了过去，水花溅到她的眼睛里，她抬起胳膊去擦。

水柱跟着她的胳膊走，一下冲上了她的脸。

"嗯！"她没能躲开，抹了一把脸。

小阳春竟然又对着她的脸晃了两下水管。

"喂——"她忘了穿拖鞋，光着脚就冲过去抢水管。

"真矮。"小阳春说风凉话，仗着身高优势，他高举手臂，不让她得逞。

她奋起向上跳，忘记地上全是水，落地的时候，光脚一个打滑。

她短促地惊叫了一声，小阳春及时卡着她的胳肢窝将她接住，然后直接架起了她。

她脚指头着地，眼睛对上近在咫尺的他的视线。

眼前的人成了落汤鸡，估计她自己也好不到哪儿去——T恤湿透，紧紧地贴着她的身体，水珠落进了她眼睛，她的视线有点儿模糊，只看得清对面的人专注的目光。

水管落在地上，清凉的水流淌过他们的脚。

曲阿姨大概听见了吵闹声，在屋子里喊："你们又在打架？"

喻见看了眼大门，接着被人放回一旁的藤椅上。

曲阿姨端着一盘西瓜出来，见到院子里水流成河，她"哎哟喂"一声，一副心脏受不了的模样："你们两个小疯子，有你们这么浪费水的吗。快去擦干，着凉怎么办，明天还考不考试了？"

喻见两手撑着藤椅，双脚点着地上的水。小阳春看了看她，转身去关水龙头。

高考结束，喻见收拾行李，父母打电话提醒她别落下什么，否则以后只能让曲阿姨给她寄快递，那样太麻烦。

小阳春即将前往英国，英国的本科是三年制，他需要先花一年时间读预科。预科九月底开学，他父亲让他七八月就过去，好提前适应新环境。

喻见走的前一天，最后一次去打扫仓库，拿起那把上低音号吹响音符，小阳春坐在桌上，问她："这个怎么吹？"

她难得地"好为人师"，手把手地教了他一会儿。

那个暑假在家，她QQ好友中某个一直沉寂的号闪了闪，她打开聊天框，先看到文字。

"还记得我吗？我毕业了，忽然想起你今年应该高考了，祝我们都前程似锦。还有我当年的作业，后来拿了高分，有机会我还会去芜松镇，你到时也长大了，我们可以喝一杯。"

聊天框后面是喻见之前打开的网页，她看着自己的高考成绩，心想奇迹到底只属于极少数人，她不是那个幸运儿。

随后，屏幕上出现一幅画，画中一边是窑洞山，一边是悬崖，分界线上站着一人，坐着一人。

对方又发来一句："从前住在这里的人，生活就像冒险，人生哪……"

喻见的手机在这时响起，回过神，她按下接听。

是曲阿姨打来问她成绩的，她一边看着那幅画上的落款，一边说："我想复读。"

那端回应她的却是另一道低沉的声音，对方道："好，我帮你问问学校。"

夏日的午后，阳光猛烈，电脑反光，落款显得暗淡不明。

她把画点开，看向落款处，那里写着"吴悠悠，2014年11月"。

风渐小，小摊前的还价还在继续，摊贩已经松口到九百块钱，蔡晋同还在往下压价。

喻见把画放在桌上，手还没松开，她正要开口，边上的人已经拿起手机，对着摊位上的二维码扫了一下。

"微信到账一千五百元。"

孟冬把手机放回兜里，从喻见手中抽走画，对他们说："走吧，一起吃饭？"

喻见低头盯着他的手。

蔡晋同被孟冬这突如其来的操作弄得愣了，回神后瞟了眼喻见，道："行啊，今天跨年，咱们是得吃一顿好的才像样。喻见，你呢？"

喻见看了眼孟冬，孟冬也在看她，她道："我回家吃。"

正好喻父打来电话，喻见的左边口袋里放着糖，手机在右口袋。她拿出手机，换到左手接听。孟冬和蔡晋同都听到喻父在问她几点到家，说是准备炒菜了。

"家常菜好吃,那先送你回去吧。"蔡晋同道。

蔡晋同让跟拍的"小朋友"撤了,三人上车往喻见家去。

那幅画被孟冬放在手边,具体位置是他和喻见的中间。喻见瞟了好几眼,说:"下一次转手,不知道是亏还是赚。"

孟冬道:"我对这个吴悠悠有信心。"

"哟,原来你懂画啊?"蔡晋同开着车说。

"不懂,"孟冬拿起画,将画纸展开在眼前,道,"我看人。"

车子经过步行街,路上立着些围挡,有警卫在四周忙碌,大厦的LED灯已经亮起。

喻见扶着车门往外看。

蔡晋同也瞟了眼,说:"今晚这儿有跨年活动吧?"

"嗯,"喻见道,"晚上八点开始。"

孟冬听见她说出具体时间,也往车窗外看去。现在时间还早,但路上已有不少人,室外还搭建着舞台,应该还有音乐会。

把喻见送到家,蔡晋同和孟冬返回酒店。蔡晋同登记入住,他住大床房,和孟冬不在同一个楼层。

两人在电梯口道别,蔡晋同先下电梯,进房后没收拾行李,便拿出手机,翻找喻见的档案。

喻见回家后没换居家服,父母做了满满一桌子菜,他们一家三口肯定吃不完。

她把皮带松了松,手拿着一块排骨吃着,问他们:"待会儿带你们去跨年?"

喻母问:"跨什么年?"

"今晚步行街跨年夜,有很多活动。"喻见道。

喻母说:"就是电视里放的,倒计时一起跨年的那种?"

喻见点头:"差不多就那样。"

喻父赶紧摇头:"哦哟,那是你们年轻人才喜欢玩的东西,我们怎么参加。"

喻母也道:"就是,现在饭店也开不了,我跟你爸哪里有这心思。"

喻父问起今天网络上的新闻:"那个应该就是被我们的招牌砸到的人吧,那些记者怎么能乱说呢。"

"狗仔不都那样,就喜欢兴风作浪。"喻母皱着眉,又对喻见道,"话说回来,你倒是带我和你爸去看望一下人家呀,让我们也表示表示,求个心安。"

喻见扔掉骨头,嘬了嘬手指,然后抽张纸巾擦手,点着头敷衍道:"好,我找个时间。"

她饭后无所事事,陪父母看了会儿电视,便套上羽绒衣,独自出了门。

蔡晋同正趴在酒店大床上盯着手机,他眉头拧成川字,屏幕忽然切换成来电画面。他吓一跳,翻个身接起电话。

"现在出门?"孟冬在那头道。

"哦,行,我收拾好了,楼下见。"挂断电话,屏幕又回到喻见的资料页,蔡晋同退出界面,穿上外套下楼。

两人在大堂碰面,蔡晋同问孟冬想吃什么菜,孟冬说:"去步行街看看吧。"

蔡晋同道:"欸,那里好,还能凑热闹跨个年。"

"那走吧。"孟冬说。

他们开车抵达步行街附近,找了半天才在一座大厦的地下车库找到停车位。楼上有餐厅,两人选了一家中餐馆。

饭后已经过了八点,步行街人山人海,蔡晋同顺着人流走,说:"这得上万人了吧!"

孟冬点头:"应该有。"

"乖乖,我的鞋都快被挤掉了。"

人声鼎沸,几栋大厦外墙的LED屏播放着跨年表演画面,劲爆的摇滚乐从舞台传播到四周,雾霭中一片五光十色,黑夜宛若白天。

年轻人跟着摇滚乐呐喊尖叫,孟冬觉得自己的耳膜都快被穿透。他立起外套衣领，挤出熙熙攘攘的人群。

蔡晋同理了理被挤乱的衣服，望向疯狂的人潮，摸出一包烟，抽出一支递给孟冬："你抽不抽烟？"

孟冬接过："抽得不多。"

但蔡晋同看孟冬拿烟的姿势很老练，他替对方点上烟，说："忘了问大夫你能不能抽烟。"

孟冬笑笑，吐出一口烟。

他站在店铺台阶上，视线到处看，漫无目的。

烟快抽完，蔡晋同问："待会儿就回去还是再玩一会儿？"

孟冬抽完一支烟，将烟头摁灭在垃圾桶盖上，看着火星逐渐熄灭，说："在这儿跨年吧，回酒店也没事。"

蔡晋同也无所谓，他和孟冬再次挤进人群，摇滚乐已经变成爵士乐，耳朵听着舒服不少。

震耳欲聋的音乐不知要持续多久，呐喊的人群仿佛永远不会疲惫。

他们随大溜拿了几根荧光棒。孟冬想把这玩意扔了，低头的时候，他注意到不远处的人群脚下掉了一包小零食，看包装像是无印良品的巧克力。

他个高，抬头眺望远处，看见一个穿着黑色羽绒衣、戴着帽子的人影。

然后，他挤开人群朝那里走去。

蔡晋同叫他两声，赶紧跟在他后面。

逆着人流不好走，前面有孟冬开路，蔡晋同的外套还是又一次被挤歪了，他正要再叫，忽然注意到孟冬前面有人正朝这边望。

哑光的黑色羽绒衣，大毛领，黑色毛线围巾，这几天喻见始终是这一身简单的装束。

蔡晋同没再走，他站在陌生的人堆中，想起先前在酒店翻看到的资料。

他由喻见的前经纪人推荐，接手喻见不足三周，他对她入行以来的经历做过不少功课，但从没留意过她在入行前的生活。

近几年公司对艺人的背景调查极其详细，户籍、大学、有无犯罪史、黑历史等等方面都做了严密调查。

喻见今年二十八周岁，比孟冬小一岁，蔡晋同看喻见是八月出生，如果她是六周岁入读小学的话，她应该和孟冬同届。

　　高中学校没记录，只记录着喻见曾在高中复读过一年，最重要的是，她后来考上的大学，恰巧就是孟冬淘宝账号上有所记录的Y省理工大。

　　只是喻见在大三那一年意外辍学了。

　　蔡晋同翻看完喻见的所有资料，又忽然想起昨天在喻家饭店里翻到的那张请柬。

　　喻见的表妹在今年十月二十六日结婚，酒席定在那家酒店，这么巧，孟冬在酒店外等待那位不知名女人的时间，也是在今年十月。

　　他深深地意识到，自己应该就是一个"旁观者"了。

　　大厦的LED屏滚动着绚丽的画面，主持人倒计时的声音从音响中传出。

　　喻见只露着一双眼，站在原地一动不动，四周灯火璀璨，她看着孟冬挤开人群，一步步朝她走近。

　　所有音乐、喧嚣、尖叫，都变得模糊，她听见主持人的倒计时——

　　八……

　　七……

　　六……

　　五……

　　四……

　　三……

　　二……

　　一……

　　"2027，新年快乐！Happy New Year！"

　　火树银花，他最后一步跨到了2027年。

　　喻见和他一起抬头，望向夜幕中的绚烂烟火。

[第四天]

... ...

ZAI DONG

明明时间行走如常,可人们总会赋予某日某时一种特殊的意义。

现场疯狂喧嚣,欢声如雷,这一刻,仿佛全世界都只剩下一种情绪。

"新年快乐。"孟冬站在烟花绽放的天空下,对喻见道。

他的音量如常,不高不低,周遭的欢呼声压过来,喻见听得不是很清楚,但她也知道他说的是什么,她闷在围巾里也说了一句:"新年快乐。"

她的声音就更轻了,还不能辨认她的嘴型,但孟冬好像听见她说话了,他笑了笑。

身后路人推搡,喻见被迫向前,离孟冬更近,帽子上的一圈软毛似乎扫到了对方的下巴。

孟冬低头看她,她望向他身后说:"你跟蔡晋同一起来的?"

孟冬回了下头,看见不远处的蔡晋同一直瞧着这边。他慢半拍地举起手,朝他们挥了挥,然后"杀"开一条路。

"我跟他在这儿附近吃的晚饭。"孟冬收回视线,对喻见道。

"哦。"

"你什么时候来的?"

"大概十点。"

"一直在这儿?"

"嗯,就在这周围。"

蔡晋同总算杀出重围,喊着:"新年快乐!新年快乐!"

孟冬和喻见同时开口回他:"新年快乐。"

音量加成,蔡晋同听得很清楚。他把滑下肩膀的外套往上拎了拎,笑着对喻见说:"早知道你也来,我刚就应该给你打个电话,我跟孟冬在这儿一晚上了。"

"你们挺有兴致。"喻见说。

"啊?"这回蔡晋同没能听清,周围太吵,喻见又是裹着围巾说的。

喻见大声道:"我说你们挺有兴致!"

"哦,嗐,那不是待在酒店里也无聊嘛!"蔡晋同也大声回她。

这是喻见头一次大声和他说话,他跟喻见接触的这段时间,她总是淡淡的,情绪没什么起伏,嗓门从不大。他之前没觉得如何,此刻却觉得她大声一喊，整个人鲜活不少。

已经跨年了，人潮又开始涌动起来，他们三人要离开这里，仿佛是在经历一场攀山越岭。

喻见出门时穿的是高跟短靴，跟高五厘米，被人推来挤去，她重心不稳，脚崴了一下。

孟冬走在喻见边上，她一趔趄，他立刻扶稳她。

他握着喻见的肩膀和手臂，稍一用力就带着她往前走，蔡晋同也伸着手臂护在她后背。

喻见感觉自己的两脚不用沾地也能走，孟冬力气大，身形比普通人健硕，他挤开人时，别人根本挤不动他。

蔡晋同个子也很高，所以两个大男人一左一右开路，没多久他们四周的空气就充沛了。

"呼……"蔡晋同回头望，"总算出来了，我还真怕出现什么踩踏事故。"

孟冬还扶着喻见："脚崴了？"

喻见动动脚，右脚脚踝有些疼，她不确定到底受伤没，却摇摇头说："没。"

顿了顿，她转个身，孟冬自然而然地放开手。

喻见朝来路望去，人群正在逐渐疏散。

她问："你们的车停在哪儿了？"

蔡晋同环视四周，说："应该在那个方向，大厦地库里。"

那还要走不少路，喻见说："走吧，先送我回去。"

街上比白天时还热闹，这几日一直白雾茫茫，感觉人都因为天气蔫蔫的，一场跨年让众人像打了鸡血，男男女女还在继续狂欢，虽然雾依旧没散。

三人行走在人行道上，蔡晋同拿出手机看了眼时间，看完才反应过来现在是一月一日了，又过了一天。

他陪着喻见回来，现在已经是第四天了。

蔡晋同把手机放回口袋，对边上二人道："这几天雾大，航班都取消了，不知道今天天气会怎么样。要还是等不到航班，咱们也可以看看能不能坐高铁。"

喻见和孟冬都看向他,他一副全心全意替人着想的语气,继续道:"我想来想去,有必要陪孟冬去趟他的户籍所在地,记忆不恢复,总不是那么回事。"

喻见和孟冬沉默不语。

蔡晋同口袋里的手指头愉快地动了动。

他跟喻见还不太熟悉,她有防人之心,他平常就尽量多做贴心事,从不在她面前耍心眼,这一路也为她忙东忙西,包括陪孟冬去补办手机卡,分析孟冬的朋友圈,带孟冬去民政局。

这三天他绞尽脑汁地出主意,但好像演了场独角戏。

虽然有被人愚弄的不爽,但他思来想去,还是决定扮演好一个傻乎乎的旁观者的角色。

所以,他自然要继续替孟冬出好主意。

喻见这时说:"不错,那你明天给他买票。"

孟冬看了她一眼。

蔡晋同却道:"你也一起去。"

"我不去了,你陪他。"

"那不行,你这段时间也没通告,既然说了要负责到底,那你得亲力亲为。"蔡晋同瞥了眼孟冬,"孟冬知道你心地好,也肯负责,媒体不知道啊,他们最会歪曲事实,断章取义。"

喻见把有些掉下来的围巾往上提了提,裹紧自己。

孟冬边走边道:"等天亮再看。"

蔡晋同点头:"今天闹得晚了,也不知道回去后几点才能睡。"他仿佛忽然想到什么,问孟冬,"你以前参加过这种跨年吗,有没有什么印象?"

孟冬摇头:"没有。"

蔡晋同正要开口,就听孟冬又道:"但刚才从那堆人里挤出来的画面,让我有种熟悉感,好像哪一年见过类似的场景。"

"哦?你仔细想想。"蔡晋同道。

孟冬微垂着眸,似乎在努力搜寻脑海深处的记忆。

蔡晋同见孟冬这副语气和神态,内心又开始狐疑。他几小时前已经笃定孟冬是在装,但现在,他又想,难道孟冬确实是失忆,一切推测只是巧合?

"有一回,"孟冬偏了下头,双手插兜,一边走,一边慢慢地说,"是前年,一家大型商场举办活动,跟今晚一样,也是人山人海。"

那年他的公司算是正式起步了,合伙人是他的大学同学,他们理念相同,合作也极默契。但正因为公司才起步,处于上升期,员工少,项目多,任何事都需要他亲力亲为。

早期他为了节约资金,在郊外租房子住,每天来回在路上就要耗时颇久。后来他干脆把郊区的房子退了,在办公室放了一张沙发床,日夜都待在公司。

办公室的柜子里放着他的行李箱和洗漱用品,换衣物时,他需要蹲下来开箱,每天早晚,在公司没人的时候,他再去卫生间洗漱。

公司小,卫生间也不大,他用脸盆洗漱,硬是这样熬过了三个月。

蔡晋同听得张大嘴,他上下打量孟冬,实在无法想象这样的精英人士曾经历过那种苦日子。

喻见的高跟鞋踩在地上,发出轻微的响声,起初是匀速的,后来停顿了一下,但很快又恢复成匀速。

"夏天那阵空闲一点儿了,我打算去找她一趟,跟她朋友说好了时间。"孟冬慢条斯理地说道。

孟冬早前跟沁姐打了一通电话,说他要回来一阵。

沁姐把那人的行程整理了一下,说正好,他飞机落地当天,那人正在家休息。

他计划得很好,早早订下机票和酒店,行李也提前两天收拾好了。他那时正在重新找公寓,有了一些积蓄,他准备租住在公司附近。大约过于劳累,他找房子时又淋了一场雨,后来感冒了。

就在出发前一天,公司里的一个项目出了事,他吃了一颗感冒药,就开始忙工作。处理好项目的事情,他已经发起低烧,等他一觉睡醒,飞机起飞时间早过了。

他给沁姐发了一条信息,说他错过了航班。

沁姐很久之后才回复,说她们第二天就要走了,要去趟外省,有工作。

他打听地点,沁姐依旧是过了很久才回复。

次日他重新选了一趟航班,戴着口罩出发,落地她所在的城市时,时间已经过了下午三点,他坐出租车抵达了那家商场。

他把行李寄放在附近的咖啡馆,戴着口罩走进商场,里面一片人山人海,他还没寻找多久,突然发生了意外情况。

"商场每层楼都挤满了人,不知道哪一层先发生了踩踏事故,一群人往下冲,楼上的人要冲下楼,楼下的人要冲出大门,场面突然失控。商场里的工作人员根本控制不住,周围全是大喊大叫和哭声。"在喧嚣的夜色中,孟冬低声诉说,"当时是夏天,在场的只有保安和我穿西装,别人大概以为我也是保安,我逆着人群,朝商场中央跑去。"

而她,穿着一条浅紫色的无袖短裙,腿似乎受了伤,被困在密不透风的人堆当中。保安模样的人正搂着她的肩膀,极力护着她,她已经寸步难行。

他破开一条路,闯到她面前,在她错愕的目光中,脱下西装外套披在她身上,随后将她竖着抱起。她的脸埋在他的肩头,他一只手按着她的后脑勺,强势地冲开混乱的人群。

他第一次来这家商场,只认得他进来的那个入口,但现在往那边闯显然不合适。他大声问:"哪边能出去?"

保安在他们周围尽力维持秩序,沁姐指着一个方向嚷:"那边,那边,先去休息室!"

他抱着人,朝着沁姐指的方向冲。

半途,他察觉到她脚上的一只高跟鞋掉了,和她身上裙子同色系的水晶鞋,眨眼就淹没在了一片混乱中。

进入休息室,门立刻被关上,他把她放到桌前的椅子上。剧烈运动后,胸膛还在不停起伏,他摘下口罩微喘着问:"你的腿伤哪儿了?"

她拿掉身上的西装,长发变得凌乱,额角全是汗,她把长发往后面捋,说:"腿没受伤,是脚崴了。"

"哪只脚？"

"这只。"她抬起光着的那只脚，然后看向沁姐，"外面现在这样怎么办？"

沁姐拿着手机，急得焦头烂额，一边拨电话，一边对她说："我先找人，你看看自己伤没伤到哪儿。"

"没事，我就只是脚崴了。"她说。

他解开衬衫的几颗扣子，蹲在她的腿边，抬起她的脚扭了扭，问："痛不痛？"

"哟……"她微微皱眉，"还好，不是很痛。"

他又检查了一下她的小腿，擦破了一点点皮，不明显，应该是撞到了什么地方，腿上有块灰色污渍。他用手心抹了几下，替她擦干净，她盯着沁姐打电话，心思全然不在她自己身上。

他抬头看她。

很长时间没见，她跟之前没太多变化，妆容依旧精致，长发做了微卷，没瘦，也没胖，体重如同从前，他轻轻松松就能把她抱起来。

她见沁姐挂断电话，追问："怎么说？"

沁姐道："已经出警了，待会儿我们先找机会离开，我再给公司打个电话。"

她只能等，可又坐不住，于是从椅子上起来——忘记一只脚没穿鞋，人歪了一下。

他及时抱住她："你干什么？"

她推开他，踢掉剩下的这只鞋："我去看看外面。"

他拽住她的手臂："你疯了？！外面还乱着。"

"我傻？"

她瞥他一眼，抽出胳膊，走到门背后，耳朵贴着门听了听，大约没听到什么声音，便拉开一条门缝。

他站在她后面，也往外看，过了一会儿，眼见有凌乱的脚步经过，他砰一下将门关上。

她吓了一跳，猛转身，撞在他的胸上方。她捂了一下额头，他后退，让开路。

她光着脚往回走,没走几步,姿态就变了,他上前搀她:"一会儿去趟医院。"

"怎么了?"沁姐挂断电话,正好听见他说要去医院,连忙问,"脚伤得很严重?"

"没事,就只是崴了一下而已,别大惊小怪。"她回。

他把她送回椅子边坐下,将衬衫袖子卷起:"你走都走不了,别逞强。"

"我的脚,我清楚。"她面无表情道。

沁姐看看他俩,朝他说:"你大热天穿成这样不长痱子?"

他扯了下嘴角,没说话。

沁姐又对她道:"我先出去看看,你就待在这儿,哪儿都别去,听见没?"

她点头:"你快去。"

沁姐朝他招呼:"那我先出去了,你陪着她。"

休息室里只剩他们,他从角落拉出一张椅子。

她靠着桌子,捋着头发,手贴在脑后没再动,问:"你怎么来这儿了?"

他把椅子拉到她边上,抽了几张纸巾,两张自己擦汗,两张扔到她腿上,说:"来给你过生日。"

她捏着纸巾没动:"我的生日已经过了。"

他坐下,抹了抹颈间的汗说:"我没赶上飞机。"他错过了她二十六周岁的生日。

过了一会儿,她放下手,脑后的头发瞬间散开,她微微含笑,像是释然,又像是故意,他辨别不清,只见她摇了一下头,说:"我知道,没关系。"

他心里咯噔一下。

她把纸巾放回桌上:"我们早就说好了,已经没关系了,所以你其实不用特意赶回来。"

他脸颊绷紧,盯着她脸上表情,过了一会儿,才开口:"我吃了感冒药,睡过了头。"

他这次感冒没什么明显的症状,嗓子没哑,也没鼻涕,就偶尔咳几声,看着完全不严重。

她看了看他，许久没说话。

他是真的累，无论是工作还是生活，他这几年都格外疲惫。这次飞行了十几个小时，头疼欲裂，东西也没吃几口，他把纸巾攥成团，吐了口气，不想跟她斗嘴："等你这边的事情解决了，再谈我们的事，我现在没什么精力。"

她望着某处沉默不语，半晌才道："该谈的，之前也都谈过了，还有什么好谈的？你没什么精力，我也没什么精力。"

他深呼吸："我飞了十几个小时，不是为了来听你说这些的。"

"所以你真的不用再浪费时间了。"她毫不示弱。

他提着一口气，这时休息室外有人敲门。

"开门。"是沁姐的声音。

他瞥她一眼，起身去开门。

沁姐道："外面还在处理，我们先回去。"

她点点头，光脚站起来。

他对沁姐道："先给她找双鞋。"

沁姐一拍脑袋："哎哟，忘了你没鞋穿，临时上哪儿去找，商场这边的店铺都关门了。"

"我去外面看看，你们先等一会儿。"他道。

"那你快一点儿啊，弄双拖鞋也行。"沁姐道。

他没再看她一眼，径自出了门。商场内仍是一片混乱，他到商场外，找人问最近的鞋店或超市，买回一双合脚的小白鞋。

他以最快的速度一来一回，再次站在休息室门口，只见里面已经没她和沁姐的身影，甚至没她的半点儿痕迹。

地上的那只高跟鞋不见了，他的西装还在桌上摊着。

他沉着脸站了片刻，然后把新买的鞋随手一扔，拿上西装，转身离开。

那时已经夕阳西下，仿佛弹指间，就过去了两年，如今夜色茫茫，他漫步在热闹的跨年夜，同样是喧嚣，却又与当年迥然不同。

蔡晋同听到这里，见孟冬不再继续，于是追问："你离开商场后又去找她了吗?"

孟冬望着前路说:"那次意外闹得太大,对她多少有点儿影响,所以她当天晚上就飞走了,要赶回公司。她朋友上飞机前给我打了个电话,说有记者找到了休息室,所以她们才招呼没打就走了。"

什么样的人怕记者找上门?蔡晋同装作没听出孟冬回忆里泄露的信息,他瞥了眼喻见,又问:"那你呢,也走了?"

孟冬过了几秒才低声道:"她朋友给我打电话的时候,我正好在当地医院。发了高烧,没能挺住,我躺了四天。那时候我们工作都忙,时间上做不到随心所欲,理智占上风,工作、生活还是要继续下去。"

蔡晋同叹气:"挺戏剧化的,也挺有些身不由己的。那除了这个,你还记起什么没?"

他在这个跨年夜,听完孟冬的又一段叙述,终于起了真正的好奇心。

他迫切地想知道在今晚的回忆之前,孟冬和他口中的那个"她"究竟经历过什么,才会分别,又疏离至此。

两个月前,孟冬苦守在酒店外;去年圣诞的公益演唱会后,孟冬和她客气地交谈;前年的商场开幕式,孟冬和她亲密却又生疏。

这是一段不论在时间上,还是在他们的关系上,都循序渐"近"的记忆恢复过程。

蔡晋同又对自己有了信心。

他赌孟冬恢复的下一段记忆,极有可能是大前年,也就是三年前。他抱着极大的希望等待孟冬继续,可是这一路已经走到了头,大厦地库到了。

孟冬说:"你把车开过来,我们在这里等。"

蔡晋同还想听,所以说:"一起过去吧。"

孟冬朝喻见偏了下头:"她脚疼。"

"啊?"蔡晋同看向喻见,"脚真的扭到了?"

"有点儿。"喻见催他,"你去把车开过来吧。"

"那行。"

蔡晋同离开,喻见和孟冬依旧站在电梯口。

虽然是三更半夜,但地库里依然车来人往,估计大部分是跨年完来这里取车的。

一辆跑车发出低鸣疾驰而过,噪声过后,孟冬问:"你的脚用不用上医院看看?"

喻见摇头:"不用。"

孟冬说:"要是真疼,别逞强。"

喻见把围巾往下扯了扯,等待着远处车子开过来:"说了不用,我自己的脚,我知道。"

车到了跟前,两人不再说话,一左一右坐到后面。

蔡晋同调了调后视镜,能更清楚地看到后座二人。他如今愈加留心,发现孟冬的坐车习惯极好,即使坐在后面也系安全带,喻见就懒了些。

蔡晋同打着哈欠问:"你们困了没?"

孟冬活动了一下肩膀和脖子:"还行。"他偏头问喻见,"你呢?"

喻见摇头:"不困。"说完,她就想打个哈欠,但她闭紧嘴巴,忍住了。

"那我听音乐了,不嫌吵吧。"蔡晋同打开音响,没调广播,选了车里的歌。

这么巧,放出来就是喻见的三首成名曲。

蔡晋同道:"你爸妈可真爱你,饭店的电脑播放器里只有你的歌,车上一播放出来又是你的歌。"

喻见后脑抵着颈枕,语气已经带着几分懒散:"不好听吗?"

"好听,怎么不好听。"蔡晋同夸她。

喻见感觉手碰到了什么,低头一看,是被卷起的画纸,这人还没把它带回酒店。她收回视线,手指头擦着画纸边,听着她自己慵懒的声音,眼皮渐渐发沉。

她恍惚看见边上的人拨了拨出风口,热风随之不再对着她的脸吹。

她不喜欢对着出风口吹。

她昏昏沉沉地想。

高考结束后理应最放松的那个暑假,对她来说是真正悬梁刺股的开始。

那是假期中最闷热的一天,她坐在车后,往左掰一下出风口,往右掰一下出风口,最后把冷风全"赏"给了小阳春。

小阳春索性把后座空调关了。

她不乐意:"太热了。"

小阳春说:"那就忍着。"他边说,边把空调重新打开。

副驾驶座上的曲阿姨道:"你别欺负见见,今天可是你们最后一次相处了,以后想再见,可不知道得等到哪年哪月了。"

司机问:"这俩孩子不是一起去那所学校吗?那学校好啊,每年复读生的升学率那是响当当的。"

"是啊,所以我才帮孩子挑了那所学校。"曲阿姨笑道,"我外孙要去国外读书,俩孩子不是一起的。"

喻见的高考分数离三本线差七分,当初她说要复读,小阳春第二天就跑去学校替她打听了。曲阿姨也联系了两位旧同事,最后建议她去一所鼎鼎有名的高复学校。

虽然那所学校离家极远,位于某镇非常偏僻的地方,但它实行全封闭式管理,学生进入以后除了学习,其他什么都没法做,师资力量也相对雄厚,因此每年的高复升学率很高,全国各地的家长都会把考生送去那里。

曲阿姨和这所学校的一位老师是好友,这次会送她去上学,一是不放心她,二是想和好友聚聚,顺便能嘱托好友关照一下她。

所以,喻见和曲阿姨约在当地高铁站碰头,她还带了许多礼物过来,全是父母为了感谢曲阿姨而买的。

上车后吹了会儿空调,喻见凉快不少,把贴在额头的碎发往后面拨了拨,她从双肩包里拿出一个已拆封的手机包装盒。

小阳春问:"你买的?"

"我爸妈新给我买的。"

父母给得很突然,大约是想制造惊喜,所以在她上高铁前,才把这份大礼交给她。

她觉得挺有趣,明明她没考上本科,还要多耗费一年的时间和金钱去复读,父母却好像她考上清华北大一样开心,最近成天变着花样给她进补,母亲还拉她上街给她买了一堆好看的衣服。

她用了这么多年的2G诺基亚,也终于在这一天换成了4G的智能手机。父母真是痛下血本了。

她愉快地打开包装盒,对小阳春道:"我刚在车上想换手机,发现手机卡大小不合适。"

"带剪刀了吗?"小阳春问。

"没,有指甲钳。"她说。

小阳春刚准备拿起她的新手机,闻言,他的手掉转方向,拾起座椅上的手机盒盖,先朝着她的脸盖了一下,再把手机盒盖上。

她白了他一眼,抹了抹被盖子压到的脸颊。

车子在这时突然急刹,小阳春带着她的手机扑向前,她的心一下子提到嗓子眼,万幸只是虚惊一场。

小阳春平安坐稳,她的手机安然无恙。

司机伸出头,朝"不长眼"的路人一顿骂。

喻见指责小阳春:"让你系安全带,你不系!"

小阳春把手机盒还给她,依旧不去系安全带。

她和小阳春吵闹了一路,在曲阿姨耳朵快受不了的时候,车子终于抵达了目的地。

学校位于小镇边缘,周边是真的荒凉,前不巴村,后不着店,想上街只能走半小时的路去公交站,再等半小时一趟的公交车。

她以前从没住过校,这还是第一次。寝室是六人间,空间较狭小,盥洗需要去楼层的公共卫生间,阳台的墙垒得很高,足足到她的肩膀,乘凉赏景都不方便,整体环境看起来有几分艰苦。

曲阿姨去找那位好友,喻见问未来的室友借了一把剪刀,然后开始整理她的床铺。

小阳春坐在书桌前替她剪手机卡,她跪在上铺铺床,探出头叮嘱:"你小心点儿,别给我剪坏了。"

小阳春头也不抬地挥挥剪刀。

她铺完床单开始套枕套,又探出头:"剪好了吗?"

小阳春没回答,她抓着护栏,半截身子往下面书桌探,他忽然伸长手臂,抓住她垂下来的头发。

她歪着脑袋朝他的手背一拍,他起身,一下跟她脸对脸。

"铺完床了?"小阳春的手掌轻按在她的头顶。

她捏紧护栏:"快了。"

他的手指隔着她的头发,在她颈间捏了捏,过了两秒,他的另一只手往上,将手机贴住她眼睛和鼻子。

"你用用看。"小阳春说完才将她放开。

她拿着手机缩回去,脸贴了一会儿墙壁,才冷静地点开手机。

微信已经注册好了,她的名字和头像都好随意,再看联系人,只有一个小阳春。

他的头像右上角闪现一个红色的"1"。

小阳春:"快铺床。"

这就是她人生中收到的第一条微信。

晚饭吃食堂,食堂就一个,每个窗口前都排着长队,菜色不多,口味也很一般,因为没竞争,所以食堂老板从不在改善伙食上面下功夫。

喻见吃惯了她父亲的厨艺和曲阿姨时不时的创新厨艺,在吃的方面,她不挑剔,但也讲究口味,这顿饭吃得她有些担忧将来。

曲阿姨从中找寻优点:"好在这里比较卫生。"

喻见点点头。

晚饭过后,曲阿姨就带着小阳春走了。

如今是八月底,小阳春先前对他父亲说想再多陪陪外婆,所以把去英国的时间推迟了。

方柠萱也去英国读书,因为小阳春推迟了出国时间,她如今也还没走。

今天小阳春回去,马上就要准备动身了。

这些都是曲阿姨在吃饭的时候说的。

四周好像一下子变得空荡荡,送完人,喻见有些茫然地在这所面积不大的学校里走了一圈。走到月上柳梢头,她才拖着沉甸甸的脚步回寝室。

在这所学校里,不存在学习以外的事。夏季天亮得早,每天清晨刚见光,她就得从床上起来,晚自习十点结束,但寝室十二点熄灯前,还有翻书页发出的沙沙声。

一日三餐只能吃没任何花样的食堂,学校出不去,周围饭店少,闲杂人等也不允许放入内,偶尔有同学叫一个外卖,只能去学校角落偷偷摸摸接头。

起初几天她还能适应,一两周后,她只能痛苦忍耐。冲劲是会随着时间的流逝而慢慢消散的,就像一个气球,开始时充盈饱满,后来会一点儿一点儿地瘪下去。

她怕在不久后的某一天,她就会啪嗒一下掉在地上,被打回原形。

幸而她把家里的吉他带来了,偶尔能挤出一点点时间,偷偷在无人处弹几下。每次音符从她指尖弹出,她仿佛还能听见芜松镇的黄河浪涛声,震惊于窑洞山的险峻和壮丽,闻到老家的满城桂花香。

九月了,她在这座陌生的小镇看不见一株桂花,小阳春也已经离开了。

她发起呆,努力维持气球充盈的样子。

这天中午她正跟同学在食堂吃饭,突然收到一条微信。

"你们学校不放外人进?"

她看着对方的头像回复:"对啊,怎么?"

"你出来拿下东西。"

她的心脏开始扑通扑通跳动。

"你在我们学校门口?"

"嗯。"

她撂下筷子往外冲。

秋风萧瑟,她踩着落叶一鼓作气跑到校门口,小阳春穿着件短袖T恤和牛仔长裤站在铁门外,视线牢牢地锁着她。

她跑近铁门,喘着粗气,抓着铁门问:"你不是走了吗?"

"后天走。"

"那怎么跑这儿来了?"

"我跟外婆说跟同学去旅游,旅游完直接飞英国,行李已经提前寄走了。"小阳春道。

"哦……"

过了两秒。

"午饭吃了吗?"小阳春问。

她摇头:"还没。"

"我给你买了饭。"小阳春往上拎了拎手上的袋子。

她伸手想去接,小阳春收回袋子问她:"找个地方吃?"

她想了想,说:"后门那边有片栅栏。"

后门那边的围墙,底下是砖,上面是铁栅栏,外卖通常只能送些煎饼馃子之类,因为铁栅栏缝太小,大部分快餐盒塞不进,也不可能往上抛,先不说会不会摔烂,这栅栏也太高了——根本扔不进来。

小阳春带来的午饭,很不幸,全是过不了栅栏缝的。

小阳春把塑料袋扎紧,尝试递单个的饭盒进来,就差这么一小点儿,可惜了。

汤碗更不用送了,直径一看就不合适。

她说风凉话:"我们学校的防范意识可强了。"

"还是不够。"将饭盒都放在墙砖上,小阳春说着,把盒盖递进来,再隔着铁栅栏给她夹饭夹菜。

她吃了第一口,才觉得这段时间被压制的味觉又恢复了。

小阳春买了不少吃的,有虾和红烧猪蹄,两样炒时蔬,一份加辣加醋的凉拌菜,还有一盒海带排骨汤。

小阳春没吃午饭,给她每份菜都夹一点儿后,才捧起自己的饭盒。

"你一个人来的?"她边吃边问。

小阳春点头。

"住酒店吗?"

"小宾馆。"小阳春说,"这镇上没什么酒店。"

"方柠萱呢?"

"上个礼拜就走了。"

"你机票买完了？"

"嗯。"小阳春给她夹了一块排骨，又问，"喝不喝汤？"

她咬着肉，看向汤说："喝不着。"

小阳春舀起一勺汤，从栅栏缝里递进去："过来。"

她看他一眼，他神色如常："不喝？"

她喝下他喂过来的这一勺汤，好鲜。

一回生两回熟，小阳春继续喂她，她喝足半碗，剩下的全被他仰着头一饮而尽。

收拾着餐盒，小阳春说："晚饭的时候我再过来。"

她也不多问，点头说："我们五点十五分下课。"

"嗯，我在这儿等你。"

五点十五分下课，她只用两分钟就跑到了后门。晚饭时间只有四十分钟，小阳春先给她夹菜，又问了问她的功课，等她吃得差不多了，他才吃自己的。

第二天，她没去食堂买早餐，顶着初升的旭日，吃完小阳春买的汤包和豆浆后，才去教室早读。

中午她依旧在后门吃饭。

晚餐的汤是她之前提到的咸肉冬瓜汤，小阳春仍旧一勺一勺亲自喂她，她想问他为什么不带根吸管，话到嘴边，又和冬瓜汤一起咽了下去。

小阳春说："我明早走。"

"你怎么去机场？"她问。

小阳春道："先坐高铁到市里，再坐机场大巴直达。"

"时间算准了吗？别晚了。"

"不会。"小阳春说，"还有一点儿汤。"

他舀起一勺汤，再次递进来。

她含着勺子，小阳春在她头顶道："专心学习。"

她正想说别学她老妈讲话，小阳春又低声道："我再等一年。"

那口汤仿佛堵在了她的喉咙里，她抬头，对上他专注的眼神，忽然失语。

喻见从前一直认为，他们家里的人是没有任何学习天赋的。

她父母学历不高，年纪轻轻就外出打工，攒到钱后就在市里开了一家小饭馆，从无名小辈到在当地小有名气，花费了他们十几年的时间。

与她家相反，表妹一家都是学霸，姑姑和姑父是名牌大学毕业，作为时政记者常驻国外。已过世的表哥在大学读播音主持专业，成绩优异。表妹就算不用心听课，"临时抱佛脚"也总能顺利通关。

喻见有时候会怪天赋这个东西，但天赋有定数，努力却是无定数的。

无定数就意味着有千万种可能，所以她要攥紧她最期待的那一种。

之后的日子，她每天五点半起床，夜里零点后才睡，吃饭抢时间，上厕所脑子也在转，走路动嘴巴背单词，吹头发时眼睛盯着书。

路要自己走，她没捷径，也没助力，鞋磨破了不能停，腿酸疼了也只能咬牙。这世上的大部分平庸之人也是这样过来的，想得到就得付出勇气和毅力。

她挤压着自己的每一分每一秒，秋去冬来，春暖花开，四季轮回，万物复苏之后，她再次走进一年前曾踏足的考场。

六月下旬，高考成绩出炉，喻见的成绩过了二本线。

父母不可置信，喜得差点儿把家里的房子拆了，打算摆三天酒席替她庆祝。

她报完自己的喜，就钻进卧室给小阳春发了一条微信。

小阳春整个六月都在考试，近期要拿证书，七月初才能回国。

她翻看他的朋友圈，没几条，多数都与学校和运动相关，有几张合照——他和很多人一起穿着篮球服勾肩搭背。

她又去看方柠萱的朋友圈，方柠萱最新发的是预科毕业舞会的照片，有方柠萱和别人的合影，也有方柠萱和小阳春一起跳舞的抓拍照。

苟强还在下面点赞，说方柠萱又漂亮了八个度。

小阳春终于回复喻见的微信："我要先去趟柬埔寨再回国，我妈病了。"

喻见返回聊天框。

"阿姨得了什么病，病得重吗？"

小阳春："动了一个小手术。"

柬埔寨的医疗资源相对落后，小阳春不放心，要去看看，所以暂时归期不定。

后来喻见在家里弹了几天吉他。高复班的好友们拉了一个群，邀她一起去泰国旅游，不跟团，他们自己做攻略，时间一周左右，人均花费不会太多。

这埋头苦读的一年，她多了一笔意想不到的收入。她不知道她上传到网上的歌，别人听一听，下载下载，她就能分到钱。

这笔意外之财对目前的她来说金额不菲，足以支撑她的出国游。

因此她答应下来，再抓紧时间办护照，护照到手后，好友们也把攻略做好了。七月，她出发去泰国曼谷，临行前父母硬给她银行卡里打了几千元，她说她钱足够，他们也不听。

这是她第一次坐飞机，至高空时，她看见厚重的云层，仿佛开窗就能踩上去。

她又想起了黄河和那座地形独特的山。

世上风景万千，她如今在这方小世界里看到的还远远不够。

他们一行人，五男三女，其中两个男同学是书呆子，另外一个男同学和女同学甲是情侣，剩下两个男同学，性格外向开朗，是这次旅行的组织者。

喻见和女同学乙相伴一路，吃吃喝喝聊聊天，就到了曼谷。

把东西放在酒店，洗漱一番后，晚上他们一行人去逛夜市。

她们女生胃口小，看见什么好吃的都买一份，拍完照后再分着吃完。

喻见也拍了几张照，发了一条朋友圈。玩到走不动路，他们几人才返回酒店。

喻见先洗漱，擦着头发出来的时候，同房的女同学乙说："你有好几条微信。"

"哦。"

喻见坐在床上拿起手机，先看到母亲发的语音，她听完后回复，然后才点开小阳春的聊天框。

小阳春问:"在哪里?"

她撸了几下头发,拿下毛巾,趴在床上回复:"泰国啊。"

小阳春:"没跟我说。"

她正想要怎么回复,小阳春又发来一条:"跟谁一起?"

她:"同学。"

小阳春:"高复班的?"

她:"嗯。"

"几个人?"

"八个。"

"跟团吗?"

"自由行。"

"有男有女?"

"五男三女。"

手机没了动静,头发没擦干,水珠往床单上滴,她胸前的床单上一片水渍。

她刚把湿的这块揪起来,微信又响了。

"泰国哪里?"小阳春问。

喻见回复:"曼谷。"

"知道了,早点儿睡。"

之后再没消息。

她把揪起的那块床单擦了擦,然后靠在床头看电视,等室友洗完澡出来,她再去吹头发。

直到第二天早上,手机提示音才再次响起,是男生催她们起床吃早饭。

曼谷的天气太热,一上午玩得满头大汗,中午他们回酒店洗澡,再调整下午的行程。

喻见小睡了一觉,醒来时当地时间下午一点钟不到,有一条未读微信,她点开来。

小阳春:"你住曼谷哪里?"

喻见把酒店名字发给他,不知道他问这个干什么。

小阳春:"晚上早点儿回来。"
她想了想,不太确定地回复:"干吗?"
"我晚上到。"
她一怔。

下午的行程,喻见心不在焉,只知道跟着他们走,偶尔拍几张照,食物只吃几口。
天黑前她看了看时间,提前离队,拦了辆车前往车站。
从柬埔寨暹粒到泰国曼谷,乘国际大巴车只需七小时左右,她今天才知道。
到了车站,她给小阳春发了一条微信。她把双肩包挂在胸前,翻出一瓶驱蚊水往身上喷了点儿,然后不停地甩手甩脚,以防蚊子叮咬。
她甩到一半,有人叫她名字。
"喻见。"
她回头,语气自如地问:"饭吃了吗?"
"没。"小阳春说。
"那一起吃。"她道。
小阳春在夜色中走近,不知道是不是因为光线,她觉得他晒黑了不少,也比一年前他们最后一次见面时,更加高、更加壮了。
他们没在这里多耽误,摩的在揽客,他们叫了两部。
车速很快,两辆摩的有时并行,有时一前一后,风把她的头发吹乱,她偶尔会看见小阳春在前面回头。
又疾驰了一段路,前面那辆摩的突然停靠在路边,她拍拍司机的肩膀示意,司机随后也停靠了过去。
司机用泰语问另一辆摩的司机,她问小阳春:"怎么了?"
小阳春说:"车坏了。"
那辆摩的发动不起来,司机朝小阳春连解释带比画。
"没事。"
小阳春把钱付了,向她的摩的司机说了几句话,然后他坐在她后背说:

"你往前挪点儿。"

"你要坐我这辆?"她边问,边往前挤。

"反正只剩一点儿路。"小阳春说。

小阳春虽然高大了些,但喻见和司机都很瘦,一辆摩托车坐三人也勉强可以。只是不知道这里交规是否严格,不过她白天时也见过一车载三人的情况,大约不被交警逮到就没事。

小阳春贴了上来,明明是开放的空间,她却觉得一下子密不透风,连呼吸都变得不顺畅。

摩托车猛地发动,她稳稳地被夹在中间。

她抓着双肩包肩带,盯着司机的后脑勺,风再次把她头发吹乱,她看也看不清。

身后的人慢慢环住她的腰,然后将她的头发捋到脑后。

"橘子味。"小阳春在她的头顶说。

喻见说:"我喷了驱蚊水。"

"什么?"

风太大,她刚才那声小了,于是重复一遍:"我喷了驱蚊水!"

"嗯。"

他大约是说了一声"嗯"吧,她听得隐隐约约。

然后,她的头顶被轻轻地碰了一下。

有些痒,她不太确定,于是看向摩托车的后视镜。

后视镜照得不全,但她看见,小阳春再次贴住她的头顶,摩挲了两下,之后嘴唇再没离开。

她脖子僵硬,像被拧紧了发条,紧张得动也不能动。过了许久,当身后的人离开她的头顶时,好像发条一松,她的头便自动向后转。

她仰头,眼睛失焦,没找准位置,最后嘴唇只碰到他的下巴。

她的头迅速转回来,呼吸也屏住了,回味刚才那一下,好像有点儿刺——他有胡楂。

正神游,她忽然被人扳过脸。

身后的人一只手托在她的头侧,一只手捧起她的脸颊,在她什么都没看清时，直接低头吻了下来。

跳过温柔，他生疏地闯进了她的牙关。

相触的一瞬间，身体过了电，她毫无支撑，只能紧紧地攥住双肩包肩带。

摩托车疾驰在夜晚的车水马龙中，曼谷的热浪持久又猛烈。

这是一个陌生的国度，月光之下是一张张东南亚面孔，说着一口他们听不懂的语言，他们不认识这一路的人，也没人认识他们，所以她才敢这样放纵。

她恍惚地想。

她在热风中，耳朵像被一双手盖住，眼睛不自觉地闭上，过电后的身体麻木而无法自控，意识轻飘飘，却又断断续续地清醒着。

这是一场刺激的冒险，仿佛她的脚真的踩在了云上，来时飞机上天马行空的想象成了真。

她无法自拔，从僵硬的被动逐渐变成迎合。

直到摩托车突然停下，她随之一晃，两人毫无预兆地分开，她才发现自己的眼睛也热得湿漉漉的。

他们已经到达酒店了。

她的心脏乱打鼓，她用手背抹了一下湿漉漉的嘴巴，身后的人先下了摩托车。

她忽然忘记脚应该踩哪儿，蹬了两下都踩空，小阳春卡着她的胳肢窝，直接将她抱了下来。

她贴着他的胸口，他在她的头顶啄了一下。

双脚落到实地，她抬头看对方，发现他的脖子一片赤红，凸起的喉结在动，两侧青筋暴突，像是刚被强迫拉离战场，战斗因子还在他血液中叫嚣呐喊似的。

小阳春付了钱，说话的声音紧绷，他看向她："是这里？"

她随意地瞟了眼酒店大门，点头："嗯。"

摩的司机亲切地向他们告别，她极镇定且自然地合掌说"萨瓦迪卡"，手还没放下，就被小阳春一把捉住了。

"走吧。"小阳春牵着她往酒店里走,办理入住登记。

她在前台立着的一块堪比镜子的银色指示牌上看见自己脸颊上的红印,是被小阳春掐的,她不自觉地揉了揉脸。

小阳春拿好房卡,侧头看她一眼,不声不响地拉着她走进电梯。

电梯门慢慢合上的时候,小阳春亲了亲她脸上的红印子,他的呼吸滚烫又沉重,她也头重脚轻的。

这一路,除了"是这里""嗯""走吧",他们再无其他对话,沉默地走进小阳春的房间后,她的手已经被握得发疼了。

关上门,小阳春把他自己的包随手一摆,又把她一直背在胸前的扁塌塌的双肩包扯下扔到地上,然后将她拉到了他的胸口。

她其实有了预感,在从摩托车上下来,看见小阳春青筋暴突、脖子赤红的时候。

门背后的吻逐渐失控,白色的单人床深深地陷了下去。

处于热带地区的曼谷的夜晚,仿佛处处都是热浪、汗水、醉意以及失控。

他们迫切又焦躁,心火燎原,初次的莽撞后,人类的本能很快让他们无师自通。她感受到了她和对方在体型上的差距,她哭得像发泄,却又有一种连她自己也无法理解的感动。

双肩包里的手机铃声响起,是室友询问她的去向。她身上的人滴着汗水,落进她眼中,滚烫刺痛着她。她视线模糊不清,意识在脑中爆炸,然后是沉沉浮浮。

她以前问小阳春,横渡黄河到底危不危险,他说:"你在岸上,有时候看着浪好像不大,但你进黄河里面,就会发现你是被浪推着走的,你控制不了。黄河很会吞人,河面下到处都是旋涡,把你卷了,你别想再上岸。"更何况是惊涛骇浪时。

她在黄河边住了三年,年年夏天都见附近的居民大胆地踏进黄河,她从不敢尝试。

今夜她想,原来被卷进惊涛骇浪下的旋涡,真会身不由己,难以自救,同时沉沦深陷。

最终,她还是在快窒息时被捞上了岸。

她大汗淋漓，一动不动地睡着，呼吸逐渐平稳。过了一会儿，感觉有人在看她，她睁开眼。

果然，小阳春撑着手臂，伏在她身侧，眼睛正一眨不眨地凝视着她。

她想，线绷得太紧会断，气球吹得太满会炸裂，泄洪时的巨浪能吞没生灵，任何事情克制久了，一旦在极端松懈，就会走向失控。

从高二那个冬天，他朝那个叫许向阳的男生挥出拳头开始，他就一直在忍。

她还记得去年九月，他离开前说的那句咬在齿间的话，他说"我再等一年"。

他多等了这一年，他们也一年未见，今晚他大约再不用克制了，他看着她，眼神是从没有过的放肆。

而她又何尝不是，他们还没开始谈恋爱，却先跨到这一步。

她不知道第一句话该怎么说，是要扮可怜说好疼、好累，还是凶他太野蛮，不是人？

她应该害羞，把眼睛重新闭上。

于是她又要闭眼，在她闭上前，小阳春又开始亲她。

她这十几年体会过各种快乐，但从没体会过这一种难以言说的。他们又抱在一起，彼此都对这种亲密感觉着迷不已。

房间闷热，他们身上都是汗，湿黏黏的感觉并不舒服，但小阳春一直抱着她没放。

她窝在小阳春怀里，听见手机又响了，踢他一下："电话。"嗓子有些堵，她清了清。

小阳春半闭着眼，在她脸上咬了一口，才下地去门背后捡起双肩包。

她忽然没眼看，双手捂住自己的眼睛。

小阳春在她的头顶笑了笑，接着传来一阵翻包声，手机铃声贴近她的耳朵。

"接电话。"小阳春说。

她重新睁开眼睛，接起室友的电话，小阳春再次上床，床垫往下陷。

"我的天哪,你终于接电话了,你去哪儿了?"室友谢天谢地。

她清清嗓子才说:"在外面。"

"知不知道我发了多少微信给你,你一条都不回复,打你电话又不接,我多怕你出事,这里可是泰国!"室友自说自话。

喻见忙打岔:"抱歉,抱歉,我没听见。"

"你一个人跑哪里去了,还不回酒店?现在太晚了,你快点儿回来,不然我们去接你,你现在在哪儿?"

她只好道:"我碰上一个朋友。"

"朋友?"室友诧异,"你在曼谷有朋友啊?"

她难得心虚,让室友不用等她,她晚点儿再回,事实上她的房间就在楼下。

挂断电话,她看手机屏幕上蒙着一层水汽,问小阳春:"你觉不觉得这间房特别热?"

小阳春汗流浃背,手臂搭着她,脸贴在枕头上说:"是热。"

被子早就掉到了地上,他们身下的床单湿透了。

过了一会儿,两人慢慢转头,看向空调出风口,没声,也没风。

原来这两个小时,空调一直没开启。

她无语地踹他一脚,他笑着把她抱起来:"先去洗澡。"然后,他去门口把空调打开。

她很不舒服,先去浴室洗澡,洗完澡忍着脏,围上酒店的浴巾出去。

地上的衣服都被捡起来扔在床上了,小阳春说:"睡这儿。"边上还有一张单人床。

墙壁不隔音,她抓着浴巾,坐在床沿听着水流哗哗响,天人交战两分钟,她还是决定回自己房间。

要跟小阳春同床共枕一晚上,她还是觉得有点儿不好意思,这份害羞似乎姗姗来迟。

她脱掉浴巾,穿上脏衣服,走到浴室门外,隔着门,对里面喊:"我的房间是3012,我先下去了,明天早……"她的话还没说完,浴室门猛地打开,小阳春赤着身,浑身是水地将她捉了进去。

她吓一跳，血往上涌："你脸皮怎么那么厚！"

小阳春说："你脸皮什么时候变得这么薄了？"

"我当然厚不过你！"

"哦，那承让。"

小阳春把她捉到花洒底下，她被从头淋到脚，鞋子是凉鞋倒没事，但她身上这套衣服自然没法再穿出门。

她像只熟鸭子，又被翻来覆去洗了一遍。

小阳春带了两套换洗衣服，他把其中一件T恤扔给她。她把他推出门，穿上衣服后翻出吹风机吹了几下头发。

吹到半干后，她走出浴室，见小阳春穿着条裤衩，坐在沙发椅上，捧着碗饭狼吞虎咽。

酒店刚把餐送上来没多久，他的盘子就空了一半，她问："你多久没吃了？"

"上车后到现在。"

那是挺久，她捧起她那份，说："我的给你点儿？"

小阳春把自己的盘子递过来，她没动："吃剩了再给你。"

小阳春扯了下嘴角，满不在乎地收回盘子，继续吃他的。

喻见觉得自己的心肠变软了，她还是先把食物分给他一半，自己才开始吃。

酒店的单人床很小，睡两个人实在挤，但这晚他们谁都不抱怨，脸对着脸说了半天话。

"大一九月底开学。"小阳春说。

"我们学校九月一号开学，开学一个礼拜后就军训。"她说。

"哭了给我拍张照。"

"你瞧不起谁？"

"你高一的时候不就哭了？"

"我就是故意号叫了两嗓子。"这么幼稚的事，她以后都再没做过。

小阳春笑笑，莫名其妙又搂着她吻。

她的舌根开始发疼后才睡,这一觉,她睡得极沉,身体像跑完马拉松一样疲惫。第二天她眼皮睁不开,窗帘缝隙漏进来的一丝光提示着她时间。

再次清醒时已经到了下午,她忘记了她之前在半睡半醒的时候已经跟室友打过电话,趴在枕头上又给室友发了一条微信,室友忙着玩,回复她:"知道了,知道了,回来你再给我老实交代!"

可惜她暂时回不去,二十岁的男人不知餍足,她在这间房里又待了一天。

第三天,她终于能穿上她那件曾被花洒冲湿的衣服,趁着同学都在外,她下楼去换了一身。她没让小阳春进屋,毕竟房间不是她一个人的。

换好衣服,她和小阳春顶着炎炎烈日出去玩,中午找一家商场吃饭,餐厅在三楼,手扶电梯停着不动,不知道坏没坏,也没任何提示,有人直接步行上去。

三楼很近,小阳春拉着她正要往上走,她扯住他的手臂说:"坐直梯。"

小阳春说:"没见过你这么懒的。"

"你现在不就见到了。"

结果,他们找到直梯一看,维修人员正在检修,根本坐不了。

她的脸颊贴在小阳春的手臂上蹭了蹭,故作撒娇。

小阳春说:"快点儿,待会儿来不及吃。"

她认命地再返回扶梯处,说:"要不是这家网红店我盯了很久,我真想换一家!"

她刚踩上台阶,后衣领被小阳春一拽。

"干吗?"她抢回领子。

小阳春走到她身前,然后弯腰,握住她的双腿,将她往上一背。她诧异过后立刻抱着他的脖子,在他的耳边亲了一口。

小阳春步子迈得飞快,眨眼就背她上了三楼。

下午的时候,小阳春按照原定计划要赶回柬埔寨,他只带了两套衣服,原本就只能陪她两天,他母亲还在暹粒等着他。

她很想让小阳春别走了,到时候跟她一起回国,可她又觉得这种话太腻歪,而且显得她多稀罕他似的,更何况就算回国,他也要回芜松镇,而她要回老家。

她不愿做这种缠人的事,所以很潇洒地跟他吻别了。

之后,喻见的旅游地点切换到了清迈。四天后,他们一行人旅游结束,顺利返回国内。

她跟小阳春每天都聊微信,偶尔会视频。父母送她的这部手机内存小,如今系统常需要清理空间,她把其他人的聊天记录都删了,唯独她和小阳春的对话,她连每一个标点符号都会反复看。

她想他,也会告诉他,但从不说得深情,他也是,说想她的时候像在说天气真好。

小阳春回芜松镇后,她刷到了方柠萱和苟强发的朋友圈,他们三人又聚在了一起,有时吃饭,有时玩。她隔着屏幕看他的生活,把照片放大,从他脸上捕捉他的心情。

已到了八月中下旬,这天,喻见收到一通陌生电话,对方自称某音乐制作人。她怀疑自己遇上电信诈骗了,挂断电话后,她给小阳春发了一条微信。

小阳春没回复微信,直接打来电话。她听见他那边有人问:"这套房子怎么样?"

小阳春朝对方说:"稍等。"

她好奇:"你在哪儿?看房子?"

"嗯。"

"你看什么房子?"

"我现在在你学校附近。"

她莫名其妙:"我学校附近?芜松中学?"

"Y省理工大。"

她一愣。

小阳春似乎在跟别人说着什么,说了两句后,走到一个安静的地方。

他道:"我九月底才开学,所以打算在你大学附近租个房子,短租一个月。"然后他又低声说,"这样可以和你一起多待二十天。"

她家的饭店就在家楼下,她深呼吸,跑下楼,拐出小区后直奔饭店,穿过嘈杂的人声，她冲向收银台说："妈，我想提前去大学适应环境！"

两天后，她拖着两只行李箱，满头大汗地抵达Y省。

小阳春用手擦了擦她贴在额角的湿发，接走了她的箱子。

八月的Y省骄阳似火，她觉得自己像条被放在铁板上的鱿鱼，再烤下去就焦了。

她是坐了七个半小时的高铁来的，到站正好三点多，小阳春在路上遇到大堵车。

她出站后左右打量，决定走左手边，不一会儿就走到了高铁站外。

小阳春赶到时，她已经在行李箱上坐了十五六分钟，她对他说的第一句话是："你有没有听到嗞——嗞——的声音？"

小阳春挑眉，似乎是她肚子里的蛔虫，猜到了她的意思，却故意说出南辕北辙的话。

"你想吃烧烤？没问题，晚上我请你吃。"他说。

她噎了下，然后好笑地踢他一脚："你听听，我脚底板都被烤焦了！"

经过正午烈日的暴晒，室外的水泥地就是一块烧红的铁板，她穿着平底凉鞋，脚底板滚烫滚烫的。

小阳春完全不给面子地戳穿她："这块地方是背阴的。"

她说："我刚挪的位置。"

"难得你会在这种情况下承认自己的智商。"嘴上说着这样的话，他的手却细细地擦了擦她额角湿漉漉的头发。

她没好气地转开头："下次别让我等，我最讨厌等人。"

小阳春只是将她的碎发往后拨："知道了。"他又问，"就两个箱子？"

她的屁股这才离开行李箱，小阳春接走她的箱子，又去买了两瓶饮料，两人搭出租车离开。

上车后，她才觉得自己活了过来。喝完半瓶饮料，她问小阳春："你怎么跟曲阿姨说的？"

小阳春道："她跟老年团出去旅游了，要玩一个月。"

"这么久？"

151

"她说再不出去玩,以后就难得去了。上了七十岁的老人,旅行社不怎么敢接。"

她从没意识到旅游是有年龄限制的,她想了想她父母的岁数,不知道他们什么时候能不用再忙碌,可以尽情地享受生活。可似乎这世上多数的成年人在忙碌,她一路过来,高铁站的工作人员、餐厅员工、出差的旅客,以及现在在前面开车的司机,他们都在为生活奔波。

她也成年了,要不了多久,也会成为他们当中的一分子。她对小阳春说:"希望那个音乐制作人靠谱。"

她这话说得没头没尾,小阳春不解地朝她看,她咬着饮料瓶口眨眨眼,他一笑,搂住她的腰。

小阳春租的房子就在理工大边上,从校门口算起,步行十二分钟就能到。她跟在他旁边坐电梯,故意找碴,问:"你怎么肯定是十二分钟,一分不差?"

"我走了两个来回,计时了。"

她沉默了一下,小阳春大概误会了她的这份沉默,所以抚了抚她的头发。她这才开口:"原来你都寂寞成这样了。"得多无聊才能走两个来回还都计时?

小阳春:"……"

他转头看向光可鉴人的轿厢门,在门开的一瞬间,朝她屁股用力一拍。

她屁股绷紧,下意识地去看电梯监控,随即追着小阳春打。

这个小区据说刚建成没多久,房东装修完房子不自住,就为了出租。小阳春是这套房子的第一位租客。

他伸出胳膊让她打了两下,敷衍地说:"你手不疼?"进门之后,他先把空调打开,"我本来还看中了一套四十平方米的loft,上下两层,整体空间比这里大,装修也更高档,价格差不多。"

她问:"那你怎么租了这套?"

"你说呢。"他在四十平方米的loft和六十平方米的小两居室中选择了后者,还能为什么,"你不是不肯走楼梯?"

"哦……"她单纯地说,"我倒也不介意你每次都背我。"

小阳春作势要打她,她像从前那样把脸往到他面前凑,来啊!

但小阳春没像小时候那样凶巴巴地让她滚,这次他上前一步,将她压在了鞋柜边的墙上。怕她磕到头,他的手掌垫到了她脑后,吻却气势汹汹。

成年人的粗暴和小孩子的粗暴截然不同。

他们就这样在这里住了下来。

房子在二十楼,楼下就是小区泳池,她见成天都有小孩泡在里面,她也有些蠢蠢欲动,但她没带泳衣,还得找时间出门去买。

她趴在阳台上,回头对小阳春说:"后天见完那个音乐制作人,你顺便陪我去买泳衣。"

小阳春坐在沙发上玩手机,闻言抬头看向她,然后起身走到她面前,手忽然伸进她衣服里。

他的手机还拿在手上,手机滚烫,游戏打斗声从她衣服里传出来,头顶烈日炎炎,楼下小孩的嬉戏声不绝于耳,光天化日,她瞬间大脑死机。

接着,小阳春上下捏了捏,然后若无其事地松开她,说:"知道了。"

她看着小阳春又走回了客厅,一口气没上来。

到了那天,她在小阳春的陪同下去见了那位音乐制作人。她先前上传到网上的歌,原先只是小范围地受欢迎,最近传播范围扩大,她的歌越来越火,这位音乐制作人想找她合作。

无心插柳柳成荫。

听到金额,她完全找不到拒绝的理由。

她心情飞腾,全然把买泳衣这件事抛到了脑后。小阳春也没提,直接带她回了小区,进单元楼前,他先去快递柜取了一个包裹。

她不知道小阳春什么时候买了东西,上楼一拆,包裹里是三件女式泳衣和两条男式泳裤。

泳衣都很保守,不露腰,不露背,她举起一件在身上比画。小阳春一边按着手机,一边头也不抬地说:"我给你量过,尺寸没问题。"

她也知道尺寸没问题。

"你量过什么?"她问。

"你身体。"

她忽然想到前天他在阳台上莫名其妙的举动，忍不住说："你还需要量？再说买泳衣不用量！"

她说不出太明白的话，但小阳春显然一听就懂，他忽视了她前一句的质疑，回应她后一句："现在知道了。"

他把她拽到沙发上，一只手臂圈住她的脖子，两手打字。

"站着不累？"他说。

她被锁住不能动，瞄向他手机，见他在淘宝输入理工大的地址，问："你在干吗？"

"以后方便给你买东西。"他低头，亲了亲她的嘴。

小阳春很喜欢圈住她脖子的这个姿势，坐在沙发上看电视或者玩手机，她正好躺到他胸口，脖子被他圈着，她的头就不能动。他游戏打到一半，会忽然低下头吻她，或者电影正播到精彩处，他会突然咬她的脸和耳朵。

他热衷于一切亲近她的事情，她也喜欢和他密不可分。

他们在异乡的这间小房子里尽情忘我，不愁学习，也不愁柴米油盐，他们对彼此永远都是嘴上高傲，身体却在互相出卖。

八月末，小阳春第一次单独陪喻见过生日。她虚岁二十，他买了一把细蜡烛，先插一根让她吹。

她莫名其妙。

小阳春催她："吹啊。"

她吹灭了。

小阳春再插一根，又把之前她吹灭的那根再点上："再许个愿。"

她猜到了他的把戏，吹灭这两根后，说："人家男朋友都是补齐前二十年的生日礼物，不是让人吹二十遍蜡烛。"

小阳春不搭理她，再插第三支："继续。"

她坐在地上按住茶几："不。"

"继续吹。"

她说："我吹不动了。"

"嗯，那我帮你。"

她以为小阳春会帮她吹蜡烛,结果他将她按在地上,给她做了一回持久的人工呼吸。

她这才知道他就是故意在等她那句话。

她的性格,这人早在几年前就已经了如指掌。

九月一日开学,喻见的作息恢复了正常,晚上不能外宿,她中饭和晚饭都和小阳春一起吃。九月八日正式开始军训,她每天都累得筋疲力尽,却依旧坚持每天两次出校。

他们相聚的时间在一点点缩短,她夜里开始变得焦躁,在她军训结束的前两天,小阳春必须返回英国了。

小阳春原计划可以多陪她二十天,因为她提前跑了过来,这次他们共处了一整个月。出租房在最后一天被清扫干净,他出发的时间是上午,她没法去送他。

她穿着迷彩服,站在烈日下想象他推着行李箱的样子,想象他独自走在机场的样子,想象他沉默地看着三万英尺高空的样子。

她仰头,阳光刺目得让人无法睁眼。

远处一片树叶飘落,她恍惚地意识到,秋天到了。

在这之后,时常都有风吹,落叶也常飞,下一次见面,她不知道又要等多久。

英国实行的是一年三学期制,圣诞假期和复活节假期的时间都很短,只有暑期长短大约和国内一致。

小阳春不可能每次假期都回来,像她高复那年,他就一整年都没回。

到了十二月中旬,小阳春没有回来,她就知道今年的圣诞假期,他不打算回国了。

元旦假从周六开始放三天,她换上了厚实的羽绒衣,周六和同学玩一整天,周日她独自闲逛到了学校边上的那个小区。

泳池里的水已经被抽干了,她托腮坐在泳池台阶上,无所事事地望着小孩追逐打闹,坐到脸被冻红,手脚僵硬,室友打电话催她去跨年。

她兴致不大,但又想找点儿事打发时间,于是和几个室友一起坐公交车去市中心。

跨年夜的市中心商业街,人山人海,声音震天。

她跟着室友走,逛了一会儿,手机响了,是小阳春打来的电话。

她没戴手套,走了这点儿路也没能让身体热起来,她的手指头有些僵住了,第一下没能滑开手机,第二下才滑开。太久没喝水,又一直吹风,她的嗓子有点儿干:"喂?"

"在学校?"小阳春在那头问。

"我在外面,跟室友在一起跨年。"

"……在哪里?"

"市中心这边,怎么了?"

"给个地址,我现在过来。"

"……你现在在哪儿?"

"你学校门口。"

她迅速把定位发过去,发送的时候手指在抖,不知道是不是冷的。她对着手指头哈了几口气,站在街角不再走动。

身边行人络绎不绝,入耳皆是欢声笑语,她站到一家店铺的台阶上,时不时地踮脚往远处眺望。冻出了鼻涕,她翻出纸巾擤了一下,扔到前方的垃圾桶后,又站回高高的台阶。

她足足等了半个多小时,一个高大的身形从出租车上下来,四下一望,然后大步跑向她。

她笑起,等人跑近,从台阶跳向他,他稳稳地将她抱在怀里。

"你怎么突然就来了?"

"本来没打算来。"他说,"但就是来了。"

她冰冷的手摸了摸他的脖子,他面不改色,趁着混乱夜色狠狠地将她吻住。

远处有疯狂的电音和喧闹的人群,只有这个街角,在月下无人打扰。

她什么都看不见,只闻得到他身上清淡的味道,耳朵听见主持人在呐喊——

"三、二、一——

"2018，新年快乐——"

新年快乐……

歌声清幽，像催眠曲，车子稳稳地行驶在夜色中。

后座上，喻见闭着眼，靠在孟冬宽厚的肩膀上，梦呓般地说："你抽烟了。"

是个肯定句。

孟冬侧了下头，看着她，低声道："下次不抽了。"

车载音响的音量并不高，但后座的人讲话声音太轻，所以蔡晋同一个字都没能听着。

他甚至怀疑自己产生了幻听，那若有若无的男女对话也许是他日有所思造成的幻听？

他看向后视镜，镜中的喻见似乎睡着了，头靠在孟冬的肩膀，而孟冬一副淡然自若的模样，并没有把人推开。

于是蔡晋同立刻否认了自己的不自信，他不动声色地将歌曲音量调到最小，盼望后面的两人再说些什么。

孟冬没留意车里的歌声忽然变小，他的视线始终在自己身侧。

他的下颌有些痒。

喻见的羽绒衣帽子很大，她睡着后，帽子盖住她的侧脸。

帽子上的毛蓬松柔软，时不时地蹭他一下，他的脸只要微微一动，这几撮毛就蹭得更加起劲。

孟冬感受着自己下颌传来的痒意，再看蹭在喻见脸颊上的灰色软毛，灰与白，色彩对比强烈，很难有男人会在面对这样一张脸时硬下心肠。

他伸出手，小心翼翼地推了一下贴着喻见脸颊的帽檐。

他用力太小，帽檐被推开又回来了，一丝丝烫人的气息扫在他的手掌心，是喻见的气息。

喻见似乎感觉到了他的动作，她在他肩膀上蹭了蹭，但因为他的手离她近，所以手心也被她蹭到了。

喻见又小声地发出一个音，让人别吵。她的样子乖顺又依赖。

孟冬的手停住，垂眸看她。

她睡得迷迷糊糊，嘴角上扬的弧度很小，不仔细看，根本无法察觉。

孟冬慢慢收回手，轻轻地握拳，一侧的肩膀始终保持纹丝不动的僵直状态。

天黑加上有雾，蔡晋同车子开得很慢，他一心二用，可惜再没听见后座上的两人说话。他又悄悄瞟了好几眼后视镜，越发笃定自己的推测——孟冬不像一个对异性能绅士到这种程度的人，喻见更不会因为睡着了就糊里糊涂地贴近陌生人。

他脑中又开始推测一出爱恨纠葛的戏码，前方路面突然冲出一条狗，他一个急刹车，幸而车速一直是慢的，轮胎和地面摩擦，都没发出刺耳的声音，但心跳控制不住，他还是惊了一下。

喻见在睡梦中往前扑，孟冬下意识地迅速将人捞回。

喻见倏地睁眼，意识却还停留在让人沉迷的梦里，她发现自己的脖子被人的手臂圈着，她的脸颊贴住对方，含混不清地问了声："怎么了？"她还想缩腿继续睡。

前面蔡晋同心有余悸地回答："没事，突然冲出来一条狗，吓我一跳。你们没事吧？"说着他回头，下一秒又迅速把头转了回来。

喻见后知后觉，她目光往上，见到一张五官立体的男人的脸。她腾地起身，但一条粗手臂圈着她的脖子，她在这人怀里根本动弹不得。

她两手用力拽了下这条胳膊，孟冬随即放开她，她立刻坐好。

一切就发生在几秒间，思想还没有跟上动作。

车子缓缓发动，孟冬对边上的人道："刚才突然刹车，你差点儿砸到前面。"

喻见拎了拎扭起来的帽子，说："谢了。"

胸腔传来一阵阵打鼓声，她理了理衣服，双臂环抱，妄图把这声音盖住。

她又对蔡晋同说："音乐开大点儿。"

"哦，好嘞。"蔡晋同调回之前的音量。

喻见捋了几下头发，脸朝窗外，没看见什么风景，玻璃上隐约映出边上那人的脸。车一停,她立刻去开门,车门上着锁,她催促:"开门。"

咔嗒一下,门才开,她利落地下车,跟车里的人告别:"再见。"

到她家了。

蔡晋同觉得喻见这次动作格外迅速,他摸摸下巴,边开车出小区,边跟后视镜里的人闲聊:"跟你一道,我还怀旧了一次。我上回参加这种跨年还是大学的时候,工作之后根本没时间,尤其是跨年夜,我之前带的那些艺人虽然都没什么名气,但小通告也不少,跨年夜的工作邀约最多。"

孟冬问:"喻见这次跨年夜没任何邀约?"

原本蔡晋同是不会跟外人谈及喻见的工作的,如果是在十小时前,他一定会有技巧地答非所问,但如今孟冬问他,他坦然地回答:"有几个邀约都被推了,她打算今年陪她家里人跨年,但这是老早前的事了。"

孟冬道:"她就接了一档录播的晚会?"

"是啊,"蔡晋同说,"就接了一档,现在想想也不错,还好没多接其他工作。"

车子刚刚开出小区,孟冬的手搭在旁边的座位上,他侧头看了看,又抹了几下座椅,像在精心擦拭。过了两秒,他忽然开口:"停车。"

"怎么了?"蔡晋同没停。

"喻见落东西了。"

"她落什么了?"蔡晋同慢慢将车靠边停下。

孟冬拿上东西,推开车门说:"我给她送进去,你在这儿等一下。"

蔡晋同说:"行,那你跑一趟。"他没说他再开回去,也没说应该他去送,孟冬说什么,他都随孟冬。

孟冬下了车,手搭在车顶,弯腰对里头的人说:"喻见的手机号给我报一下。"

这下蔡晋同有点儿犹豫。

"太晚了,敲门怕吵到她爸妈。"孟冬道。

蔡晋同使劲点头:"行、行、行。"

孟冬独自返回小区,走到喻见家门口,看了看面前的短栅栏。

栅栏防不住人,手伸到里面就能开锁。

他抬头看窗户。

这栋别墅不算大，二楼一间房的窗户漏出些许光，他拿起手机，拨出刚得到的那串号码。

喻见进家门时轻手轻脚，上楼后没先去洗漱，也许是因为刚在车上睡过一觉，所以她头脑清醒，身体却发懒，不想动。

她把脱下来的羽绒衣随手放在小沙发上，往地上一坐，抱着腿发了会儿呆，然后起身，翻出一根皮筋，把头发一扎，再次在卧室翻找起来。

手机铃声响起时，一抽屉的东西已被她弄到了地板上。深更半夜电话响，她没来得及看号码，立刻先按接听。

低沉的嗓音像坐在轻飘飘的云朵上，从彼端落到她耳边。

"喻见。"

喻见一顿，拿开手机，看了眼屏幕上的号码，过了一两秒，重新贴回耳朵："哪位？"

孟冬没做自我介绍，盯着亮灯的窗户说："你东西落下了，出来拿一下。"

喻见也没再问他是谁，只是说："我没落东西。"

"落了。"

"我落什么了？"

"你出来吧，我在你家门口。"

喻见从地上爬起来，将窗帘拉开一道缝往外瞧，隔着阳台看不太清，但别墅的栅栏外确实站着一个人。

她放下窗帘转身，正要说话，突然卧室门被叩响，响了两下，门就被推开了。

喻母探头进来，皱着眉说："我怎么听见乒里乓啷的声音？"瞟到一地乱七八糟的东西，她把门彻底推开，"你又在找东西啊？"

喻母更年期，夜里盗汗，睡眠极浅，稍微有一点儿响动就能把她吵醒，喻见没想到关上房门也不能完全隔音。

喻见若无其事地说："把你吵醒了？"

"也不算，我本来就睡不着。"喻母进来问，"你刚回来？怎么还没去洗澡?"

"就去了。"

"你在找什么?前几天我看你也在找东西,还没找到?"喻母那时以为喻见在找吉他,但显然不是。

喻见说:"没什么,你快去睡吧。"

"我去喝点儿牛奶,不知道能不能睡着。"喻母嘀咕着出去,"你也早点儿洗洗睡,地上的东西不想整理就放着,明天我帮你整理。"

喻见追出去:"我去给你倒牛奶,你回房吧。"

"不用,不用,你别管我,你早点儿睡,我看你现在没以前精神。"喻母挥挥手下楼。

厨房一整面窗户正对着栅栏,喻见看了眼显示还在通话中的手机屏,紧紧跟下楼。

喻母打开厨房灯,边开冰箱门,边说:"你跟下来干什么,我又不是老眼昏花。"

"我也喝点儿牛奶。"

"要给你热一下吗?"

喻见说着"好",不动声色地走近窗户。

她往外面看,栅栏外的身影还在,三更半夜,乍一看有几分吓人。她把手机翻转过来放在料理台上,过去拉窗帘。

喻母拦住她:"欸,别拉帘子。"

"早上再拉开吧。"喻见把窗帘拉到底,又迅速去拉另一半。

"我想开窗透透气。"喻母过来重新拉开窗帘。

喻见阻止:"晚上不安全。"

"我知道,喝完牛奶就关上。"

喻见没理由再反对,眼睁睁地看着母亲拉开窗帘,再打开窗户,别墅栅栏外空无一人。

"你要是怕冷就上楼。"喻母关心道。

"不冷。"喻见捧起热牛奶,焐了焐手,然后悄悄翻开手机看一眼,仍在通话中。

喻母喝着牛奶问她:"你晚上去参加那个什么跨年了?"

"嗯。"

"一个人去的?"

"嗯。"

"一个人去多冷清,你看佳宝,现在做什么都有她老公陪她。"

喻见笑笑,低头默默喝牛奶。

喻母点到即止,说多了,怕喻见逆反。

喻母很快喝完了牛奶,说:"你快喝,我把杯子洗了。"

喻见直接抽走母亲手中的空杯子:"你上去睡吧,杯子我来洗。"

喻母见她喝得慢吞吞的,也不想等:"那好吧,你喝完赶紧休息。"

喻见点头。

喻母上楼,喻见放下牛奶杯,拿起自己手机,贴在耳边听了听,只有一片寂静。

她正准备挂电话,突然窗外出现一道身影,不知道是不是她在这短短十分钟脑海里冒出过各种天马行空的猜测的原因,所以在乍见到这人时,只有一声因为条件反射而发出的惊呼——这声小小的惊呼也被她卡在了喉咙里。

孟冬站在厨房窗外,视线在她的脸上绕了一圈。

她的头发扎得随意,碎发全落在了腮边,情绪稍显激动,呼吸有些急促。

"吓到了?"孟冬问。

"……你说呢?"

孟冬笑笑,把手里的东西递过去:"你的。"

卷着的纸,喻见一看就知道是吴悠悠的那幅画,她愣了下,却没接。

"很晚了,拿着。"孟冬说。

"不是我的,这是你买的。"喻见拿起牛奶杯,打算喝完剩下的牛奶。

孟冬直接将画递进窗户,放到水池边,然后盯着喻见,一字一句地说:"希望你新年快乐,喻见。"

他的嗓音依旧低沉,但这一声不像跨年那一刻的祝福,仿佛融进了岁月,在道一声未来。

窗外是冬日的草丛,幽深又静谧,喻见对上他的双眼。

"对了,见见,你待会儿别忘了关窗。"喻母从厨房门口冒出头来。

喻见的心乱跳一下,倏地转头:"我现在就关。"再回头,窗外人影已经消失,她砰的一下立刻把窗户关上。

"你牛奶还没喝完?喝不下就别喝了。"喻母说着进来。

喻见拉好窗帘,把画卷藏在窗帘底下,说:"喝得下。你怎么又下来了?"

"不是忘了提醒你关窗吗。"喻母道,"你喝吧,杯子还是我来洗。"

喻见咕咚咕咚把大半杯牛奶一饮而尽,放下杯子,问母亲:"妈,我那部旧手机呢?"

"什么旧手机?哦……"喻母想起来了,"我早卖了呀。"

"卖了?"

"你都不要了,还留着干什么,反正也很旧了,我几十块钱卖掉了。"

喻见不再吭声,拧开水龙头说:"杯子我洗吧。"

喻母道:"不过你还有一部手机,我给你收起来了。"

喻见一顿。

"卖掉的那部是当年我给你买的,用久了,内存太小,又卡,你后来不是自己买了一部嘛,说不用就不用了,我看还新得很。你这手机一直放在杂物盒里,去年收拾房子,我把你的杂物盒放到书房去了,书房的抽屉都空着。"喻母问,"你找了几天,就是要找旧手机?"

喻见从书房拿回手机,关上房门,坐到床上。手机打不开,电量早就被耗尽了。她翻出充电线充上电,看了一会儿黑色屏幕中央的电池图标,然后去浴室洗漱。

洗完出来,手机已经自动开机,她头发没擦干,湿漉漉地滴着水。她拿出自己现在正用的这部手机,拨通号码。

充电中的手机,铃声悠悠响起。

几年过去,她对这个号码不管不顾,它居然没成为空号。

水珠滴在屏幕上,心底漾起一圈涟漪。

夜阑人静，门窗紧闭的卧室就像一个在黑暗中隔绝出来的、无人能够窥探的隐蔽空间。

喻见缩腿靠在床头，把旧手机置于膝盖上。

这是她在大一那年的冬天，用自己挣的钱购买的第一部手机，内存比原先的那部大许多，足够她塞下各式各样的东西。

她换手机后做的第一件事，就是把那些她日夜翻看，早已烂熟于心的聊天记录导入。

她擦去屏幕上的水渍，点开微信。

里面有一堆未读消息。

当初她弃用这个手机号码很突然，许多好友没通知到位，这些未读消息就是那段时间收到的。

有人问她在哪儿，有人问她是不是真不打算回来读书了，有人问她身体状况，还有人找她吐槽身边的事。

她那时朋友不少，有点头之交，也有偶尔互诉心事的三两好友，这几年大家各奔东西，或忙于工作，或忙于生活，联系都渐渐少了，如今再看这些未读消息，恍如隔世。

她不紧不慢地一条一条点开来看，似乎是在怀念昨日的友谊，又像在拖延如今的时间。

终于，所有未读信息看完，她的手指停在了屏幕上，在屏幕即将变黑的瞬间，她点进了黑名单。

她的黑名单里只有一个人。

房间的窗帘拉着，她看不见时间的变化，黑夜逐渐退去，所有的计时工具都开启了新的篇章。

新一年的第一天，旭日初升。

孟冬在早晨六点四十分醒来。

昨晚入睡时已经过了两点半，大约他习惯了这种作息紧张的状态，所以睁眼时没觉得太困倦。

他看着天花板，又躺了一会儿，然后打开电视机，下床做了会儿简单的运动。

等听完一段早间新闻,他进浴室冲澡,冲完澡出来准备穿衣服,拿起昨天那件毛衣。

想到什么,他闻了一闻,接着拿起外套也闻了闻——没有烟味。

但他还是把这身全换了,从衣柜里另找出一套穿上。

自助餐厅里还保留着跨年夜的喜庆装饰,孟冬挑选完早餐,坐到靠窗的位子,一边看手机,一边吃东西。

蔡晋同的那位"小朋友"工作效率很高,昨天拍摄的照片和视频已经连同稿件一起发到了网上。照片上他后脑勺的纱布很显眼,算是对"夜会型男"这条新闻做出了最有力的澄清。

但与此同时,有关喻见的其他新闻,在这一年的第一天登上了热搜。

孟冬放下咖啡杯,滑着手机一目十行地看着,没多久蔡晋同的电话打进来,他告知对方,自己在自助餐厅。

挂断电话后,他继续看新闻。

蔡晋同刚起床不久,简单洗漱了一下,没有梳理头发,因此他出现时看起来有些蓬头垢面。

他装了一盘吃的,坐到孟冬对面,打着哈欠说:"你怎么起这么早?"

"睡够了。"孟冬说。

"看新闻了?"蔡晋同扫到孟冬的手机,即使是倒着看,他也一眼就认出了屏幕上醒目的"喻见"二字。

孟冬拿起一块面包,咬了一口说:"你比昨天淡定。"

"那是,"蔡晋同笑笑,边吃着食物,边说,"昨天那种路人爆料主要是打了我一个措手不及。今儿这个,是早料到的,跨年晚会上的节目被删,喻见不上热搜,谁上热搜?"

今天满屏都是"喻见节目被删"之类的新闻。

孟冬问:"有公关计划吗?"

蔡晋同轻轻叹口气:"你跟喻见也相处几天了,你觉得她这些日子看起来怎么样?"没等孟冬回答,他先说,"她淡定得像事不关己,你说她自己都不着急,我一个新来的,再着急能怎么办?"

孟冬嚼着面包，过了两秒说："你看起来倒是很尽心尽力。"

蔡晋同认真道："职责所在。再说了，喻见是我目前为止接手的最大牌的艺人，现在情况未明，谁敢说她一定就'死'了？我也是在打赌，赌一个好前程。"

蔡晋同这番话说得极其诚恳，因为他坦承了他的私心。说到这里，他话锋一转，下巴朝桌上的手机抬了下："你信网上说的喻见偷歌吗？"

孟冬把最后一口面包吃了，没有回答他。

蔡晋同没能从孟冬的表情中窥探出什么。

他们二人在酒店吃早餐时，喻见正躺在床上翻看关于自己的新闻。

她才看了一会儿，突然一阵急促的脚步声由远及近地传来，接着卧室门忽然被推开，喻母跑进来，焦急地说："见见，小区外面来了好多记者！"

喻见立刻下床。

"我刚准备去买菜，谁知道刚出门就看见了一堆记者，还被人认出来了。记者一直追着我。你爸在外面跟保安说话呢，让他们别放记者进来。"

喻见从出道至今，对家中的隐私保护得很好，假如不是这次她出了负面新闻，紧跟着家里饭店也发生了意外，媒体不会那么轻易就找出她家里人。她父母住在这里不是秘密，被媒体获悉也是早晚的事。

喻见没走到阳台，她隔着窗帘往外望，楼下聚集着不少人。她问："楼下那些人是谁，邻居？"

"是啊，都是邻居。"喻母跟在她边上，"记者现在进不来，保安也不让他们进，但这些邻居总赶不走。昨天那新闻一出，他们都知道你回来了，现在外面又来了一堆记者，这些人就是吃饱了撑的，来看热闹！"

邻居有男有女，有老有少，喻见看见有个小孩在踮脚伸手打开栅栏，边上的老头在同小孩说话，不像制止，倒像在指导。

喻见正要叫喻母下楼，不远处喻父正巧跑回来，撞见这一幕，他立刻出声，喻见听见那老头说："小孩子闹着玩的嘛……"

喻父喻母都是再普通不过的小市民，就连买把青菜都要讨价还价，还希望菜贩能多送把葱，看见食不果腹的流浪老人和小孩，他们又会慷慨地提供衣食和钱财。

他们向来与人为善,哪里见过这种阵仗,既怕碰上记者说错话,给喻见惹麻烦,又担心万一跟邻居吵嘴被记者拍到了,依旧是给喻见惹麻烦,因此,他们一时束手无策,六神无主。

喻见知道他们心里想的全是她,于是干脆利落地给表妹打去一通电话,然后对父母说:"你们收拾几件衣服,先去佳宝那儿住几天。"

喻父喻母第一反应是不同意,但在家里坐了会儿,见屋外邻居不散,保安也说记者还没走,他们又觉得出去避一避更安心。

他们让喻见也一起去。

喻见摇头:"他们眼尖着呢,我就不走了。"

"那你怎么办?"

喻见安抚父母:"我住在自己家里是一件很正常的事,没什么怎么办。"

表妹在工作走不开,托了同事过来接人,车子大大方方地停在别墅门口,喻见看着父母上车后就放下了窗帘。

已经过了中午,喻见懒得做饭,昨晚跨年夜,家里剩菜多,她从冰箱里拿出两盘,用微波炉一热,将就着吃了。

蔡晋同打来电话时,她刚把脏盘子放进水池,洗碗机专用的洗碗粉不知道被父母放在哪里,她没找到,正犹豫要不要手洗。

蔡晋同在电话里问她有没有起床,她拿着一瓶洗洁精说:"我家外面现在门庭若市,我想睡也睡不着。"

蔡晋同问:"怎么了,记者找到你那儿了?"

"嗯。"

"要不我现在过来?"

"不用了,家里要是来客人,我邻居第一时间就能知道。"

"那你今天不打算出门了?"

"出门干什么,让他们多个拍摄素材?"

挂断电话,喻见挤了一些洗洁精,慢慢地把碗洗了。

她今天终于如愿,可以不用出门了。

酒店里，蔡晋同放下手机说："今儿没女人了，就咱们兄弟俩，要不喝几杯，就当放个假？"

虽然今天新闻闹翻天，但蔡晋同的心情莫名比前几日都要轻松。他今天起床后最担心的是，他接下来要怎么"帮助"孟冬恢复记忆。

他怕孟冬演不好。

孟冬看了眼蔡晋同撂在一边的手机，问："喻见没事？"

蔡晋同道："她算是我见过的心理素质最强的艺人了。"

孟冬靠向沙发靠背，手里转着自己的手机。

今天依旧有雾，他和蔡晋同没出酒店，两人吃饭聊天，打发时间，直到夜幕降临。

晚上九点左右，桌上的菜刚刚清空，蔡晋同喝得面红耳赤，手机突然响了。

孟冬有伤，没碰酒，他喝葡萄味的味全每日C。听见喻见的声音从手机里传出，他放下饮料瓶。

喻见一整天没出门，下午听了会儿歌，晚上没吃东西，洗完澡又看了会儿电视，不知不觉就睡着了。

半梦半醒的时候，她把电视机和灯都关了，估计不出现在是几点钟，窝进被子里继续睡。要不是咚的一声响，她应该会睡到天明。

父母不在家，她进房后就没关卧室门，这声异响不知道是她做梦还是从哪儿传来的，她怕是自己听错了，所以掀开被子又仔细听了听。没听到什么，她捂住右耳又试了一次，依旧没听出来。

她用头蹭了蹭枕头，准备继续睡，但没吃晚饭，这会儿她肚子竟然有些饿。

睡不着，她开灯下床，走出了卧室。

走到楼梯口，她把灯打开，灯光刺眼，她撞见一个陌生男人正在上楼梯。

动作快过尖叫，她转身跑进卧室，脚上的拖鞋绊了她一下，她忍着疼，锁门报警一气呵成。

蔡晋同接到电话时，警察还没上门，喻见听到屋外传来一声惊呼，不敢出去看情况，她打给蔡晋同，让他赶紧来处理。

蔡晋同酒醒大半，孟冬快他一步离开沙发："车钥匙！"

蔡晋同下意识就听他的，把车钥匙翻出来扔给他。

孟冬第一次开这辆车，一脚油门踩到底，蔡晋同赶紧系安全带。

车子风驰电掣地闯进雾茫茫的夜色中，蔡晋同紧紧拉住安全把手，大呼小叫："你慢点儿啊，你看得清路吗，你小心车！孟冬，孟哥——"

孟冬置若罔闻，横冲直撞，在小区自动杆前才急踩住刹车，车轮摩擦地面，发出刺耳响声，拉杆升起，他又一脚油门踩到底冲进去。

蔡晋同的醉意已经彻底醒了，车一停，他滚出车，先干呕了两下。

眼见孟冬去拍门，他赶紧跟了过去。

门没人开，孟冬掉转方向，踩进草丛，跑到厨房窗外。

窗户大敞，早被人撬开了，他扶着窗框跳了进去。

蔡晋同跟在孟冬身后，窗台有些高，他从没试过跳窗，脚提上去试了几下，才学着孟冬的样子往里跳。

客厅里一片漆黑，但楼梯亮着灯，有个男人倒在楼梯口，像是摔昏迷了。孟冬从厨房一路跑过来，一脚踹开地上的男人。

蔡晋同听见这人发出一声闷哼，应该是疼醒了，再抬头，孟冬已经几步跨上了楼，叫着人："喻见？喻见？"

一间卧室的门被一下打开，暖融融的光从里面洒出，喻见站在光中。孟冬一顿，随即大步上前，一把捉住她的手臂。

"没事？"

手臂有些疼，喻见摇头道："我没事。"她往孟冬身后看，"小偷还在不在？"

"晕倒在楼下了。"孟冬上下打量，"没伤到哪儿？"

"没有，刚打了个照面，我就跑回卧室了。"

"报警了吗？"

"已经报了。"喻见拧了下眉，胳膊一直疼着，她往外抽了抽。

孟冬另一只手掌按住她的头顶，轻轻收了收手指，她的发丝缠在他的指尖。

剧烈奔跑后的热气逐渐从对面飘来,空气无处可避,喻见没再动。

蔡晋同在楼下守着小偷。

警察比他们迟来两分钟,物业人员是跟警察一道来的。

小偷已经醒了,他是被喻见吓到,从楼梯上摔下来才昏迷的,现在需要送医。

他自称不是贼,而是喻见的粉丝,但蔡晋同审视了一番,怀疑这个人可能是娱记,这些事需要他出面处理。

警察做完笔录就先走了,说明天再跟喻见联系,蔡晋同留下了他的联系方式。

物业人员也准备离开,走前叮嘱喻见有事可以直接给他们打电话。

喻见先前没记过物业电话,这次问他们要了号码。

人都走了,喻见脚疼,这回是真的崴到了,她坐在沙发上揉着脚腕。

孟冬问:"你爸妈呢?"

"出去住了。"喻见说。

蔡晋同问:"要不要通知他们?"

"不用。"喻见不打算把今晚的事告诉父母,要是上了新闻再说。

孟冬看了眼她的脚,道:"你收拾收拾,今晚别住这儿了。"

喻见刚才也想过出去住一晚,她不想让自己涉险。但今天动静闹得大,她又觉得没人敢再上门,因此摇摇头:"没必要。"

蔡晋同站孟冬这边:"小心驶得万年船,还是先出去住再说。"

孟冬站在喻见的边上,又说一遍:"去收拾一下,快。"

喻见摇摆不定,最后觉得自己的安全排在第一位,于是上楼去收拾行李。她就收拾了几件衣服,把该带的都带上了,出房门的时候见孟冬站在楼梯口,她脚步停了一下。

孟冬等她出来,看她一眼,直接拿走她的行李,先走下楼。

喻见扶着楼梯慢慢往下走,剩最后几步时,前面的孟冬回头,突然箍住她的腰,把她提下了楼。

喻见双脚轻轻落地。

蔡晋同正在别墅门口跟公司那边的人打电话,见他们出来了,用口型询问了一句。

喻见点头,蔡晋同继续讲着电话,跟着他们一道上车。

孟冬开车,蔡晋同坐在副驾驶座,喻见坐后面。

蔡晋同上车后下意识地抓住安全把手,喻见朝他看了眼,车开得四平八稳,车里一股酒味。

车子慢慢开回了酒店,蔡晋同仍在不停打电话,孟冬去前台开房。

喻见戴着帽子围巾等在角落,没多久,孟冬朝她走来,把房卡给她。

喻见看了眼自己的房号,在孟冬隔壁。

这一层套房的房间格局都相同,浴缸摆在客厅,书桌靠近阳台,商务风中带着点儿不合时宜的风情。

喻见进门后先脱外套,然后把阳台门打开,通一下自然风。

"你帮我叫点儿吃的。"她把窗帘往边上扯,对蔡晋同说。

她胃有点儿抽痛,这老毛病不算是胃病,只是偶尔会感到不适,她妈总说她是被工作熬坏的,经常小题大做,晚上不许她吃得太油腻,要养胃。

今晚倒是什么都没吃,现在又饿又疼。

蔡晋同拿起座机问:"你想吃什么?"

"我来吧。"孟冬直接抽走蔡晋同手里的听筒。

喻见看他一眼,卷起袖子去卫生间洗手了,没有说什么。

洗完手出来,她对这两人道:"你们回去休息吧,今晚谢了。"

"谢什么谢,我是你经纪人。"蔡晋同坐在沙发上发微信,今晚发生这样一出,估计要熬夜了,他道,"反正你还要吃饭,我等你吃完再走,公司那边有什么回复我也能直接跟你说。"

喻见看向孟冬:"你呢?"

"我自己也叫了点儿吃的,跟你一起吃吧。"

孟冬看喻见没吭声,他也没有客气一句问她介不介意。

他自顾自地把外套脱了挂在衣架上,卷起毛衣袖子,顺便调了调房间空调的温度。

喻见看着他的背影,过了会儿,收回视线,也做起自己的事——把行李放进卧室,先把洗漱用品和手机充电器这些东西都拿出来,然后给表妹发了两条微信,把刚才发生的事告诉她,让她帮忙瞒一下父母。

餐食很快送上来,孟冬去开的门。

一份粥和一荤一素是喻见的,孟冬多叫了两份汤,蔡晋同喝了一口,觉得肠胃舒服不少。

喻见和他们一起坐在沙发上喝粥,白粥熬得很软糯,里面什么都没添,她就着一口素菜喝下小半碗粥,大约喝得快了,她眉头微微一皱。

孟冬有一下没一下地舀着汤,看到喻见忽然直挺挺的,像是在吸气收腹的模样。

她今晚穿的是件V领的灰色修身打底毛衣,紧贴身体,曲线分明,所以脊背挺得过直,一看就能发现她的异样。

孟冬问:"怎么了,不舒服?"

蔡晋同视线离开手机:"怎么,你哪儿不舒服?"

喻见胃里在抽痛,她憋着气,坐得直直的,声音放得很轻:"没什么,有点儿胃疼。"

"你有胃病?"蔡晋同说,"要不要给你买点儿药?"

喻见摇头:"不用,我不吃胃药。"说着她把筷子伸向荤菜。

啪!

筷子撞击,一声脆响,香气四溢的肉掉落盘中。

孟冬打掉了喻见夹着的肉。

喻见捏着筷子愣了下,抬眸看向坐在旁边的人。

孟冬神情自若:"为你好。"

空气中有淡淡酒气,喻见语气平静:"你喝多了吧。"

孟冬喝一口汤:"没喝。"

喻见垂眸:"那最好。"

蔡晋同抱着手机,心说喝多的那个人在这儿透明着呢,他不动声色地挑了下眉。

喻见重新把筷子伸向荤菜,孟冬忽然开口:"三年前我爸得了胃穿孔,住院做了手术。发病当晚他就是不听劝,喝了很多酒。"

蔡晋同立刻把手机放下,故意问:"你连三年前的事也想起来了?"

但大概他声音太小,在场二人的目光全不在他身上,所以他没得到任何回应,只听到孟冬在继续说。

"那一年我陪着我爸,终于把他公司的债务还清,这块大石头压在他身上两三年,他忽然一身轻,非要把一瓶珍藏了有些年头的酒开了,说要跟我喝一杯。"

蔡晋同先前只知道孟冬和他的大学同学合伙创业,过程千辛万苦,创业成功后他和同学又分道扬镳,这是孟冬"恢复"的去年和前年的记忆。他没想到孟冬在这之前,还经历过家中债台高筑的状况。

他看向喻见,喻见正低着头,有一下没一下地扒拉着那盘荤菜。他和喻见相处的这段时间,共餐机会不少,喻见从不会做出这种不文明的用餐动作。

他不再打岔,静静地听孟冬讲述。

孟冬个子高,茶几矮,汤碗放在茶几上,他弯着背,人离喻见很近,音量不大,像在对人耳语。

"他本来就肠胃不好,喝到一半他人就不行了,我开车送他去了医院。"

他爸那两年因为公司经营不善大受打击,他也是头一回知道,人真的能在一夜之间苍老十岁。

原本意气风发、憨厚老实的中年男人,突然间两鬓斑白,脾气变得古怪。

债务还清,一切终于能重新开始的那个夜晚,他爸仿佛又变回了曾经的憨厚模样,眼含着泪让他去开酒。

他劝了一句,他爸没执拗也没发脾气,只是略带哽咽,声音极小:"开吧,开吧,喝一点儿没事。"

他拒绝不了,所以陪着他爸喝了一点儿,两人刚喝半瓶,他爸疼得倒在了桌上。

他没叫救护车,自己开车把他爸送进了医院,运气好,第二天就被安排了手术。

也是在他爸术后的第三天,他在医院偶遇了他的大学同学,两人互聊了近况。之后不久,他的大学同学成为他的合伙人。

那段时间他一边做计划书,一边照顾他爸,因为准备接触新领域,他有很多方面的知识储备都不足,因此又联系了他的大学教授。

他的大学教授很有意思,过了一段时间邀请他去做客,想把他介绍给他的小女儿认识。

教授的小女儿叫凯拉,才二十一岁,长得很漂亮,极其迷恋中国文化。晚餐桌上他看出了凯拉的热情,聊天聊到中餐时,他笑着说:"中国人不是人人都会做中餐,我女朋友就不擅长,她一个人的时候更喜欢啃面包,因为她不喜欢做任何会让她感到疲惫的琐事。"

凯拉惊讶:"你有女朋友?"

"当然。"

"她也在这里吗?"

"不,她不在这里。"

"你们在一起多久了?"

"很久很久。"

"她长什么样?"

"她很漂亮,非常漂亮。"

"我能看看她的照片吗?"

他没有多犹豫,拿出手机,翻出了她的照片。

凯拉看到后惊呼:"哇哦,她太漂亮了!"

他笑道:"谢谢。"

凯拉看着看着,又说:"我觉得我好像在哪里见过你的女朋友。"

教授好笑地摇头,让他继续用餐,不用理会他这个沉迷在亚洲男人美色中的女儿。

但凯拉并非沉迷,她很快就想起来了,她搜索出一个词条,狡黠地说:"你说她是你的女朋友?我不信。"

他看了眼词条,说:"我没有骗你。"

"那好,你现在要不要打电话跟你这位女朋友聊一下今天的晚餐?"

"我想不行。"

"看吧,我猜得果然不错!"

他道:"因为我没有了她的联络方式。"

凯拉笑眯眯地说:"那是你们吵架了吗?没关系,我有她的联络方式!"

他听凯拉这样说,并没有当回事。谁知道凯拉拿出手机,打开了微博。

凯拉说:"是不是没想到我会使用你们中国的微博?"

他看见凯拉在发私信,挑眉道:"没用的,你的私信只会石沉大海,不会得到回复。"

凯拉道:"那可不一定。"

让人意外的是,在晚餐结束之后,凯拉的微博收到了消息提示。

她像孩子一样大声尖叫:"啊——她回复我的私信了!"

他正在和教授品红酒,闻言他放下酒杯,立刻走到了凯拉旁边。

凯拉发出的私信是:"你有没有一位男朋友叫孟冬?他以后是我的了!"

回复她的这条是:"你是谁?"

凯拉情绪激动,扯着他的袖子说:"她真的是你的女朋友?天哪,我为什么要打出这样一句话,她会不会误会我是个坏女人?"

他说:"不会,只要你现在把你的手机借给我。"

他没再回去品酒,而是坐到一边,开始用凯拉的手机给她发私信。

他用的却是他自己的语气。

凯拉:"我在我大学教授家,这是他女儿的手机。"

没有人回复,但他知道对方一定还在看,所以继续发。

凯拉:"今天来教授家做客,商量一些工作上的事情,她女儿是个中国通,很喜欢中国文化。"

凯拉:"教授的夫人做菜很好吃,但我还是更喜欢吃中餐,你今晚吃了什么?"

凯拉:"是不是没吃?"

凯拉:"我喝了很多酒,红酒。"

她的回复姗姗来迟:"你幼不幼稚!"

他想了想，给她回复："第一句话是凯拉发的，她不相信你是我的女朋友。"

她回复："你喝多了。"

凯拉："嗯。"

凯拉："不过没醉。"

她说："那最好。"

他笑了笑，凯拉："我下周回去。"

之后没有人回复。

他把手机还给凯拉的时候，向她道了声谢。

机票太贵，他等不及特价，这张机票是前两天就订好的。

几天以后，他飞机落地。

他在机场给沁姐打电话，告诉对方他回来了，他找了一间连锁商务宾馆住下，晚上前往火锅店。

他先到包厢，点好锅底后她也到了。

她很长时间没吃过火锅，想吃辣，却又怕太辣伤嗓子。

他点的是鸳鸯锅，专门舀出一碗清汤，夹起一片麻辣锅底里的毛肚后，他在清汤碗里涮了涮，然后夹给她。

她不喜欢花样繁多的火锅蘸料，只喜欢从汤底里直接捞出来的。

这比麻辣锅底兑清汤再煮的味道要好，虽然麻烦了些。

她吃一口就呛到了。

"还辣？"他问。

她咳嗽着说不出话。

他给她拍背，再倒水，过了会儿她才缓过来。他把她碗里咬了一口的毛肚吃了，继续给她涮菜，只是接下来，他的清汤碗盛得更满，涮得也更久。

清汤变成红油，他倒掉，重新注入清汤。

她吃得红了嘴，长发碍事，她盘了起来，语气不像早前那么冲，但仍摆出一副面无表情的模样。

她问道："你住哪儿？"

他报了宾馆名字。

"之后有什么打算?"

他知道她的意思。

他把洗掉红油的菜叶子夹给她:"我四天后的飞机。"

"飞哪儿?"

他没说话,又下了片牛舌,才道:"前段时间我爸把债都还清了,他一个高兴没忍住,多喝了酒,结果胃穿孔住院,现在还在养身体。我在医院碰见了一个大学同学,跟他聊了聊,打算合伙开家公司。"

她筷子抵在唇边,过了会儿,才去火锅里捞菜。

他把牛舌涮干净后夹给她,她没动,吃了几口她自己夹的菜后,她才把那片已经凉透的牛舌给吃了。

蔡晋同看了看茶几上的那盘荤菜,是青红椒炒牛舌,他刚才尝过一口,微辣鲜香,很下饭。但因为他和孟冬才吃过晚饭没多久,他肚子还饱,所以吃两口就停了。

他问孟冬:"你们那次是和好了?"

孟冬一勺一勺舀着汤,骨瓷的汤勺和碗发出轻而脆的碰撞声,一下又一下,像敲在人心上。

"算,也不算。她心里有刺,我想待在她心脏边,待到生根发芽,待到她能在某一天,把那根刺彻底拔出来。"

蔡晋同点着头。这两人始终没能回到从前,所以在那之后的第二年,也就是孟冬记忆中的那次商场开幕式意外中,他们才会表现得亲密却生疏。

后来又渐行渐远。

如今听着孟冬"恢复"的一段段记忆,他仿佛也被拉进了一辆倒退的列车。

总有一天,列车会回到最初的起点。

蔡晋同悄悄瞟了眼喻见,她手边不知什么时候多了一碗汤,是他和孟冬在喝的这种汤。

有两片牛舌浸在汤底,也不知道是谁夹进去的。

手机铃声突然响起,打破了这短暂的沉寂。蔡晋同一个激灵,看了眼来电,跟他们说:"估计是那个贼有消息了,我去接电话。"又看了眼时间,"哎哟,都十二点了?今晚又别想睡了!你们赶紧吃。"

然后他拉开阳台门走了出去。

孟冬从小碗里夹起一片牛舌试了试,几乎尝不出辣,他把剩下的那片夹进喻见碗里。

"吃吧。"他说。

长发垂落腮边,喻见看着白粥上的牛舌。

阳台门敞开,空气对流,寒风呼呼闯入,透明的白色窗帘扬起,像是轻盈一挥,掸走时光的浮尘。

她夹起牛舌吃了一口,眉一挑:"好吃。"那年跨年夜,她对他说。

"没吃过?"

"第一次吃。"

"你家不是开饭店的?"

"但我家没卖过牛舌。"

"吃吧。"小阳春又给她夹了一筷子。

这家火锅店在理工大附近,因为今晚跨年,所以火锅店打算通宵营业,她冷冰冰的手在进食中总算暖和了起来。火锅越吃人越热,她脖子出汗,出门的时候也不打算穿外套。

羽绒衣搭在小阳春手臂上,走一半时她觉得冷了,正想问他讨回,小阳春忽然搂住了她。

连她手臂一起搂得死紧,她再没觉得冷,就没开口讨回外套。

她带小阳春到了理工大附近的一家酒店,今晚她准备外宿。

[第五天]

ZAI DONG

凌晨两点多,打开窗户,半点儿声音都没有。

酒店只是三星级,但房间够大,环境卫生,窗户正对马路,这个时间没车过,耳边极其安静。

"开窗不冷?"

"我就说刚才怎么觉得凉丝丝的,像哪里漏风了,原来是这房间窗户没关严。"喻见说。

"所以你干脆把窗户全开了?"小阳春走了过来,站在她背后,下巴搁在她头顶。

她脑袋一沉:"通一下风。"眼又往上瞟,"你冷吗?那我关窗。"

"不冷。"

她的脑袋跟着他的下巴动。

小阳春刚洗过澡,身上的味道和她的一样,是一股很浓郁的花香味。不知道酒店提供的沐浴露是什么牌子,初闻时她觉得俗,现在从小阳春身上闻到,她又觉得有些清爽。

"你头发还湿着。"小阳春说。

"那你还把下巴搁在我头顶。"她道。

小阳春故意动了动下巴,过了会儿说:"有点儿口渴。"

喻见刚想说那去喝水啊,下一秒就感觉头皮一热。

小阳春抿住了她的头发。

他的嘴唇不薄不厚,温温软软,不像他的表情和说话语气,总带点儿冷或者嘲讽的意味。

因为反差,所以每一次这种温软碰触到她肌肤的感觉才更强烈。

她被刺激得头皮连带后脖颈都在发麻,她却故意问:"解渴了吗?"

"不够。"小阳春在她头顶说。

声音很低,像渗进了她的皮肤里。

"那你多舔舔。"她故作镇定。

小阳春一笑,牙齿轻磕她头皮。

这回喻见没忍住,眼朝上看着他:"你也不嫌恶心!"

小阳春说:"你连自己都嫌弃?"

她道:"我头皮要掉了。"

"正好让我见识一下。"

她被气笑,手肘撞他一下,发麻的脖颈渐渐恢复正常。

底下忽然传来一阵喧嚣,她目光被吸引过去。

是马路上走来了一群男女。

他们的房间在三楼,视觉上感觉离马路很近,夜色深沉,跨年夜的狂欢被这群男女带到了这里。

这群人在马路上嬉笑打闹,普通话和方言混杂,越走离他们越近,大约是被灯光吸引了,有人抬头望了过来。

咣——

小阳春把玻璃窗拉上,铝合金窗框碰撞出声响。他手臂长,将靠边的窗帘也一把拉了过来。

喧嚣彻底被他挡在室外,他托住她的臀走向大床。

"帮你擦头发。"他说。

她被摔在床上,一次性拖鞋还没脱,小阳春没给她说话的机会,潮湿的拖鞋吸在脚上,一时半刻掉不了。

半途她看着吸顶灯,光线时而温和时而刺眼,在一次挣扎中拖鞋终于从半空中被她甩落,她头发上的水最后也逐渐被床单吸收了。

这是属于她和他的第一个跨年夜,他们把这三个多月的思念尽情地诉说在彼此身上,他们无所顾忌地用着自己的方式狂欢,狂欢于短暂的相聚和终于跨过了一条时间的鸿沟。

昏昏沉沉的一觉后,午时窗帘被拉开,喻见看见了这座城市的第一场雪,她深陷在纯白中,意识混沌。

小阳春穿着睡袍从窗边走过来,蹲在她身旁:"醒了?"

她轻轻地"嗯"了声。

小阳春亲吻她,然后将她连人带被抱起。

酒店的被子轻而薄,她肩膀露在外,小阳春啄了两下,动手把她肩膀遮好,抱着她来到窗边。

她眼睛醒了。

冬天的绿色都被雪覆盖住,马路上的雪暂时未铲,两侧堆了几个雪人,雪花还在纷纷扬扬地飘落。

白得耀眼,世界被点亮。

她喜欢冬天,因为冬天总能让她感到震撼。

喻见懒洋洋的,不愿意起,就想躺在这胸膛中看雪。小阳春也没说话,只是过了会儿拿手挡住她眼睛。

她不乐意,想把他的手抓下来。

小阳春说:"想瞎?"

"这么容易瞎?"

"你不饿?"

"不饿。"她把他的手抓了下来,指着路边正在堆雪人的小孩,"你也去堆一个。"

"幼稚。"小阳春又去挡她眼睛。

她撇开脑袋。

大约是看用手挡不住,小阳春干脆用唇来挡。

她眼睛被迫闭上,笑闹间被子从她身上掉落,小阳春立刻把她扔回床上,朝她屁股打了两记。

她疼得倒抽口气,翻身反击。

喻见说不饿,小阳春也不提饿,天将黑时他们才离开这间房。

他们在附近吃完晚饭,又逛了一会儿大学城,回来的时候天已经彻底黑了,路上又积起一层厚厚的雪。

她走得手脚冰冷,抱住小阳春让他拖着她走,小阳春干脆把她抱起来。

但他又不认真抱,好像把她当个麻袋似的,她直挺挺地挂在他胸前,脚尖随时能碰到雪地。

她不干:"你没吃饱?"

"不是。"

"不是什么?"

"你重了。"

她圈住他脖子："你不说是你虚了？"

小阳春咬住她鼻子。

她哼哼："别让我恶心你。"

小阳春磨了磨牙齿，没松口。

喻见继续哼哼："我擤鼻涕了。"

小阳春笑着咬了下她的嘴唇，说："那你试试。"

她抬起头，才发现小阳春刚抱着她一直在兜圈走，他们又回到了原地。

她四下一看，脚印在雪地上画出了一个大圈。

她问："你迷路了？"

小阳春瞥她一眼，然后踢了踢脚下的雪。

她看得莫名其妙。

小阳春又用脚尖凿了凿雪，然后抱着她慢慢往酒店走去。

回到房间，喻见立刻开空调脱外套，小阳春把她揪到了窗户边，摁住她脑袋。

空无一人的白色马路中央，是一个硕大的爱心，爱心顶端凹陷的地方，是小阳春最后随意凿的那两脚。

她看得直乐，脸贴住了窗户。小阳春大概觉得晚上的雪地没那么大的杀伤力，她眼睛瞎不了，所以也没再管她，自顾自地去洗漱了。

时钟走过零点，第二天元旦假期结束，喻见跟辅导员请了半天假，上午送小阳春去机场。

她生出一丝怨，怨他为什么不在十二月中旬，圣诞假期刚开始的时候就回来。

但又庆幸他最终还是忍不住来了，他们一起跨了年。

她在机场跟小阳春挥别，小阳春回头，忽然朝她走来。

"干吗，落东西了？"她问。

小阳春一言不发地打开外套，把她包了进去，她闻到了他身上清淡的味道。

机场人来人往，眼睛无数。

喻见被藏在他的衣服里，仰着头，承受着他急促又炙热的吻。

她忽然眼眶发热，想就这样藏在他的衣服里，和他一起登上这架远去异国他乡的飞机。

她开始数着日子。

回学校后没几天，她在文具店买了本台历，用最原始、最老土的方法，每天画掉一个数字。

数字是黑色的，她的笔是红色的，强烈的色彩对比一天天刺激着她，她忍耐着画掉了六页的数字之后，暑假终于到来。

这个假期她没有回家。

暑假前夕，学校附近的驾校发传单招生，她和同学一起报了名，多人一道学车，打折力度大。她告诉父母她要学车，父母说给她打钱，她没要。

她如今收入可观，正在有计划地存钱，她觉得她没几年就能帮家里换套房子，父母也能把饭店关了去颐养天年，但她没把她这个野心勃勃的计划告诉父母。

她告诉了小阳春。

小阳春问她："你没打算在Y省买房？"

"在这里买房干什么？"

"以后回去工作吗？"

她还有三年时间要在这里读书，她不能确定，但她道："以后不管在哪工作，我总要回家的。"

小阳春问："你暑假不回家？"

"先不回，我先把车学了。"

"帮我也报个名。"小阳春说。

这通电话结束的当天，她没急着帮小阳春报名，而是先跑到了理工大边上的那个小区。

原先的出租房里已经住了人，她只好找其他的房子。一时半会儿没找到合适的，她顶着烈日连跑了八天，终于在期末考前，偶然得知出租房的住户想要转租，她不介意跟二房东签合同，立刻付了两个月的租金。

小阳春回来时，她已经独自把出租房里其他人使用过的痕迹都清除干净了,窗明几净,床单换新,浴室里是男女各一份的洗漱用品,拖鞋大小各一双,情侣杯、情侣碗,她还买了两个情侣抱枕。

她最不耐烦做家务,可这几天,她把所有的兴奋情绪都宣泄在了劳动中。期末考后她又等了几日,然后她去机场,把小阳春接回了她亲自打扫并装饰的家。

她没提前告诉小阳春,但在领着人走进单元楼的时候,小阳春显然就猜到了。

他在电梯里,手掌把她脑袋一罩,就把她拖到了他胸口。

她瞥他:"你把我当篮球了吧。"

小阳春朝她脸亲一口:"我不亲篮球。"

她故意把脸颊在他胸口擦了擦。

行李都安置好,晚上他们叫了外卖,第一天倒时差,第二天小阳春把她拎到了楼下的泳池。

泳池周围一如既往,每时每刻都能听见小孩奔跑时发出的尖叫声。

她穿着小阳春去年给她买的保守款泳衣,懒洋洋地泡在浅水区晒太阳,泡了一会儿才发现小阳春不在她周围。

她四处看了看,估计他去了深水区,懒得找人,她继续趴在池边像乌龟似的晒太阳。

正惬意,她忽然感觉水下的小腿被捉住了,她一个激灵,边抖腿边往水里看,紧跟着大腿似乎被咬了一口,她动手去揪"水鬼"。

用不着她去揪,水面一下破开,"水鬼"主动冒了出来。

她斥道:"我差点儿揍到你!"

小阳春抹了一下满脸的水珠,捉住她的细手腕说:"凭你这个?"

"你以前没吃够教训?"

"多久以前?"小阳春问,"十四岁?"

她眼珠左右一瞄,没人注意,她一口咬住小阳春肩膀。

小阳春纹丝不动,另一只手抚了抚她的后脑勺,像在摸一只猫。

等她咬够了,他还问一声:"好了?"

她说:"不跟你计较。"

他笑笑，捉着她的手腕，把她拽到了深水区。

喻见在深水区扑腾了一下午，第二天腰酸背疼地和小阳春前往驾校。

驾校位置偏僻，需要先乘地铁再转乘公交才能到达，天气炎热，她做足物理防晒，长袖、帽子和口罩一件都不少。

暑期学车的人多，她和小阳春是同一个驾校教练，教练四十多岁，性格不错，没多久就和他们这批人打成了一片。

连续学习几天，喻见摸方向盘逐渐顺手，但她驾驶速度很慢，一点儿都不敢开快。

小阳春不同，他打方向盘就跟玩似的。

这天依旧炎热，室外三十多摄氏度，她待在凉棚里等待练车，即使这样，还是闷得喘不过气。

她把长袖脱了，口罩也摘了，就留一顶帽子，拿着小风扇不停吹。小阳春去驾校门口的小卖部买了两瓶冰水，一瓶冰她脸，一瓶冰她手臂，她这才觉得好受不少。

轮到她和小阳春上车时，两瓶水早已变温了，她喝了一口就嫌弃，把水还给小阳春："都给你。"

小阳春不嫌弃，仰头把水灌了，空瓶给了收垃圾的阿姨。

车上冷气打得足，她上车后长舒口气，教练笑道："今天太热了，还好你们没人中暑，要是中暑了很麻烦。"

小阳春先开，她后开，教练坐在副驾踩着脚底下的控制器，车玻璃不够挡太阳，猛烈的阳光照进来，没多久她的手臂就有一种炙烤感。

教练已经习惯了，他手臂皮肤和身上皮肤的颜色是分层的，他还有闲情逸致打开车载音响听歌。

喻见和小阳春轮着练完两遍，教练喊休息："我去抽个烟，你们在车上凉快会儿吧。"

她笑道："我去给你买瓶水。"

教练乐呵呵地说："好啊，谢了。"

教练走了，她指挥小阳春："去吧，要冰的。"

小阳春刚开完一圈,他坐在驾驶座,回头朝她抬起手臂,一副要打她的样子。

她身子一低,躲开了,笑嘻嘻地让他动作快点儿。小阳春把后车窗按下后才下车,她反应不及,转眼就被对方从窗户伸进来的手给捉住了。小阳春把她头发揉乱才放过她,转身去买水。

她理了理头发,重新把车窗关上,边听歌边吹空调,忽然微信消息音连续响起,不是她的手机,她扒着座椅往前看。

手机在驾驶座上,是小阳春落下的。她捡起来,按下车窗找人,手机在她手里,微信仍响个不停,屏幕上不显示信息,她不知道是谁找小阳春。

过了会儿,她看见小阳春远远走了回来,她把手机伸出窗户等着他过来拿,这时铃声响起。

阳光下屏幕反光,喻见隐约看见了"方柠萱"的名字,这时小阳春正好走近,手机被他抽走了。

"不怕晒?"他把她的胳膊塞回车里,转身走了,她看见他接起了电话。

她坐在车里等,听完一首半歌的时候,小阳春回来了。

他买了三瓶饮料,坐到她旁边,把一瓶放到前座。她随手从袋子里拿出一瓶蜂蜜柚子茶,拧开灌了几口。

小阳春探身向前,在仪表台抽了几张纸巾,顺手想切歌,她及时拦住:"欸,别换。"

小阳春说:"你喜欢?"

"喜欢啊。"

"这歌多老了?"

她想了想:"反正我们那个时候已经出生了。"她又说,"这歌不是挺好听的。"

小阳春摇头:"就那样。"

她说:"我一个室友上个月在寝室连放了七天这首歌,每天哭湿一条床单。"

"失恋了?"

"嗯。"她又喝了一口饮料,说,"分手以后会变成陌生人,大概就是因为爱得太深了。"

《最熟悉的陌生人》,大概也是最爱的人。

歌声中,小阳春打开了另一瓶饮料,她直盯着他。

小阳春拧开盖子,慢慢把瓶口凑到嘴边。在即将触碰到嘴唇时,他叹口气,忽然侧身,扣住她的脖子,给她喂他手里的。

她"嗯嗯"地叫,然后笑着捧住瓶子,把她喝过的给了他,她喝起这瓶葡萄味的味全每日C。

喻见对葡萄无感,因为她嫌吃葡萄麻烦,要吐皮吃就得把葡萄一颗颗摘了洗干净,用手剥皮吃就更烦了,更何况葡萄的味道也就那样。

她觉得唯一能让她任劳任怨地不停剥皮的水果应该只有枇杷。

因此她以前对葡萄味的果汁也没半点儿兴趣,从不想尝试。结果这回她莫名其妙地眼红起小阳春的葡萄汁,一试之下意外发现味道很合她意,于是在驾校教练回来前,这瓶葡萄汁已经一滴不剩了。

傍晚回家的路上,她和小阳春拐去了一趟超市,经过蔬菜区时拣了两把绿色蔬菜。

她和小阳春都不爱下厨,这两把菜的最终命运不太好说,他们买得最多的还是速食品和乳制品。喻见还拿了六瓶每日C葡萄汁,小阳春抽走两瓶放回冰柜。

"喂!"她重新去拿。

小阳春把她的手臂卡在他胳膊底下,拖着她去结账:"喝完再买。"

"跑超市多麻烦。"她说。

"这个保质期短。"

"谁说的,长着呢,我会在保质期前喝完的。"

"你会喝腻。"

"不会。"

"我还不知道你?"

"我腻你了吗?"

她这句话五个字,其中两个字读音相似,念起来拗口,乍一听也应该不太听得懂。

但小阳春动作一顿,侧头朝她看了看,然后单手掐着她两颊,把她的脸左右轻晃几下之后,他重新回去拿上了那两瓶果汁。

果汁扔进购物车,哐当一声响,小阳春睨着她,悠悠地来了句:"我倒要看看你敢不敢腻。"

也不知道他指的是哪个腻。

两人的晚饭是外卖比萨配果汁,天实在太热,喻见完全没有走出大门的欲望。

已经洗过澡,她坐在沙发前的地板上,一边看电视剧一边拿起一块比萨。比萨拉丝,她眼睛盯着电视机,一心二用,动作比乌龟还慢。

小阳春也冲完了澡,一身水汽,往她身后的沙发上一坐。

大约嫌她动作慢,他抽走了她手里的比萨,芝士丝咻地拉长再断开。

她没在意,舔了舔手指头,眼睛依旧盯着电视机。

小阳春把比萨尖喂到她嘴边,她咬了一口,然后就着他的手,陆续吃完半块,剩下靠边的半块被小阳春吃了。

"你脚黑了。"小阳春在她头顶说。

她掰着脚低头看了眼:"欸,分层了。"

不该穿凉鞋,现在她的脚成了黑白两色。

小阳春说:"你搓搓看,说不定是泥。"

她没好气地往他小腿上一拍:"你当我像你这么脏?"

"我脏?"小阳春两只大脚踩在她盘着的大腿上。

她顺势往后靠,胳膊撑在他的腿上,看着电视说:"你要是敢把你脚底的泥搓到我腿上,我就把你的腿毛都揪光。"

小阳春一笑,卡着她胳肢窝,把她往他身上抱。她才洗过澡换了干净的睡衣,小阳春的手拿过比萨后还没擦,她和小阳春在沙发上打起来。

打到一半,客厅突然一暗,她抬头看向吸顶灯,应该是灯坏了,不是停电——电视机运行如常。

小阳春把她抱开,说:"我先看看电闸。"

电闸在门口鞋柜上方,她上回查看电闸的时候还搬了张凳子过去。小阳春完全用不着踩凳子,他直接按了下电闸箱盖。

微信响了一声,喻见手机放在茶几下方。她没下沙发,探出身子把手机捞了过来。

看见对方的名字,她有几分诧异。

方柠萱:"你放暑假了吗?"

她和方柠萱自高中毕业后就甚少联络了,只是在她换了智能手机后加了一下微信。

毕竟以前她们不同班,她和对方有交集也是因为小阳春,高中毕业后她复读,对方出国,平日只保持着朋友圈点赞的关系。

她一边回复一边对小阳春说:"方柠萱突然问我有没有放假。"

小阳春已经检查完电闸,他把箱盖阖上,搬了张凳子走到客厅中央,他说:"她想找人一起旅游,你不用理她。"

"她也回国了?"她问。

方柠萱父母都在英国,喻见以为方柠萱去年暑假回来了,今年应该不会再回。

"嗯,说是昨天刚到。"小阳春把茶几朝沙发踢,凳子摆中央,他站了上去说,"我没理她,你也不用理。"

她躺下来,架着腿继续回复方柠萱,方柠萱倒没邀请她去旅游,而是问她有没有回老家。

方柠萱想去她老家玩。

"她找不到其他人陪吗?"

喻见边问小阳春,边打字回复对方:"我没回去。"

"反正苟强在。"小阳春把灯罩拆了下来,"少不了人陪她,所以不用管她。"

喻见点点头,看向天花板:"是灯坏了吧?"

"换个灯管试试。"小阳春把灯管摘下。

她觉得男人是天生的水电工,换灯泡、换水龙头这些技能是出生时就自带的,她父亲也是,只要不是水管爆裂,水电问题他总能一手搞定。

第二天小阳春把灯管买回来换上了,假期结束,他临走前还把整个房子的水电都检查了一遍。

之所以要检查,是因为喻见没准备退租,她签了长租合同,打算大二开始住在校外,更自由,也更方便她工作。

大约在十天前,有个从北京来的,三十岁左右的高个子女人找到她,自称是名经纪人,问她有没有兴趣签他们公司,并给她"画了一张大饼"。

此前她没有入行规划,她始终认为做音乐只能作为她的兴趣和兼职,而不能成为她将来的职业。

可事实上她的歌取得的收入已经能让她这两年自给自足,且过得极其滋润,还让她有了买房的野心。

她开始设想跨出一步的可能性。

小阳春防备心重,怕她被人骗,先调查了一番。但他自己也只是个学生,没足够的资源让他彻底查清这类公司。

这家公司刚起步没多久,规模不大,手里知名的歌手有一两个,其余皆没什么名气。

或者是像喻见这样,歌红人不红的。

百度的信息不能全信,可用资料也少。

因此小阳春和那位女经纪人吃了三顿饭,能了解的也在这期间尽量了解了,合同收到后他托了朋友家中的律师亲戚检查是否有陷阱,之后他才允许她签字。

女经纪人收起合同时笑着揶揄:"本来我是准备了两份合同的,怕你这个小男朋友朝我动拳头,我只好给你这份合同了。"

合同被收进抽屉里,小阳春明天就要回英国了,喻见那点儿有望成为明星的兴奋,在这会儿荡然无存。

地上行李箱打开着,叠好的衣服正一件件往里面放,小阳春蹲在箱边上说:"阳台衣服是不是没收?"

她"嗯"了声,坐在床沿,脚往前一钩,钩起了一件叠好的T恤。

小阳春朝她看了眼,把衣服拽下来:"洗脚了?"

她把脚伸到他鼻子前："你闻闻？"

小阳春把她的脚一把拖到他胸口，她没能坐稳，身体朝他扑了过去。他顺势接住她，把她往上一提，忽然站了起来。

"你干吗？"

他像抱小孩一样抱着她走，她两腿跨在他腰两侧，抱紧他的脖子说："我恐高了啊。"

他笑笑："不怕，我只是想把你扔出去。"

喻见凶巴巴地使劲箍紧他脖子。

已经走到了阳台，她转头。

阳台没封闭，夏夜里能见到几颗星星，月亮看守在侧。

楼下泳池四周空无一人，夜深人静了。

小阳春故意走到阳台栏杆边上，他的脖子在她手里，她一点儿都不怕，"那就同归于尽吧。"她无所畏惧地说。

小阳春没做出吓唬她的危险动作，他顺势在她脸颊上亲了一口，然后道："让你收个衣服，这么'壮烈'干什么？"说着，把她往上托了一下。

"收衣服。"他道。

喻见抬头，顶上正是晾衣架，不用手摇了，她伸手就能够到。

她又气又好笑，故意用一只手按住小阳春的头顶，另一只手使劲往上够，指挥着他："下一件。"

小阳春抱着她往旁边迈一步。

"下一件。"

继续往旁边。

"还有。"

再往旁边。

夏季衣服每天都要换洗，衣服轻薄，但架不住两个人的量加起来多，挂在她手臂上，很快把小阳春的脑袋全罩住了。

晾衣架已经空了，她欺负小阳春看不见："右边还有。"

小阳春却没动，反而在不该咬的地方咬了她一口，她"啊"地叫了一声，用力晃动："流氓！"

小阳春继续咬她。

"衣服要掉了!"

"扔了。"

"我给你扔泳池里!"

两人笑闹着返回卧室。

衣服没全带走,小阳春留了两身在衣柜。

临睡前,她靠在床头弹吉他,小阳春坐在床尾,捧着她的脚帮她擦美白霜。

她一弹就弹了三首歌,小阳春问:"还差一首《冬》,你还没作出来?"

她驴唇不对马嘴地说:"要不你转学回来吧。"

小阳春朝她看。

她没避开目光,直言道:"我想你一直在。"

他静止了一瞬。

小阳春合上美白霜的盖子,捉起她的脚,亲了亲她的脚背,然后跪行到她身边,拿开吉他,把她抱到他身上,吻着她说:"迟早被你害死。"

她趴在他胸口:"我怎么害你了?"

"……你说呢?"

她心想,彼此彼此。

如果她在寿终前死了,那一定是因为这个要她命的男人。

喻见从前听过许多长大成人后要面对的事,尤其是曲阿姨对她的谆谆教诲。

但从没人告诉她,长大成人后她还要面对爱情。

她无法定义爱情,也无法描绘她心中的感觉,就像十几岁的时候她面对波涛汹涌的黄河,也难以用文字或语言抒发自己内心的冲动一样。

她的心绪从此以后被另一个人掌控。有一回她独自逛街,在橱窗外看见一只牵线木偶,她觉得她跟它没有什么差别,这让她感到震惊和警惕。

可是她的四肢,甚至是每一个关节,都已经在这两年被逐一穿了线,她已经无法脱身,她每天睁眼是他,闭眼是他,连弹出的每一个音符都是他。

大二的寒假，喻见终于存够首付，回老家买了一栋别墅。

别墅是二手毛坯，房东要移民所以急着卖，要价不高，她一眼相中。

父母被她的大手大脚吓到，一个劲地劝她别买——万一还不起房贷怎么办。

她有她的规划和野心，自然安抚父母，还让他们把饭店关了，早点儿退休，她不想看他们早出晚归给人炒菜端盘。

当然，在这件事上，父母根本没有听她的。

她换了一本新的台历，尽量让自己专注于学业和工作。复活节假期太短，小阳春没有回来，她期盼着下一个暑假的到来。

但在暑假前夕，小阳春在电话里告诉她："我有了一份实习工作，这个暑假没法回来。"

这是一件很寻常的事，暑假打工，很多大学生都会做，但她的心还是像坠下了深渊似的。

"哦……"喉咙里像卡了东西，她慢吞吞地说。

"你来英国吧。"

她一愣。

"正好告诉我爸我们俩的关系。"小阳春道。

她想笑一笑，可她笑不出来，她忽然又理解了长大成人的另一面。

"我也有工作……我要去北京。"

所以她没法怪小阳春，2019年的暑假，二十一二岁的他们，已经开始了身不由己的生活。

喻见去了北京，两个月的时间让她看到了另一个世界。每一天都是兴奋且疲惫的，她把她的所见所闻都用文字和照片告诉了小阳春，小阳春也把他的工作和生活一一告诉她。

虽然她全都不懂，只能干听干看，但她喜欢对方的名字出现在她手机屏幕上的每一刻。

她想，做只牵线木偶，其实也没什么坏的。

直到她从北京返校，从忙碌中稍稍脱身后，刷到了方柠萱的朋友圈，她才从一堆控制着她的线中,挣扎着坐了起来。

她刷到方柠萱最新的一条朋友圈,照片是一个人睡在电脑前的背影,近镜头的一角,是方柠萱拿着一条毛毯的手。

配图文字:"又累得就这么睡着了,你着凉麻烦的是我!"

喻见盯着这张照片看了许久,然后点进方柠萱的朋友圈主页。

方柠萱基本一两周发一条动态,接下去的一条,照片上是一个人的手——骨节分明,手掌很大,搭在一张桌子上。

配图文字:"你该剪指甲了!"

她继续往下。

照片是两碗泡面。

配图文字:"三更半夜你跟我说你饿了,行吧,除了伺候你,我还能怎么办?"

再往前的内容,只是方柠萱的生活日常或者转发。

她又回到最上面,把这三条朋友圈反复地看,看了很久,眼睛盯得干涩之后,她才退出界面。

她看着小阳春长高长大,看着这人从瘦小子变成大块头,看着他夜里光洁的下巴在清晨布满胡楂。

她知道他的衣鞋尺码,他无数次地将她的手包拢在他掌心,她清楚记得她抠玩对方手指骨节的感觉。

她想她不会认错人,但假如真的人有相似呢?

更何况她了解小阳春,他做事果断,也狠得下心,清楚自己要什么,比如他当年毅然决然地选择了留学英国。

他也不会贪心,买饮料会控制着数量,万事都量力而行。

他更不会踩过界,骨子里天生自带高傲,他不想影响她高考,所以多等了她两年,他知道苟强喜欢方柠萱,所以绝不会跟方柠萱扯不清。

是的,苟强明恋方柠萱,方柠萱的每一条朋友圈他都会积极点赞,方柠萱每一次回芜松镇,他都会陪在对方左右。

她在这一瞬间安抚住了自己,连续深呼吸几次,控制着自己不要去胡思乱想。

最主要的是,这三条朋友圈,完全证明不了什么,她没法让自己拿着这样的东西去质问人。

她不想成为那种她最看不起的女人——

矫情,疑神疑鬼,患得患失,无理取闹。

她把手机翻面,去做起自己的事。大三太忙,她要写作业,备考,还要写歌录歌。

大约因为这样连轴转,喻见很快就病倒了,发烧并伴有牙疼。

以前同寝的好友陪她去医院挂了一天点滴,第二天好友有事,她独自去了,第三天的时候好友说陪她,她不想耽误对方周末跟男友约会,所以仍是一个人去的。

她尽量控制着喝水,可中途仍需要上厕所,包包不方便拿,蹲上蹲下时她看见输液管中血液倒流。

她洗完手再回原先的座位,位置被一个家属占了,她说这座位是她的,家属骂骂咧咧地起身相让。

她把口罩往上提,甚至想直接遮住眼睛,不用直面这让她手忙脚乱的一个人的生活。

在点滴还剩一半时,她再次刷到了方柠萱最新一条朋友圈。她手背抽疼,是输液速度过快了,她想早点儿走,所以自行拨动了调节器。

她看了一眼滴答滴答,仿佛永远滴不尽的点滴,再不管什么理由,她直接拨通了小阳春的电话。

小阳春那里是清晨,他接电话时声音低沉沙哑,像还没睡醒。

她问:"你在哪儿?"

"嗯?"小阳春大约从她这第一句话里就听出了异常,他嗓音变得清醒,他说,"在宿舍,怎么了?"

"一个人吗?"

"我舍友昨天回家了,我一个人,怎么了?"小阳春又问了一遍。

喻见尽量让自己克制且理智,所以她的措辞很斯文,语气也很清冷。

"没什么,你有没有看到方柠萱的朋友圈?"她说。

"什么朋友圈？"

"她刚刚发的。"

对面人的音质改变，她听出小阳春开了免提，小阳春应该是一边翻朋友圈一边问她："你现在在哪儿？"

医院很吵，小阳春听得出来，她没隐瞒："在医院。"

"生病了？"他问。

"嗯。"

"什么病？"

"发烧。"

"多久了？"

"三天。"

"怎么没跟我说？"

"发烧而已，没什么。"

沉默了一会儿，小阳春说："她最新的朋友圈是前天转发的减肥文章。"

喻见闭了下眼，道："你等一下。"

她把她手机里显示的最新一条朋友圈截图发送过去。

图片很寻常，只是拍到了床，没有人出镜，配图文字更简单——

"又下雨，今天只能睡睡睡了。"

对面安静了一会儿，才说："跟我的床单一样，但不是我房间。"

"嗯。"她很冷静。

她见过小阳春的宿舍，二人间环境极好，每次两人视频时或看到他发来的照片，她都心生羡慕，国内很少有这样的学生宿舍。

大男人在生活方面懒得讲究，小阳春的床上用品只有两套可换洗，两套还是一模一样的，深蓝色格纹布料，是他三年前在英国超市随便买的。

她又将之前的三条朋友圈截图发送过去，问："你见过吗？"

小阳春说："没有。"

"那你看出了什么吗？"

半晌，小阳春才开口。

"第一张照片应该是小组作业那天，总共五个人，在英国同学家里，讨论得太晚，我们都在那里睡了。我在电脑桌上眯过一会儿。

"第二张照片里是我的手，我不知道她是什么时候拍的，看桌子是在学校餐厅。

"第三张，我这两个月没吃过泡面。"

喻见听完解释，说不上来心里是什么感觉，似乎是如释重负，可心头大石却也正式压了下来，她心沉到底。

她重复问一遍："所以你看出什么了吗？"

看出方柠萱的这四条朋友圈，是专门发给她看的吗？

她不傻，在发现苟强没有点赞这几条，并且小阳春近段时间一切如常的时候，她就意识到了方柠萱的针对性。

她不信方柠萱会想不到事情会被轻易戳穿，但显然对方有足够的借口倒打一耙说是她胡思乱想。

也许小阳春会因为信任友谊而跟喻见大吵一架，也许喻见会因为不信任爱情而做出有悖于她性格的行为。

方柠萱的目的终究还是达到了。

喻见和小阳春相隔千万里，这几年和他朝夕相对的人，不是她。

她不可能每天都掌握小阳春的行动轨迹，她不知道他几点睡、几点起，不知道他吃什么、最近买了什么新衣服，不知道他做作业要啃哪些难啃的资料，她不知道他身边是否出现了新朋友，是否有优秀的女孩子想靠近他。

她不能接受小阳春将来会在别人身边的可能性，她开始患得患失。

她踏进了这个最最俗不可耐的陷阱。

当晚，平常从没电话联络的苟强突然给喻见打来电话，她一接通就听到对方破口大骂："你是不是有毛病，那几张照片怎么了，你们谈恋爱的人脑子里是不是都是屎，你知不知方柠萱现在一个人躲着在哭！"

她牙疼得厉害，第一次骂人："我不跟傻瓜说话！"

挂断电话，她立刻找小阳春。

过了一会儿，苟强发来几条微信，不知道小阳春是怎么跟他说的，他这几条全是道歉的，他没太多解释，用得最多的词是"对不起"。

爱情这玩意儿就是这么古怪，让人患得患失，也让人心甘情愿地眼瞎耳聋和失智。

她后来才知道，医院里她跟小阳春结束通话后，小阳春转头就找华人同学要了手机，见他们手机里也没方柠萱发的那几条朋友圈，他就把方柠萱的联络方式全删了。

但他们还有小组作业没完成，方柠萱讨说法，同学也在劝。小阳春从前在她面前嘴毒起来也不留颜面，如今他在外人面前绅士太久，方柠萱大概忘了他的不耐烦和嘴毒，后来方柠萱哭着跑了，躲在寝室里给苟强打电话，具体说了什么无人知，但从苟强特意打来骂喻见的那通电话中，她和小阳春也能猜到一二。

这件事情似乎就这么过去了，喻见和小阳春重归于好。

但夜深人静时，她又开始想，小阳春是不可能和方柠萱完全划清界限的，他们的父母都是好友，他们的家乡同是芜松镇。

可是小阳春已经做得够干净利落了，她总不能让他父母跟方家老死不相往来。

她调整好心态，过了几晚，她又开始想小阳春在英国会不会遇到某个女生，对方爱笑爱闹，会唱歌又是学霸，看他时眼含深情，待他温柔又体贴，他的目光渐渐全到了对方身上。

喻见把脑袋埋进枕头里，遏制住这种可笑的胡思乱想。

她又安抚自己，小阳春已经大三了，还有大半年，他就能学成回国，以后他们形影不离，她会迷得他移不开眼。

接下来喻见努力把心思专注在学业和工作中，十二月的时候她向辅导员请假两天，加上双休日就有四天，她去了一趟北京。

结果喻见牙疼又犯了，经纪人陪她去看牙医，笑她："行了，这么大个人了，自己蛀牙还不知道，下回进录音棚你别张大嘴唱，被人看见个黑窟窿，还不笑掉人大牙。"

她捂着腮帮子说："那你再介绍个人，正好跟牙医拿回扣。"

经纪人道："你这张小嘴，活该疼死你！"

补牙没法一蹴而就,不知道怎么的,她又发起热,一身疲惫地回到Y省。她刚出公寓电梯,又碰见楼下邻居找上门。

楼下邻居见到她,吵吵嚷嚷:"你们家漏水啦,漏到我家里啦!"

她连忙开锁进门,只见小厨房地上一摊积水,水龙头都是关着的——是水管连接处在漏水。

赔偿稍后谈,她要先解决水管和地板的问题。房东人在外地,她不能干耗,只能自己先叫工人处理。

忙碌两天,似乎不再发烧,但她牙疼升级,预约了补牙。

凌晨喻见趴在枕头上,昏昏沉沉中感觉有人在替她擦眼泪。

她睁开眼,视线模糊,还以为自己没醒。

小阳春摸着她的额头,嘴唇贴在她鼻翼,胡楂刺在她脸上,她才恍惚意识到这是现实。

小阳春说:"出了什么事,为什么哭?"

她揩了下眼角:"哭了吗?"自言自语了一句,然后她问,"你怎么现在到了?"

圣诞假十二月二十号开始,小阳春说他十二月二十三号早上七点多转机到达Y省机场,现在天还黑,他提前数小时到家了。

小阳春说:"我算了算,高铁比飞机早到,所以没转机,换了高铁。"

路上耗时更久,可她却能提前两小时见到他。

她搂住小阳春脖子,完全没嫌他下巴上的胡楂扎人,使劲蹭着他的脸撒娇:"家里水管漏水,房东什么都不管,全是我一个人在忙,我既要上课还要工作,我牙好疼啊……"

小阳春抱着她又亲又哄。

她长大了,好几年没因为闹脾气哭了。

喻见在日出时才渐渐在小阳春怀里睡着。

小阳春回来了,漏水的善后事就全被他接手了。

小阳春陪她去医院补牙,她的包也不用时刻抱在肚子上,有小阳春替她拿了。

她觉得这样的生活才算步入正轨。

牙齿补完，头两天喻见还不适应，老用舌头去舔，吃东西也不敢用那边的牙齿嚼，连刷牙都会变慢，一到那边，就小心翼翼的。

小阳春看着好笑，晚上在卫生间抽走了她的牙刷。

她刚漱口，还没开始刷，道："别告诉我你想染指我的牙刷。"

"你牙刷镶金了？"小阳春捏住她的下巴，"张嘴。"

"你要干吗？"

"我帮你刷。"

她从善如流，张开嘴巴。

小阳春动作利索，没她这么磨蹭，她含糊不清地说："你轻点儿。"

"刷不烂。"

"我怕补的那个位置掉渣。"

小阳春再忍不住笑，捏她的脸："你怎么越活越回去了！"

"你还刷不刷啊！"她张着嘴，再等下去牙膏就要被她吞进肚子了。

结果因为她一直张嘴说话，口水先滴落了下来。小阳春大笑着擦了擦她的下巴，她想抢回牙刷，小阳春把手臂举高。

"现在帮你刷。"他道。

"我自己来，我手没残！"

小阳春强搂住她，把她按在盥洗池不许她动，"这次认真帮你刷，张嘴。"他捏着她两腮说。

结果这次刷牙刷了十几分钟，回卧室时，小阳春的电脑信息提示音不断响起。

他没急着看电脑，先看手机。

她问："你妈还没回复？"

"嗯。"

小阳春母亲在柬埔寨经商，最近生意上遇到麻烦，前几天她跟小阳春说有几个柬埔寨当地人威胁她，但她已经解决了。

小阳春不放心，每天都跟他母亲联系一次，进洗手间前他给他母亲发了条信息，他母亲到现在还没回复。

她道:"你给你妈打个电话吧。"

小阳春很少跟他母亲通过电话交流,因为沟通少,他母亲习惯说教和命令,他平常不想应付。

但现在情况特殊,他自然不会犹豫,电话直接拨过去,虽然响了很久才接通,但至少他母亲听起来平安无事。

"我还以为你有什么事呢,害得我洗澡洗一半跑出来接电话。"他母亲抱怨。

等他挂断电话,她扑到床上抱起枕头,说:"我觉得你妈是不会被人欺负的。"

小阳春按了按她的脑袋:"当我听不出你话里有话?"

她闷在枕头里说:"你电脑一直响,快看看!"

"是同学。"

小阳春近期在忙着写论文,大学最后一年,他的课业特别重。

她不吵他,抱着枕头靠在他旁边看书,偶尔扫一眼他的论文,完全看不懂。

电脑键盘响个不停,像白噪声一样让人昏昏欲睡,她正迷糊,忽然被人搂住了脖子,头脑清醒了一瞬,她顺势靠到他胸口。

小阳春依旧专心论文,但时不时地就低头亲她一下,瞌睡虫渐渐被亲走,她哪里还睡得着。

睁眼见到电脑屏幕光,她抬手挡了下,小阳春捉住她的手:"还以为你睡着了。"

"我又不是……"她正要说她又不是猪,看见电脑聊天界面上的文字,她戛然而止。

她英语水平一般,但日常对话没有大问题。小阳春的同学是英国人,正跟他讨论申读研究生的事。

她转头问:"你要申请研究生?"

小阳春说:"还没确定。"

她从他胸口离开,小阳春电脑倒在被子上。

"那什么时候能确定?"

小阳春大约听出她语气有异,所以没管倒下的电脑,他说:"这几天。要真读研,至少得提前半年做准备。"

"读英国的研究生?"

"是。"

"……不能考国内的吗?"

小阳春把她抱过来:"英国读研只要一年,无论从哪方面来讲,都是在英国读研更好。"

"我以为你还剩半年就能回国。"她道。

小阳春显然听出了她的意思,他捋着她的头发,哄她:"等你大学毕业,我也正好念完研究生回国,时间刚好。"

"没有刚好。"她从他怀里挣脱出来。

她知道她没道理阻碍他的前途,也知道他的选择是正确的。

可就像马拉松已经跑完大半程,终点线近在咫尺的时候,制定规则的人突然把这根线拉远,远到让她觉得遥不可及。

她还剩下仅有的一口气,她不知道这口气能否支撑到她抵达。

在这一刻,穿进她四肢和关节的线仿佛有所松动。

她清醒地意识到,明明是他先诱惑了她,如今他却远比她理智。

就像他明明早就喜欢她,却毅然选择出国留学一样。

小阳春伸手拉她,她一把拍开他的手。

这一晚她离他远远的,没睡好,意识始终浑浑噩噩。

圣诞假期不长,过了元旦,再过没几天小阳春就要返回英国了。

2020年,这个数字特别,但她还没更换桌上的台历本。

小阳春离开前两天的夜里,喻见陪同学庆生,七八个人在KTV唱到凌晨。她兴致不高,不唱歌也不喝酒,小阳春的信息她没回,电话也不想接。

同学中有人喝醉,她把大家送回学校附近的宾馆,以前同寝的室友拽着她,让她也睡这里。

她说:"我有地方住。"

室友喝醉了:"胡说,你敢住外面,小心宿管抓你!"

其他同学也来拉扯。

喻见根本斗不过这帮耍酒疯的女生，被她们按在了床上，又被她们盖上棉被。

小阳春在外面拍门的时候，她差点儿就要睡着了。

同学去开的门，她从床上坐起，诧异地望着门口。

小阳春扫了一圈屋内，才退后一步，站在外面说："穿上衣服出来。"

有人没见过小阳春，悄声问她："这是你男朋友？"

她没答，把羽绒衣穿上了，这回同学没来拦她。

一走出客房，她手腕就被小阳春拽住，出电梯时他还没放。

她问："你怎么找来的？"

小阳春没答。

她使劲抽手，小阳春用力将她一拽，半拖半抱把她弄回小区。

她后来才知道小阳春在附近找了她两个小时，她和一帮人进酒店的时候，他正隔着马路望着她。他在外面等了半天，以为她这晚不回来了，所以才上去把她捉了下来。

"你闹够了没有！"小阳春把钥匙往鞋柜一扔，钥匙先砸在上墙，划出一道痕。

"我什么时候闹了？！"她不甘示弱。

她和小阳春从小打到大，除了初次见面那一次货真价实的争执，后来他们再没认真吵过一次。

这是他们长大后第一次认真吵架。

"我们这样永远见不着面和分手有什么区别！谁知道你在英国会认识什么人！"

"你为什么就不能来英国看我？那回放暑假我把我房间东西全换了一遍，就等着你来！"

她喉咙撕裂般痛，小阳春下颌紧绷，他们谁也没让谁。

直到小阳春拖着行李箱离开，他们也没和好。

小阳春要先去柬埔寨看他母亲，再乘机回英国。她在学校考试，没有去送他。

她捏着笔,按着卷子的手指甲泛白,心脏从抽痛渐渐变得平静。

她身上的线断了一根。

下课回家,她打开冰箱,看见保鲜碗里是剥好的葡萄、山竹和龙眼,冰箱搁架上还有六瓶新购的味全每日C葡萄汁。

小阳春给她发了一条微信,说:"我到柬埔寨了。"

她把保鲜碗放在桌上,打开盖子,先吃了一颗葡萄,再吃一粒山竹,再吃一颗龙眼。

窗外落着雪,美得像一幕电影画面。

那时的她不会知道,后来她和他的世界天翻地覆,她和小阳春再一次见面时,已经恍如隔世。

风拂过,白色窗帘缓缓落下,酒店客房里依旧菜香扑鼻。

蔡晋同打完电话,从阳台回来,对他们说:"我猜得没错,那根本不是贼,就是个狗仔。他见你爸妈上午的时候坐车离开小区了,怀疑你也藏车里走了,你们家没人,所以他才想趁天黑摸去你家找你的料。"

喻见捧着碗,慢慢品尝着牛舌,明明不太辣,可她却觉得喉咙被刺痛了一下。

"哦。"她说。

孟冬夹起下一片牛舌,放进汤碗中。

这一幕被蔡晋同尽收眼底,他总算知道是谁把牛舌夹进汤里的了。

他打量这二人。

一个麻烦接连不断却总淡然处之,一个举止自然地伺候人,完全当他是盲人。

只有他劳心劳力,忙得团团转,他心里有些不得劲。

这会儿时间已经过了零点,满打满算,这是他陪喻见回来的第五天,时长已经超出他原本的计划。

时间就是金钱,更何况是明星的时间,再拖下去,损失惨重。

早解决孟冬,早走!

蔡晋同坐回沙发,把手机往茶几上一撂,说:"我还收到个消息,说是孟冬失忆的事情已经泄露了。"

孟冬和喻见朝他看。

蔡晋同面不改色心不跳地对孟冬道："你可能不清楚,你要只是受点儿轻伤,那外界不会抓着这个不放,但你要是受重伤,虽然谁都知道这事跟喻见本人无关,可人人都站在道德制高点,同一件事会变成不同的性质,喻见会遭受到源源不断的攻击。现在你失忆,这跟受重伤一样,甚至人家会更猎奇,新闻只会炒得更大。"

蔡晋同把轻重关系分析完,才道出主旨："所以我现在就求老天开开眼,赶紧让你记忆全恢复了,免得明天的新闻雪上加霜。你加把劲儿再想想,还能想起什么?"

孟冬没开口。

蔡晋同指着青红椒炒牛舌："比如对你和那位都有意义的其他菜,小鸡炖蘑菇?"

孟冬睨他一眼,又往汤碗里下一片牛舌,然后轻轻把碗朝喻见跟前推了一下,才说:"没这印象。"

蔡晋同道:"那比如……东坡肉?北京烤鸭?酸菜鱼?毛血旺?"

喻见没再夹牛舌,她垂眸吃起已经见底的白粥。

孟冬不开腔。

蔡晋同不死心:"你都想起三年前的事了,那四年前的事应该很容易联想起来吧?比如你家是怎么欠债的,哦,对了,你一直说你大学同学是你合伙人,那你到底在哪儿读的大学,这总该想起来了吧?"

两人都沉默是金。

蔡晋同叹气,看向喻见,使出撒手锏:"你自己的事也不能再拖了,都来这儿好几天了,这样,你明天无论如何先回北京,去趟公司。我就留下负责孟冬的事,看这情况,还有得耗。"

喻见喝着粥问:"能通航了?"

蔡晋同说:"明天要还是有雾不能飞,那就坐高铁。"

"有票吗?"

"我现在看看。"蔡晋同拿起手机。

孟冬一直看着喻见，此时说："再盛点儿？"手朝她伸。

喻见把碗给他。

孟冬打开粥碗盖子，给喻见盛了一勺粥。

蔡晋同翻着手机道："有高铁票，上午下午都有，要不给你买近中午的吧，你能多睡会儿，到北京的时候天也还没黑。"

喻见没意见："好。"

"你身份证号报一下。"蔡晋同道。

嗒——

孟冬盖上粥碗盖子，继续喝自己那份汤。

汤已经半温，其实这样的温度入口刚好，不烫喉咙，又没凉透，入胃是恰到好处的温暖。

他边喝边说："四年前，那一整年我都在工作。那是我爸负债的第二年，他心态其实已经垮了，除了脾气变得暴躁，他还有自杀倾向。"

蔡晋同手指还点在"铁路12306"的个人信息页上，他惊讶地张着嘴，目光不自觉地觑向喻见。

喻见捧着碗，忽然抬眸盯住孟冬，显然是第一次听说，吃惊不比他少。

"我做过计划，该怎么挣钱，什么时候大概能把债还清，到哪一年我可以做自己想做的事。但那瓶安眠药，在我的所有设想之外。"汤勺倾斜，汤水流进碗里，孟冬看着汤往下流，说，"我突然不知道该怎么办，就想找她，随便说几句什么话都行，想听听她的声音。"

他爸的安眠药一直藏在卧室抽屉里，那天他想找一份文件，在书房没找到，他想去他爸卧室里看一看。

他爸说："肯定不在我房间。"

"我找找。"

他爸紧跟着他，等他翻了一会儿，又说："都说了肯定不在我房里。"

他察觉到了异常，他爸神色没什么不同，但他爸从不会这样跟着他。他装作没发现，搭着他爸的肩膀走出了卧室。半小时后他折返，翻遍卧室的柜子和边边角角，最后在放置内衣裤的抽屉底下，摸出了一瓶安眠药。

他把瓶子摆在他爸面前，他爸来抢，他抄起瓶子进了卫生间。

那晚家里一片狼藉，他们父子谁都没睡，第二天他守在他爸床边，等他爸闭上眼，他才回客厅。

他想找她，想见她，想听她的声音，可她早已把他拉进了微信黑名单，手机号也已经弃之不用。

他算了算时间，又给她的手机号码充了半年的话费，然后给她发微信。

"睡了吗？"

"消息已发出，但被对方拒收了。"

"我爸买了瓶安眠药。"

"消息已发出，但被对方拒收了。"

"我把药都倒进了马桶，我爸来抢。"

"消息已发出，但被对方拒收了。"

"我给了他一拳。"

"消息已发出，但被对方拒收了。"

"儿子打老子。"

"消息已发出，但被对方拒收了。"

"我现在想见你。"

"消息已发出，但被对方拒收了。"

"其实不止现在。"

"消息已发出，但被对方拒收了。"

他看了会儿满屏的聊天记录，退出微信，仰头靠了片刻，又去拨她电话。

依旧是关机状态。

他一整天没合眼，听着那句"你所拨打的电话已关机"，他慢慢闭上了眼睛。

沙发旁的边几上有只烟灰缸，烟头已经有四个，他手上还夹着一支正燃着的烟，直到烟头烫手，他才重新睁开眼睛。

头疼欲裂，他把手机放到一边，开始投入工作。

他不是不能联系她，那两年沁姐就是他们之间的传声筒。

她的事他都知道，他的事他也让她清楚，他不想有一天，他们见面的时候她对他已经一无所知,待他宛如许久未见的普通朋友。

但到底隔了太远,也隔了太多人,他没法知道她什么时候会有个头疼脑热,没法知道她为了工作又熬夜到几点。

他的生活也一样,他不告诉对方他爸企图自杀,对方就完全不会知道曾发生过这样一件事。

蔡晋同自认为自己不是个同理心很强的人,他在这种处处可见刀光剑影的职场里摸爬滚打多年,早已练成虚与委蛇和铁石心肠。但听孟冬讲述他"恢复"的这段记忆,他心里竟难得地不舒服起来。

一个人大男人,抽着烟,跟一个不会得到任何回复的微信号诉说他的心事。

他没法想象。

有些瞧不起,也有些如鲠在喉。

到底是有多爱,才会走到这一步?

蔡晋同平复了一下心绪,问孟冬:"再往前呢?"

"再往前?"孟冬讲述的语调很慢,仿佛真的在努力寻找失去的记忆似的。

"五年前,我爸公司资金链断裂,他开始负债。我没法停下,得完成学业。"

蔡晋同才算过孟冬和喻见的年龄,所以他一听就觉得时间上有误,他问:"你五年前还在念大学?是念硕士吗?"

孟冬道:"不是,我重修了本科最后一年。"

蔡晋同觉得孟冬不像是期末考不及格,需要延迟毕业重修的那种人,因此他问:"你怎么会重修?"

孟冬没答,他点了点蔡晋同面前的汤:"快凉了,喝吧。"

"谁还有心思喝汤。"蔡晋同把汤碗推远,"你不如一鼓作气把记忆全恢复了,你再回忆一下,你那位到底是为什么把你微信删了?怎么后来你们俩就成这样了呢?"

蔡晋同从阳台回来时落地玻璃窗没关严,此时起风,白色窗帘又被吹得飘扬起来,太过醒目,让人无法忽视,话题仿佛被打断。

因此有几秒沉寂。

窗帘缓缓落下,孟冬的声音低沉且轻:"因为我迟到了。"

仿佛耳语,讲给谁听。

蔡晋同没听见。

嗒——

这回是喻见放下了粥碗,碗底磕到了茶几。

她对蔡晋同说:"你电话也接到了,今晚应该不会再有其他消息,时间不早了,你们都回去吧。"

蔡晋同道:"谁说没其他消息?"

喻见说:"有什么事再给我打电话。"

"那不是吵你睡觉?"

"没事。"喻见起身送客。

"不是……"蔡晋同坐在沙发上不起来,"你今晚的事,我还没跟你讨论讨论呢。"

喻见准备打电话叫工作人员来收餐具,她已经拿起座机话筒,"讨论什么?"她问。

"今晚……不是,是昨晚。"蔡晋同道,"昨晚狗仔偷闯你家这事,铁定瞒不住,这件事上,舆论导向肯定站你,大部分人这点儿分辨是非黑白的能力还是有的。但有一点儿你别忘了,这狗仔偷进你家到底是想找你什么黑料?"

他自问自答:"无非就是想找出你偷人歌曲的证据,你亲自作词作曲的成名作,哦,原来真是偷别人的?"蔡晋同激将。

喻见拿着话筒,还没摁下号码,她转头朝蔡晋同看。

蔡晋同目光不避不闪。

他先前就说了今晚有得熬,已经到这地步,那就熬吧,他一定要把这些乱七八糟的事情在今晚全都收拾了。

喻见入行这些年一直稳扎稳打,只唱歌不演戏,没绯闻也不闹什么幺蛾子,不争又不抢。像她这样圈里圈外口碑都极好的艺人已经为数不多,这也要归功于喻见的前经纪人，她们的关系胜似姐妹。

变故出在两周前，网上突然有人发文，说喻见以季节为主题的三首成名曲，其中两首是窃取了别人的创作成果，同时附上链接。

链接端是一个小众音乐论坛于2014年发表的两首歌，一首《夏》发布于当年11月，一首《春》发布于当年12月。演唱者没有伴奏，只是清唱，女声一般，当年没引起人注意，帖子点击量也只是个位数。

在该网友发文后，帖子点击量暴涨，小众音乐论坛的服务器一度瘫痪。

究其原因，是因为这两首歌和喻见的成名曲几乎一模一样，而网络上有迹可循的，喻见最早发布这两首歌的时间，为2015年1月初，晚于对方一两个月，彼时喻见还在上高二。

网络瞬间沸腾，都说哪有什么音乐天才，原来是小偷而已，还质疑，既然早有了《春》《夏》《秋》三首歌，这么多年了，为什么还没写出《冬》？

原来不是江郎才尽，而是这本来就不是她的创作，她自然无法延续。

攻击和谩骂随之而来。

公司质问喻见，喻见只说没抄，但她拿不出证据，无法解释为什么会有人早于她，发布了她的原创作品。

公司想联系当年发布那两首歌的女生，可相隔太久，对方最后一次登录时间也是2015年，当年注册没有实行实名制，如今根本无迹可寻。

那段时间，喻见的前经纪人家中出事，正在办理交接。喻见的负面新闻一出，众人都以为对方会暂时留下，但对方在家庭和事业中最终还是选择了家庭。

蔡晋同在人人都对她避之不及的时候接手喻见，旁观喻见风轻云淡的行为处事，他当时猜对方是不是因为感觉被前经纪人抛弃了，所以才心如死灰，不辩解也不挣扎。

如今再看，也许另有隐情，因为变数出现了。

他看了眼孟冬。

这是喻见的故人，喻见的过去曾有对方参与。

白天的时候他曾问过孟冬，信不信喻见会偷歌，孟冬当时没有回答。

现在喻见和孟冬都在，他在那辆倒退的列车上坐得已经够久了，也该到起点了。

2020年……

他还记得孟冬的淘宝购物记录，显示的最后购物时间就是2020年。

六年前。

孟冬把汤勺放在碗里，手臂搭着大腿，抬眼看着喻见。

喻见没按号码，她站了一会儿，把话筒放回座机，道："你不是让我写书吗？"

蔡晋同一时没反应过来："啊？啊。"

"我这几天也在想过去，想起不少。"

蔡晋同试探着问："你想起什么了？"

喻见坐回沙发，轻轻地说："想起那年冬天。"

大雪纷飞，她坐在她和小阳春的家里，独自吃完对方亲手剥好的水果。

他走时满城白霜，呵气成雾。

她在这个寒冬，收到两条冗长的短信。

那是春节前夕，喻见尚未从学校返家，因为还有部分音乐上的工作没完成，家中缺少设备，她打算在除夕前两天再回。

父母没意见，小饭店生意太忙，即使她回去，他们也不能陪她。他们更支持她工作，又不厌其烦地叮嘱她："不许熬夜，要按时吃饭，过年新衣服买了吗？你自己多买几件新衣服，打扮得漂亮点儿，别老想着存钱。"

她全都乖乖应下。

新衣服上个月就买好了，是小阳春送给她的。

早上喻见起床时眼皮沉重。

她工作到凌晨三点多，现在也不过才上午九点，睡眠不足六小时，头脑浑噩。但再躺回床上，她又睡不着，索性打着哈欠起床了。

她在浴室刷牙的时候摸了摸毛巾架上的毛巾。两条毛巾都是白色，区别在于其中一条的角上是雏菊图案，另一条的角上是蜜蜂图案。

蜜蜂图案的毛巾是小阳春的，干巴巴的。

她刷完牙，把小阳春的毛巾和牙刷牙杯都用滚水烫了一遍，然后放到阳台，打算等出太阳的时候晒一晒再收进柜子里储存。

她去冰箱找吃的，才想到冰箱已经清空，只剩下最后一枚鸡蛋。

她懒得倒油又洗锅，把鸡蛋用清水煮了，边吃边打量地面和家具。

已经很久没打扫了，喻见打算去完超市回来再做家务。

超市离小区不远，坐公交车十几分钟就到。她裹着厚实的羽绒衣出门，地面积雪未清，她踩出一串脚印，购物回来时脚印已经不见，重新被雪覆盖了。

她拎着两袋子食物，专挑雪厚的地方踩，一路踩进小区，她的手指已经被袋子勒红。

东西太重，她经过泳池边的时候把袋子放到地上，甩了甩手，又对着哈几口气。

实在太冷了，东西也买得太多了，她有些走不动，突然有点儿想家。

身上这件外套要洗了，喻见不嫌脏地坐到池边。休息了一会儿，她从口袋里拿出手机，对着小区里的雪景拍了几张照，然后发朋友圈。

但又不知道该打什么文字。她平常发朋友圈发得少，小阳春也是，他们都不爱把自己的生活发给别人看。

她低头打了一个"冬"，然后一想，又删除了，指头滑了滑屏幕，许久之后，她还是打出了那个"冬"。

才一会儿工夫，手又变得冰冷，她手指缩回衣袖，正要把手机放回口袋，突然进来了两条短信。

已经很少收到十一位手机号的短信了，如今的短信基本上是垃圾广告。她把短信点开，看到一大片文字。

"喻见，很抱歉之前的事让你不开心，这几个月我想了很多，还是决定先跟你说声对不起。但还有些话，是我一直想告诉你，却没有机会，或者说没有勇气说出来的。"

"我跟他从小一起长大，在你出现之前，他是我的哥哥，是我的亲人。小时候我希望，长大后我和他还有苟强，我们三个能住在同一座房子里，一起学习，一起生活。等到真的长大后，我才发现，我的愿望早已经改变，我希望那座房子里，只有我和他。"

"可是你出现了。"

"我不会说是你横插进了我们的生活，你才是第三者。但我总是忍不住会想，假如你没有来芜松镇，我和他现在会是什么样子？或许，我们在英国会住一起，他会爱上我，毕业后我们一起留在英国，他的家人早就已经是我的家人，我们的步调是一致的。每当我这样想，我就忍不住嫉妒你，可是每一次我发完朋友圈，又忍不住后悔和害怕，我从来就不是这样的人，这不该是我做出的事，所以他现在不再理我，我真的不怪任何人。"

"但我想了很久很久，还是想去争取。等他这几天回到英国，我会告诉他，我决定和他一起申请研究生，继续留在英国，假如他要读博，我也会跟着他。我真的不想给你造成困扰，我现在把我的想法毫无保留地告诉你，只是希望你能谅解。"

这几段文字太长，喻见还滑了几页。

她和小阳春一样，早就把方柠萱的联系方式都删除了，她没想到方柠萱会给她发短信。

她劝自己别上当，可眼睛忍不住又看一遍，尤其是那句"我决定和他一起申请研究生"。

文字像被施了法，能把人的心绪搅浑，最后她强迫自己把手机放回口袋。

坐得够久了，该上楼了，她还要大扫除。

喻见深呼吸，从地上站起来。

大约是她没怎么进食造成低血糖，又或者是刺目的雪色让人头晕眼花，又也许是其他可能。

一瞬间，世界天旋地转，她一脚踏空，跌进泳池。

剧痛蔓延，她努力从冰雪中爬起。

她仰头能看见她的公寓阳台，晾衣架上挂着一条下角有着蜜蜂图案的白色毛巾，她用薰衣草味的洗衣液洗了，又用滚水烫过，她仿佛能闻到太阳晒后的清香。

阳台往里，由次卧改成的小书房中，她的曲谱还没收起来。

高二那年冬天,她在窑洞山上远望悬崖,伴着那幅画,她写下这首歌的第一个音符,到如今已经过去五年。

好像有人在雪天的窗户后面捂住她双眼,在她耳边说:"想瞎?"

雪花落在她脸上,她闭上眼睛。

这个冬天是白色的,寒冷又漫长。

小阳春走了之后,她去买了新的台历本,迟迟翻不过第一页。

这一天,没人画去那个黑色的日期,雪连续下,阳台上未干的毛巾冻住了。

喻见住进了医院,右耳骨断裂。

从小到大,她没生过大病,最多是发烧感冒或者牙疼,这是她第一次在医院过夜。

她从昏迷中醒来,身上轻伤,伴有脑震荡,意识起先很模糊,右耳的剧痛使她无法让头脑保持清醒,她辨认着声音,努力让自己镇定。

后来医生替喻见缝合完右耳后安慰她说:"幸好雪够厚,你人没大事,要不然……总之命保住了就该万幸。"

她捂着左耳说:"我右耳好像听不清了。"

医生说:"你耳朵里有淤血,还需要做个详细检查。"

她捂着左耳的手还没放下,医生的声音听在她耳中,又轻又浑又单薄。

喻见不敢告诉父母,她头脑有些混乱不清。

但她心里并不是很怕,总觉得外伤养好后应该就没事了,详细检查只是必走的流程而已。

夜里她睡不着,一直捏着手机,翻来覆去半天,她始终没打开微信。

第二天做完详细检查,医生说这种情况可能会在一段时间后自动痊愈。

她并没觉得松口气,原本不是很怕的心,反而收紧了。

她确认,她的右耳现在没法根据声音去辨认方位。

下午的时候母亲给她打电话,说:"你东西收拾得怎么样了?少拿几样,反正过完年你又要马上去北京了,去完北京再回学校,赶来赶去多不方便。"

她依旧不想告诉父母,却不得不告诉他们这件事。

喻见语气尽量轻松:"妈,我出了点儿事。"

跟母亲结束通话后,她又给经纪人打去一通电话,告诉对方她年后不能马上工作,经纪人问原因,她如实告知。

这之后,她呆坐在病床上,终于给小阳春发了一条微信。

等了很久他都没回。

柬埔寨和中国时差就一小时,她又等了一会儿,拨通了小阳春的电话。不料听到的是关机提示音。

再看时间,她才想到,小阳春现在可能正在回英国的航班上,新学期马上要开学了。

这么想着,她意识慢慢放空,继续呆坐。

这天夜里她没能睡着,她知道她应该保证足够的睡眠才能让自己尽快恢复,可她半点儿睡意都没有,长久的闭眼后再睁开眼,她眼皮发沉,头晕目眩。

她盯着手机到天亮,手机屏幕在半夜时曾亮过,是垃圾广告,骤明的光线让她眼睛刺痛。

父母和经纪人在第二天下午赶到了。

她还没能出院,父母见到她坐在病床上的模样后手足无措。

她平静地指挥父亲:"爸,你把那张椅子搬过来坐。"

父亲不动,摇着头说不用坐。

她说:"那你别让我经纪人站着。"

父亲这才僵硬地把椅子搬过来,招呼经纪人坐下。

经纪人谦让:"您坐,您坐,我不用。"又问她,"现在怎么样,医生是怎么说的?"

她语气轻松:"有点儿脑震荡,但问题不大,右耳缝了几针。"

"快让我看看……"母亲来拨她头发。

她没能阻止,母亲看见后眼泪直掉,问:"怎么缝成这样了,你怎么伤的呀,啊?"

母亲站在她的右边说话,她稍稍侧了下头,才道:"一点儿小伤没事的,我就是掉进小区泳池里了。"

母亲问:"泳池里不是有水吗,有水怎么会撞到耳朵?"

她说:"冬天水都被抽干了。"

母亲恨恨地拍打她:"你走路不长眼啊,啊?你这耳朵可怎么办!"

还是经纪人柔声去安抚母亲。

父母打定主意寸步不离她,两人都守在病房,她让他们去她租来的公寓里住,父母死活不走。隔壁床没有病人,他们晚上就在那里将就了一夜。

直到第二天,父母去外面买早饭,经纪人才找到机会单独跟她说话。

经纪人问:"你现在右耳听不见了?"

她对经纪人没有隐瞒:"能听见一点儿,但是声音没有空间感。"

经纪人脸色很凝重:"待会儿我再问问医生,你别太担心。"

她点头。

经纪人道:"我也找人打听打听你这情况,没事的。"

她说:"嗯。"

经纪人问:"你男朋友呢?"

她喉咙有点儿卡:"他回英国了。"

"哦,对,我差点儿忘了他在英国读书。你跟他说了吗?"

她点头,手上紧捏着手机。

在父母来后的第三天,她入院的第五天,她办理了出院手续。

要过年了,经纪人要抓紧时间赶回北京,走前拉着她的手悄声说:"别着急啊,知道吗?"

父母自然不会扔下她回去,他们打算陪她在这里过完年再走。

医院内外基本人人戴上了口罩,她感觉眨眼间就变了天。

他们回到公寓,里面还是她走时的样子。父母第一次来,但没心思参观,脱了外套就要打扫卫生。

母亲喋喋不休:"看你这房子乱的,你多久打扫一次?"

父亲打开冰箱说:"你这里什么吃的都没有啊?"

从前她最不喜欢听到的唠叨,现在她听得不是很清楚。

父亲要去超市,她没让母亲干活,让母亲也一起去走走。

喻见接过拖把,把地拖了,又把桌子擦了,把之前打算要做,却没来得及做的事情给做完。

小书房桌上的东西摊得乱七八糟,她整理了一会儿,想了想,打开电脑,坐了下来。

她戴上耳机,点开那首歌。

前奏缓缓流淌,她闭上眼睛,跟着哼唱。

两边声音不平衡,她唱不准。过了片刻,她把右声道的声音调高一点儿,还不够,她又推高,还是不够,再推高。

嗡的一声,右耳仿若爆炸,不断鸣响。

她摘下耳机,急速地喘息。

桌上的手机屏幕上显示着人名,她僵着手接通,贴着耳朵说了声:"喂?"

她听不清那端在说什么,她努力睁着眼,换左手,把手机贴住了左耳。

她已经看不清,小窗外是模糊的雪景,眼泪滴在未收起的曲谱上,晕开一圈又一圈。

她连自己的声音也听不分明,她觉得她说得很轻,又恍惚感觉她在声嘶力竭地大喊。

"我耳朵听不见了,我听不见了……"

"我不能唱歌了……"

"我想见你,你回来……"

"你回来好不好……"

"你回来,孟冬——"

孟冬——

十四年前的那个冬日,曲阿姨介绍:

"我家这个生日是农历十月。"

"小名叫小阳春。"

"大名叫孟冬。"

农历十月小阳春，时节气候名，立冬之后会出现一段温暖如春的天气。

小阳春，又称孟冬。

酒店客房在这一瞬寂静无声，蔡晋同忘记呼吸，怔怔地看着面前的这对男女。

讲述的人靠在沙发上，望着对面，念出对方的名字："孟冬。"

大约是角度问题，蔡晋同觉得她眼中闪动着水光。

孟冬手臂搭着大腿，仍保持着原先的姿势。

他眼睛泛红，下颌线绷紧，一眨不眨地盯着她的脸。

他的声音很低，仿佛过了很久。

"我当时说，你等我。"

那个冬天，他也觉得寒冷又漫长。

他的脾气向来不算好。

碰见不顺眼的人，他要么无视，要么对付；遇到不合他意的事，他要么不做，要么就是收拾了。

他从前待她也是这样，不顺眼的时候就刺她几句，妨碍到他了，他就收拾她一顿。

但每次都是假模假式，他也就是在和她第一天认识的时候把她揍哭了一回，后来再没把她欺负哭。

将她从同学庆生会捉回来的那天，是他们第一次真正意义上的吵架。

那个冬夜，他们互相发泄着这几年对彼此的不满，从大事到小事，一件件细数，接力赛般一人一刀，谁也没饶过谁，谁也不做第一个低头的人。

两天后他要动身去柬埔寨，她一大早就出门去了学校。

他在她起床的时候就醒了，眯了眼却没转头，听着她洗漱、换衣服，然后利索地把大门关上。

他翻个身，又躺了一会儿才从床上起来。

行李已经收拾完，不用再动。他进洗手间刷牙，刷完后发现牙刷已经很旧，旧到该扔了。

他把牙刷投进垃圾箱，想了想，又打开柜子翻出一支新的，拆开后放进他的漱口杯。

他又检查了一下他的毛巾，纯白柔软，不用换。

走到厨房，他打开冰箱拿水，见冰箱里还有一瓶纯牛奶和三片吐司。

这几天他们都吃吐司喝牛奶当早餐，昨天就剩了这点儿，她今早没动。

他喝完水，然后把牛奶和吐司吃了，看了看时间，他穿上外套去了一趟超市。

他看着数量买，东西不多，买回来后全塞进冰箱。放水果时他顿了顿，然后关上冰箱门。他把水果放到料理台，翻出一只保鲜碗。

都是些需要剥皮的水果，人要是犯懒，这些就浪费了。

他把手机放在一边看着时间，快速把山竹、葡萄和龙眼剥好了一大碗。

洗干净手，他拎起行李箱匆匆下楼。

出租车经过理工大时，司机打开雨刮器说："哎哟，今年的第一场雪来得有点儿晚哪！"

雪花纷纷扬扬，他望着车窗外道："停一下。"

"嗯？"司机靠边停，"你要在这儿下？不是去机场吗？"

几步之外就是理工大的校门。

他不言不语地坐了一会儿，在司机再次发问时，他才说："走吧。"

"还是去机场吧？"司机问。

"嗯。"

他在雪中登上了前往柬埔寨的飞机，这一天，他不知道她出门时是什么发型，穿了哪件衣服。

他们都没看上彼此最后一眼。

孟冬母亲早年被公司派去柬埔寨做项目，后来辞职开始经商，留在当地开了一家小旅馆。

他下午抵达，给置顶的聊天框发了条微信："我到柬埔寨了。"

他住在旅馆二楼，房间一早已经收拾好。他母亲忙里忙外给他准备晚饭——他吃不惯柬埔寨的食物，母亲给他做中餐。

他换好衣服下楼，母亲一边炖汤一边说："那边有水果，你自己弄来吃。"

"水呢？"他问。

"水壶里。"母亲说，"别老喝冰水，要喝热水。"

他从冰箱里拿出一壶冰水，自顾自地倒了一杯。

母亲说："你在这里多住几天，等开学前两天再走。"

"嗯。"他喝着水应了一声。

母亲又道："对了，你今年就毕业了，工作要什么时候找啊。"

他把水杯搁到桌上，沉默片刻道："再看。"

"可不能慢吞吞的，到时候好工作都被人抢了。"母亲说，"要是实在没有合适的，就去你爸公司里先干着。你爸那边规模小了点儿，我建议你还是要找大公司，那才有发展。"

他没搭腔，随手翻了翻塑料袋，拿出一颗山竹，一把捏开。

接下来几天，他住在柬埔寨，每天忙着写论文。三餐和母亲一起吃，通常是母亲一个劲地在说，他眼也不抬地吃自己的。

等到最后一天，他要返回英国之前，母亲拿着一把美金给他，让他当零花钱。

他没要："我够花。"

"知道你爸少不了你的，但这是给你当零花钱的。"母亲硬往他包里塞，"在外面一定要大方，该花就花，该请客就请客，这样才能结交人脉。"

他把现金全拣出，塞回母亲手里："我说了够花，你留着自己开销。"说完他一把拉上包拉链。

母亲念了他一句，然后道："那我下去找个车，陪你一起去机场，你再检查检查有没有什么东西落下了。"

他东西本来就不多，只有一只行李箱和一只手提包。东西全都收好，他刚走出房门，突然听见楼下传来喧嚣吵骂和摔打声。

他把东西一撂，冲下楼，底楼眨眼间已经一片狼藉，几个柬埔寨男人在砸家具，母亲正和其中一人争抢那一把美金，对方抓住他母亲的头发，眼看就要挥拳头。

他听母亲提及过和当地人的商业纠纷，母亲口口声声说已经解决了，如今这场"已经解决的纠纷"在他面前演变成了暴力冲突。

他随手抓起一张凳子,狠狠朝那人砸去,木凳碎裂,对方痛得尖叫,随即火冒三丈地冲向他。

其余四人一哄而上。

高中毕业后他再没和人动过拳头,但打架的记忆还在。

他块头比这几个柬埔寨人都大,每一拳都没留情,痛呼声此起彼伏。

但架不住对方人多。

他颈上青筋暴突,连续放倒两人,也被人打中了头和背,他朝他母亲吼道:"报警啊,跑!"

他母亲担心他,这才大哭着逃出门求救。

两人转身去抓他母亲,他一脚踹过去,正要踹下一脚,另一边的人抄起一根棍子,猛地抡向他的腿。

仿佛听见一声碎响,他目眦欲裂,狠狠砸出一拳。

警察赶到后他立刻被送医。

他咬着牙,疼得汗流浃背。身上大大小小伤处太多,腿伤最为严重,医生检查拍片后确诊他右髌骨粉碎性骨折,碎块太多,伤情过重,需要进行手术处理。

母亲哭号不止,他用英语问医生:"会残疾吗?"

医生回答:"要看你术后情况,髌骨骨折,如果后期康复训练得当,基本能恢复行走能力。"

他没能被立刻安排手术,疼得无法忍受,他让医生给他打一针止痛针。

疼痛稍缓后,他让母亲回去:"你待在这里也没用,回去把旅馆收拾一下。"

"我怎么放心你一个人留在这里。"母亲含着泪,内疚道,"都是我害的,你要是早点儿上飞机不就没事了。"

他动不了腿,撑着手臂往床头靠了靠,吃力道:"行了,这次能把事彻底解决了就好,你回去先处理一下,我自己可以。"

母亲走后,他才发现自己手机没在身上。这一晚他独自睡在医院,止痛针的效力过去后,他再难合眼。

手术排期在三天后,他这两天只能先忍。第二天母亲收拾了一些用品来医院,他问:"我手机呢?"

"哎呀,我出门的时候还让自己记着记着,结果还是忘了。"母亲道,"明天我再给你拿来,学校那边我让你爸帮你去请假。"

母亲又忧心忡忡道:"你这学期可怎么办。"

他闭上眼,汗从额角流下,他忍着没吭声。但到了晚上实在没法睡觉,他又让护士给他打了一针止痛针。

就这样熬过第二晚。

清早,母亲给他送吃的,把他的手机也带来了,手机早已经自动关机,他搁边上充电,吃完早饭后又接受了一番检查,检查完,手机已经能开机。

十几条未读微信,他先看置顶的这条,发送时间正好是他入院那天。

一句话没等读完,他立刻退出界面,拨通对方的电话。

响了很久,迟迟没人接,他挂掉重新拨,第二次仍响了很久,但最后总算接通。

他听到一声"喂",他叫她的名字。

他听见她崩溃地恸哭:"我耳朵听不见了,我听不见了,我不能唱歌了,我想见你,你回来,你回来好不好,你回来,孟冬——"

他从没听见她这样哭过,不仅仅是伤心,更多的是恐惧和茫然。

"你回来……"她似乎只知道说这么一句话。

他躺在医院病床上,空气里全是消毒水味。他满身伤痕累累,右腿无法动弹,他忍着剧痛承诺:"好,你等我,你等着我。"

次日,入院第四天,他接受了髌骨手术。

下半身麻醉,手术时间三个多小时,骨头用钢针和钢丝进行了内固定。下午麻药药效过去后,他腰部往下全都使不上力。

当晚仍然疼,他忍着没打止痛针,熬过一晚。第二天医生进他病房,让他尝试着直抬腿。

起初他完全无法使力,医生耐心地说:"你慢慢来。"

医生托高他的右腿:"我现在放手,你自己用力稳住。"

他已经出汗,拧着眉,捏紧拳头,医生手一放开,他的腿立刻回落到床上。

他疼得变色，缓过劲后说："我再试试。"

第二次仍然不成功。

他尝试第三次抬腿，背后床单已经湿透，医生喊停。

母亲拿毛巾给他擦汗说："不抬了，不抬了，我们不抬了。"

他平复了一下呼吸，问医生："我明天能不能出院？"

医生像听到了天方夜谭："明天？明天你怎么出院？"

母亲说："你出院干什么？"

他道："我要回中国一趟，能不能坐轮椅出院？"

医生立刻否定："不行，明天绝对不行，你现在连直抬腿都做不到，之后还要做屈膝练习。正常情况下，你至少一个月不能下床。"

他听后没有言语。

术后第二天，他再次尝试直抬腿，以失败告终。

第三天，他再次失败。

第四天夜里，他发起高烧，进行了各种降温处理，清早退烧。到了第六天，他夜里再次发烧，三小时后退烧。

术后第七天，他在医生的帮助下终于能进行直抬腿，他再次向医生要求："我要出院。"

母亲立刻反对："不行！"

他对医生道："请给我安排轮椅，后果我自己负责。"

"你负责什么？你要负责什么？你怎么负责？！"母亲怒斥，"你现在给我发什么疯！"

他说："我要回中国。"

母亲喊："我说了不行就是不行！"

他浑身是汗，抬腿几乎耗尽他全部力气。他闭上眼，没再说话。

夜里他跟喻见打电话，她的情绪似乎稳定不少。

他说："我还要晚几天才能回。"

"……为什么？"她问。

"我受了伤。"

"……受了什么伤？"

"膝盖粉碎性骨折。"他道。

他不想告诉她这事，不想让她担心牵挂，但如今不得不告诉她。

喻见不懂这个，问："是很严重的伤吗？能好吗？"

他直躺在病床上，无法侧身，月光照在他右腿上，他最后只是说："我会尽快回来。"

术后第八天，他要求进行屈膝练习，医生否定："不行。"

他说："隔壁病房的人术后一周就已经开始练习屈膝。"

"情况不一样，你比他的情况更加严重。"医生警告他，"你不要逞强，逞强的后果是这条腿很可能会残疾。"

他只能继续等待。

之后的每一天，他都给她发微信，尽量不打电话也不发语音，就给她发文字。

她每次都会问两个问题。

一个是："你的腿现在怎么样？"

一个是："你还有多久能回来？"

他每次都回答："尽快，我会尽快回来。"

术后第二十四天时，孟冬开始练习屈膝，这种疼痛是练习直抬腿时所不能比的，他在医生和母亲的硬掰下才能弯起一点点。

他查遍资料，询问病友，尝试着用他们的办法让自己尽快复原。

术后第三十七天，他的腿终于能弯曲到了九十度，此时他的腿部肌肉已经有了明显萎缩。

每天高强度的练习之下，他整个人肉眼可见地瘦了下来。

术后第三十八天，她让他回去的第四十二天，他对母亲说："我要回中国。"

母亲道："回什么中国？你腿还不能动呢，就算要回也是回英国。"

他低头买机票。

母亲劝他："你再等等，啊？现在回国内也不方便，你的腿又这样，谁照顾你？难道让你外婆赶过来照顾你？你受伤的事，你外婆还不知道。"

他说："我自己没问题。"

"怎么可能没问题，你现在根本就没法下地。"

他骨子里性格强势，真要做一件事，没人能左右他的决定。他提前收起了自己的护照，这天他买好了机票。母亲去他房里一顿翻找，行李箱的布都快被她撕烂了，也没能找出护照。

他耐心等待着，等到起飞前夕，他收到短信通知，航班取消。

他握着手机呆坐了一会儿，然后坐着轮椅，叫了一辆车，准备前往机场。

母亲拦住他："已经取消了，你还去机场干什么？"

他说："我再去确认一下。"

"确认什么！你现在就是在发疯！"母亲突然爆发，指着他嘶吼，"你当我不知道，啊？你不要命了你，你中邪了！喻见，喻见，都是喻见，你满脑子都是那个喻见！"

喻见，他满脑子都是喻见。

他膝盖肿胀，刀伤丑陋，浑身青紫，他躺在病床上疼得冷汗直流，整晚整晚都不能入睡，他咬牙拼命练习直抬腿和屈腿，每次腿回落时的感觉都像濒死。

这每一刻，他满脑子都是回去，都是她在等他，都是想见她，都是……喻见。

孟冬盯着如今近在咫尺的人。

她长发遮着耳朵，他看不见她的伤疤。

他喉咙发涩，说出的每一个字都像历经了漫长的岁月。

"第一个四十二天，我没能回来。"他说。

喻见泪眼模糊，她微垂着头，视线停留在他的右膝盖上。

这么多年，她从来没见过他右膝盖伤后的样子。

但她见过别人的。

在她第一次听到"膝盖粉碎性骨折"后，她上网查了资料。

她看见有人打着石膏，有人膝盖肿胀，有人的刀疤像蜈蚣一样恐怖。

那几天她已经在学着控制自己的情绪，大约是因为有过一次崩溃发泄，所以后来几日，只要她转移注意力，心里就能保持平静。

但那晚看着搜索出来的这几张形容恐怖的照片，她仿佛又陷入了伸手不见五指的黑暗。

她告诉自己别慌，她不去看图片，专找医生回答、病友日记这些东西看，看了一两个小时，结论是能治愈，但需要时间。

时间……

需要时间……

但她心中还是轻松不少，她想，只要等待就好。

之后他们每一次联络，喻见基本上会问两个问题，第一个问题是："你的腿现在怎么样？"

他每次都会忽略不答，她得不到答案。

她再问第二个问题："你还有多久能回来？"

他每次都会回答："尽快，我会尽快回来。"

于是她就知道——

第一个问题的答案是，他的腿很不好。

她想，其实不只是他对她的性格一清二楚，她对他也同样。

她又开始计时，那本在他离开之后，怎样都翻不过第一页的台历本，已经翻到了第二页、第三页、第四页。

这期间她独自跑遍了这座城市叫得上名的大小医院，但因为突如其来的疫情，医院形势紧张，她的右耳情况没有任何进展。

她每天最恐惧的时刻就是上网课的时候。

新学期无法入校，她周一至周五早晨八点半得准时坐在电脑前听课。

老师教学认真，滔滔不绝，她右耳无法倾听，难以平衡的声音让她几次莫名感到眩晕。

父母在疫情形势稍稍缓和后就返回了老家，每次他们给她打电话或发微信语音，她还是习惯性地用右手接通，接通之后才慢半拍地改回左手。

她强颜欢笑，说自己一切都好。父母无忧无虑，在老家安心生活。

就这样，第二个四十二天过去，他还没有回来。

因为他回不来，无论如何，他都回不来。

孟冬看着面前的人，手轻轻按住自己的右膝盖。

客房里空调在制热，他觉得这热气有些闷人，就像六年前，柬埔寨的炎热。

起初是机票反复被退，后来是买不到机票，再后来，他亲自去了一趟机场，看见机场大厅空荡荡，显示屏上没有了去往各地的航班。

那段时间，他没有一天放松过练习。

他的膝盖在能弯曲到九十度后开始遭遇瓶颈，无论他怎样硬掰，痛得满头大汗，牙齿把嘴唇咬出血，都无法再前进一度。

他每天给自己热敷和按摩，每隔一段时间就要回医院复查，每天强迫自己负重和弯腿，膝盖就这样又肿了起来。

医生让他循序渐进，不要着急。可他眼看时间流逝，他的耐心一点点耗尽，他再也无法忍受，他把他一向固有的理智抛到脑后，他开始一意孤行。

在他从空荡荡的机场返回家中后，他母亲终于再难抑制，歇斯底里。

"你看看你这副鬼样子，你要死就死在外面，别回来了，你今天就给我搬去机场，你滚，你给我马上滚！"

母亲嘶喊着把他的行李箱扔下楼梯，然后是他的衣服，母亲捧起一堆往门外摔。

"我跟你爸就当没生过你，你吃我们的喝我们的，为了个女人连命都不要了，那好，你现在就把命还给我，你是我生的，你把命还给我！"

母亲冲他面前，揪起他的衣领，疯狂地抽打他。

突然她手一松，抓起他边上的手机，对他喊："你给她打电话，现在就给她打电话！"

他伸手去夺："你干什么？！"

手机在混乱中瞬间解锁，母亲快速翻出号码，通话记录一打开就是喻见的名字。

母亲对着电话喊道："我求求你！我求求你放过我儿子！"

"妈——"他大声喝止。

"我知道你出了事,你出了事要紧,孟冬出事就不要紧吗,啊?我不让他回去看你了吗?是我不让他回去吗?他养好伤,他想上天下地我都不管他,难道是我不让他现在回去吗?他腿好了再回能怎么样,你是不是没他就死了?!你没他就活不成了吗?!"母亲声嘶力竭,"我告诉你喻见,他腿要是废了,我跟你拼命——"

"妈——"

他腿不能动,从床上摔下地,撑起来单腿拖行,他怒喊:"你闭嘴!"

母亲狠狠把手机砸向他:"你看看你自己现在还像不像个人!"

手机着地,屏幕碎裂,他迅速捞起,指头被锋利的碎屏划破,他浑不在意,对着话筒叫她的名字:"见见?见见?"

她当时在干什么呢?

喻见想,她当时好像没在做事。

电脑开着,网课还在继续,她没听课,正抱着吉他发呆。

这把吉他原先一直放在老家,去年她把吉他带了过来。

她现在有很多乐器,但她最爱的还是这一把,质地没有多高级,音质也没有多好,可大约是她第一次拥有的缘故,所以她眼中总是只有它。

吉他是需要调音的,她今天试着调了调,调到现在,总觉得音不太准。

但她自己也不能确定究竟是准还是不准,因为右耳在不断干扰着她。

她调得有些累,所以抱着吉他发起呆,一动也不想动。

接起那通电话时,她心神还在恍惚。她听见了喝骂,听见了爱子心切,听见了那个人焦灼地叫她"见见"。

她死死地咬住自己的手指,然后平静地说:"我在,我听见了,我没事。我还没来得及告诉你,我耳朵这几天恢复了不少,医生说过段时间就能痊愈了。"

她是这么说的。

孟冬望着对面那人长发掩盖的地方,他声音沙哑,好像很难说出这句话。

"我一开始没信。"

这么简单的一句话。

喻见看着他的眼睛，他眼真红，也许当年他在电话那端，眼睛也是这样的，所以她当时才会继续说下去。

她说："是真的，我现在已经能辨认方位了，就是声音比较低，过段时间就能慢慢恢复正常了。所以你不用急着回来，你把伤养好再回来，现在我没事了，别到时候是你有事。你跟你妈也说一声，我现在是不生气，下回她要是这样骂我，我肯定不会忍。"

她觉得自己真能演戏，以前她哭起来就是号啕大哭，惊天动地，一定要让她爸妈哄她，她才肯罢休。

如今她能语气如常，表情如常，让眼泪自动往下流，就像打开水龙头似的简单。

但她一时关不上，挂掉电话后她眼睛什么都看不清了，她想起前天经纪人介绍给她的那位医生，提出的建议是动手术。

割开她的耳朵，但无法保证能治愈。

她在家里想了两天，仍然无法下定决心。

但她确实不该再害他了，她的耳朵不能好，他的腿是能好的，她不知道原来这段日子她都在害他。她知道他肯定在努力，但要不是有这通电话，她想不到他是在拼命。

只要她别去害他，他就能好好的，就像她对她父母，她至今还在隐瞒，她父母不就是好好的。

再说了，即使他的腿没受伤，他现在也应该是在英国，他只剩最后一年了，难不成她真能让他抛下学业，从英国赶回来？

其实她很清楚，无论怎样，他都不会在这时回来的。

她原本就不该再等他，那回的争吵，他们都已经说得很清楚了。

所以，他是能好的，她千万不要再害他了……

她手机掉落，吉他被砸出音，嗡的一声，像在宣告着什么。

后来，她继续寻医。

后来，他安心在柬埔寨养伤。

他们的联络不再频繁。

她忙着上课、治病还有工作,他忙着去做各种各样的复健。

他的膝盖伤势实在太重,多数伤者三个多月就能走路了,但他受伤后已经过去四个月了,还是不行。

他在知道她正逐渐康复后不再急于求成,放慢了性子听从医生指导,屈腿幅度越来越大。他渐渐试着拄拐行走,走得多了脚会肿,脚肿胀变色后他会休息两天,慢慢地他脱拐也能走上几步了,后遗症也没放过他,他患上了创伤性关节炎。

这时已经到了八月底,疫情缓解,通航恢复。他这次要回国,母亲没再阻拦。

他出发前夕跟她联系,问她在Y省还是在老家,她说她有工作,人在北京。

他订了去北京的机票。拐杖没带,他穿着长裤,走路很慢,上下楼梯时腿还不能交替行走,得像老人一样慢吞吞地来。

他拖着行李箱一出来就看见了她,她瘦了一点儿,模样没有大变化,头发长了不少。

他松开箱子,她已经先一步伸手抱住他,他将她搂紧,不住地亲吻她头顶。

时隔七个多月,她上回见他时,他还在睡觉,他背对着她,她看不见他的脸。

如今坐在客房沙发上的孟冬,穿着毛衣皮鞋,外形成熟硬朗,当时在机场的他,还能看出几分学生样。

喻见还记得他当时对她说的第一句话。

"没吃饭?怎么瘦了。"他贴着她的脑袋说。

她蹭着他的胸口,没回答,反而问他:"回来了吗?"

"嗯?"他没听清。

她换了个问题:"什么时候再走?"

"五天后走。"他说。

她当时没有觉得意外,她脸颊隔着他的衣服,能感觉到他的体温,她问:"回英国吗?"

"嗯，得把最后一年的课补回来。"他说。

喻见长久没说话，只是紧紧贴着他。

他掀开她的头发，问："耳朵好了？"

她用手罩住耳朵，过了两秒说："嗯，好了。"

她那会儿住在经纪人家里，她陪他到酒店，放下行李后她想看看他的膝盖。

他没让，说："伤还没长好，下次再给你看。"

她"哦"了声，也没有强求。

她在北京确实有工作，经纪人给她找了一位声乐老师，她每天都要跟着老师练歌。

他的腿还不能多走动，开学也有许多事要办，所以他大部分时间会待在酒店。

五天一晃眼就过去，她送他去机场，他问："你还要再留几天？开学来不来得及？"

她说："来得及。"

他拿机票敲她脑袋："别只顾着唱歌。"

"知道。你低头。"她说。

"干什么？"

"低头。"

他低下头。

她踮起脚，搂着他脖子，吻住他嘴唇。

这是他们头一次在大庭广众之下亲热，他很快掐住她的腰，回应她的热情。

他走以后，她在机场站了大约十几分钟，然后如常回到经纪人那里，跟着声乐老师练习演唱。

九月一日开学，她没有返校。她没告诉他，她上学期期末考，统统不及格，她暂时先办理了休学。

她也没告诉他，她的右耳听力现在越来越差，她不敢坐飞机坐火车，害怕遇见低气压，头晕头痛会持续很长时间。

她更加没有告诉他,她已经不打算等他了。

很多个日夜她都在想从前,从前她没爱上他,她无忧无虑,最大的烦恼不过就是她不想读书。

爱上他以后,她体会到了从没有过的快乐,即使是此刻,她也深信,再没有人能让她体会这种快乐。

但她真的不想再等下去了,她也不想再害他,他去完成他的学业,将来读研也好,留在英国也罢,她不能永远都在追逐他的脚步。

她有她的人生要过,她无法再读进课本,她的经纪人却没有放弃她,她要做好音乐,这才是她如今能够抓住的将来。

她知道他们彼此还都爱着,但时间会过去,爱总会变淡,她和他都能慢慢习惯。

过了一段时间,她给他发了一条微信。

她试着重新去适应自己的人生里不再有那样一个人的生活,很难,就像治疗她的耳朵一样难,于是她旧号弃之不用,换了一个北京的新号码。一天又一天过去,她四肢和关节上的那些线,也终于慢慢断裂了。

但她没有想过,他身上的线该怎么断。

孟冬紧紧掐着自己的膝盖,疼痛让他头脑清醒,他记得那之后与她相关的每一件事。

他们再见面已经是一个月以后,在北京的一家医院。

他请了假,风尘仆仆地赶回来,他见到她和一个留着像郑伊健一样长头发的男人在谈笑风生。

他恍惚意识到,他似乎很久没看见过她这样爽朗的笑容了。

长发男人见到他,自我介绍:"你好,我是喻见的声乐老师。"他指指自己的耳朵,说,"我跟喻见一样,右耳弱听,听不见立体声。我应该算是个奇葩,现在照样能教人唱歌。喻见现在在跟着我练习,相信再过不久,她就又能唱歌了。"

长发男人又道:"哦,她没做手术,就今天在耳蜗里植入了一个导管,

233

想试试看能不能增强听力。"

他听着长发男人说着这些他不知道的事情,眼却看着坐在医院长廊上的女孩。她向他笑笑,对他打招呼:"我让沁姐跟你说,让你别来,你怎么还是回来了。"

他们就像最熟悉的陌生人。

唰——

蔡晋同突然从沙发上站起来,他再也听不下去了,语无伦次地说:"我去抽根烟。"

从沙发到门口也就没几步距离,蔡晋同走的时候腿撞到茶几,疼得他皱起脸。

茶几脚擦地的声音不小,在夜深人静的酒店客房里显得很突兀。但那两人仿佛在这时空之外,他们仍在望着彼此,望着过去。

蔡晋同似乎在他们眼里看到了千言万语。

他受不了自己这会儿的感性,脚步略微凌乱地快速往门口逃,想把空间和时间都留给他们。但刚打开房门,他就听到一声:"你也走吧。"

蔡晋同回头,看到喻见在说话。

喻见看着孟冬道:"话已经说清楚了,你也走吧。"

孟冬没有动,他眼中布满红血丝。

喻见的视线其实还模糊着,但水光仍只是含在眼中。"我困了,想休息。"她说。

孟冬依旧不动。

喻见最后收回目光,下真正的逐客令:"出去。"

孟冬又坐了几秒,始终没发出声。门开着,外面人走动的声响传进屋内,他这才站起来,喉结动得艰难,最后还是一个字都没说,他转身大步往外走。

蔡晋同不得不让开。不远处有住客即将经过,他怕人瞄到屋里,在孟冬踏出大门后,他立刻把门关上。

一扇门将内外隔绝,蔡晋同有些懊恼,他开口:"孟冬,你……"

孟冬问他:"烟呢?"

"啊？"蔡晋同赶紧掏烟，总共还剩一支，他把一盒都塞了过去，连带打火机。

"回吧。"孟冬拿上烟，打开隔壁的房门走了进去，没再多说一个字。

蔡晋同站在两扇门的中间，左边是喻见，右边是孟冬，他在想他不该没忍住说要抽根烟。

他又站了一会儿，最后朝孟冬的房门看了一眼，这才慢吞吞地坐电梯下楼。

孟冬进屋后，往门边墙上一靠。

他把烟取出，烟盒揉扁，随手一扔。手指夹着烟，没有点燃，他望着对面的墙壁。

他第一次抽烟是在那年八月从北京回到英国之后。他爸的烟盒扔在茶几上，已经拆开，他盯着看了许久，从里面抽出一支。但四周没打火机，他懒得找，就去厨房打开了燃气灶，把这支烟点着了。

第一口差点儿呛出眼泪，他没停，第二口第三口吸得更加凶猛。

烟很快只剩半截，他爸这时回到家，走进厨房。

他没理会，又吸一口，然后对着水池弹了弹烟灰。

他爸没惊讶，也没教训他不能抽烟，只是对他说："既然回来了，明天就去上课，好好把书念完。公司应该快撑不下去了，但是就算再难，我也会让你安心读完剩下的书。"

孟冬手撑在水池边，烟灰扑簌簌地往下落，眼前烟雾缭绕，她的笑容若隐若现。

他轻轻地"嗯"了声，夹起烟，继续抽完剩下的半截。

两间客房之间只隔着一堵墙，喻见站在门背后，慢慢将门反锁，她看向左边墙壁。

刚才隔着房门，她听见那人问"烟呢"。

她至今都没见过他抽烟的样子，因为他从没在她面前抽过，但后来的那些见面，她总能在他身上闻到烟味。

有时浓,有时淡,有时出现在他的羽绒衣上,有时出现在他的T恤上,后来就出现在了他的羊绒外套上,还有他的西装衬衫上。

她断得决绝,头也不回地走上自己的路,她在学习让自己以后的生活中没有那个人,可那个人始终都没真正离开。

后来两年,她除了工作就是在治疗耳朵。植入的导管没能提高她的听力,医生还是建议她动手术,但这种手术风险太大,她始终没点头。

父母那里她没能瞒到最后,但幸运的是,最艰难的一段时期已经在他们不知道的时候过去了,所以父母很快接受了这个事实,她也能光明正大地寻求各种治疗手段。

她看过中医,试过针灸,有时去大医院,有时跑到小地方寻偏方,经纪人陪她出过几次国,因为听说国外某某地方能够治疗她的耳疾。

经纪人对她没有隐瞒,每次出门治疗,都会告诉她,"这是我老公推荐的医生。"或者,"这是孟冬发来的,他说那个医生曾经治愈过跟你相似的病例。"

旧手机被她塞进了杂物盒也没用,他的名字时刻都在被人提起。

喻见垂眸,又拉了拉房门,确定已经反锁,她才走回客厅。

她没叫人上楼收餐具,时间太晚,她也确实疲惫,她回卧室拿上自己的毛巾,想去洗把脸,忽然看到被她扔在床上的两部手机。

一部是她现在正用的,之前她刚跟表妹通过电话;另一部是被她不经意地一道带了过来的旧手机。

她去卫生间洗漱完,又冲了下脚,换上酒店的拖鞋,她回到卧室。

明明已经很疲惫,可是躺上床,她却毫无睡意。

她打开灯,望向床头柜上的手机。

楼下客房,蔡晋同还没睡。

他把最后一支烟给了孟冬,手上没烟了。他打了酒店客服电话,让人给他送两包香烟上来。

烟刚送到,他才抽一口,突然意识到他在那辆倒退的列车上坐了半天,完全把他的目的给忘得一干二净了。

他还是没能从那两人口中知道"偷歌"究竟是怎么一回事。

他往床上一躺,边抽烟边唉声叹气。思来想去,他到底没忍住,不管现在已经凌晨一点半,他摸出手机,给喻见的前经纪人发了一条微信:"沁姐,你还记不记得孟冬这号人?"

他如今也听懂了,孟冬口中那个"她的朋友",其实就是喻见的前经纪人,沁姐。

蔡晋同没指望马上得到回复,他想着几小时后对方起床,能第一时间看到他留的言,他好一解此刻百爪挠心般的煎熬。

没想到沁姐这么晚了还没睡,秒回了他的微信。

沁姐:"你见到孟冬了?"

蔡晋同立刻翻身从床上坐起,咬住香烟,他两只手打字:"岂止是见到他了!姐,喻见跟孟冬到底是怎么一回事?他们当年那是算分手呢还是算冷战?后来孟冬就一直生活在英国,跟喻见分隔两地了?"

蔡晋同三言两语把他刚才听到的从前总结了一遍。

他入行后受过沁姐不少恩惠,他也知恩图报,平常但凡沁姐用得着他的地方,他二话不说就能上阵。所以他跟沁姐的关系不错。

如今喻见的这段过去对他来说已经不算是秘密,因此沁姐也没有守口如瓶。

沁姐应该是换了一个地方,切成语音说:"后来孟冬确实在英国生活,头几年要读书还要赚钱帮家里还债,他应该连回国的机票都不够钱买了。"

打火机拿在手上,孟冬打出火苗。打一下,松一下,火苗燃烧,下一秒又消失,只留下一丝余温。

他还没把香烟点燃。

前几年确实难。

他之前家里条件一直不错,主要是他爸能挣钱,以他母亲和外婆的积蓄,根本不可能支持他出国。

他从小吃得好穿得好,用的手机也都是最新款。

像他母亲所说,他吃他们的喝他们的,所以当公司结局已定,方柠萱的父母及时抽身躲开危机，留下他爸一个人无能为力地看着一手打拼的事业坍塌，人也一夕颓废后，他不得不一鼓作气地往前冲，没法退后半步。

他一边读书，一边接手他爸留下的烂摊子。那之后的一年，他只见到她一次，听说她要去马来西亚治疗耳朵，有可能动手术。他飞了一趟大马，跟前跟后三天，最后她没动手术，又回国了。他则目送她登机，他等待下一趟回英国的航班。

平常他就让沁姐开视频，他能见到那人坐在化妆间化妆，或者在练歌房唱歌的样子。

她有时候视线会看向镜头，他能和她短暂对视，但她很快又会转开。

火苗再次消失，孟冬大拇指擦过打火机的出火孔，滚烫，有点儿灼人。

他后背离开墙壁，慢慢走到客厅，坐到了沙发上。

沁姐继续说："但喻见也很难，普通人如果听力受损也会接受不了，更何况喻见是歌手，是音乐人。你让那个时候的他们再谈儿女情长？现实不是童话故事，成年人的世界，是要先活下来，才有资格再谈其他。"

那个时候的她，除却治疗耳朵，她把所有的心思都放在了音乐上。

一年以后，她举办了第一场个人音乐会，场地不大，来的人却很多，那人也来了，穿的是衬衫和牛仔裤。

她第一次见他穿衬衫。

她在台上抱着吉他，他只是台下无数观众之一。

喻见靠在床头，把手机开机，打开微信，点进黑名单。

其实她当初应该把人删了的，就像她删了方柠萱的微信号一样，删除才算真正了断，只是放进黑名单的话，她还能看到。

时间明明很晚，蔡晋同却精神奕奕。

他连烟都来不及抽，起来把烟在烟灰缸按灭，他问沁姐："那后来孟冬把债还清后，怎么还待在英国？他这是要移民？"

沁姐说："移什么民，他那个时候没有了负债，但也一无所有。"

茶几上有一个黑色皮革纹的多功能纸巾盒，盒子里能放遥控器。

这会遥控器不知道被扔在哪儿了,格子里插着一张照片。

烟还是没点着,孟冬咬住烟,拿起照片,翻过面,上头是一个短发小女孩撩起裤腿的模样。

圣诞红的袜子太醒目,第一眼是被红色吸引,第二眼他才看向那张气鼓鼓的小脸蛋。

他那时拿着根树枝,坐得离她远远的,但眼神总往她那里瞟。

他以为那时的距离叫远,多年以后,他却连那点儿距离都够不到了。

三年前还清负债,他一无所有,两年前从头开始,他的生活不再有昼夜之分。

从前是她追逐他的脚步,后来换成他追逐她。

"听起来,喻见其实已经完全放下了?"蔡晋同问。

"放下?"沁姐想了想,道,"我记得有一回,喻见参加一个商场开幕活动,开幕式上发生踩踏事故,她避到了商场休息室,当时孟冬也来了。"

蔡晋同记得,这件事发生在前年。

沁姐说:"后来孟冬出去给她买鞋,偏偏记者在这时候找上了门,我带着喻见赶紧走。喻见到了停车场就说再等一会儿,我问等什么?她也不说,就说再等一会儿。我没听她的,记者都追到停车场来了,我让司机赶紧撤。"

蔡晋同咋舌。

"那都这样了,后来怎么还是没能走到一起,到了现在这地步?"蔡晋同问。

沁姐道:"因为时间是往前的,时间不会顾及后面。"

时间长了,距离就长了。

喻见手指点在屏幕上,过了一会儿,她将那个账号取消了黑名单。

聊天框重回主页。

最新的聊天记录,是六年前的秋天,她发给那人一段话,后来她就把他拉黑了。

她把记录往上翻,这上面,是他告知她从柬埔寨飞往北京的航班时间。

再往前,是他说他的伤腿恢复进度,她则告诉他,她的耳朵恢复得一天比一天好。

更往前,是他们谈日常,一个说着在英国的生活,一个说着在国内的日子。

顶端,是他发给她的第一条微信——

"快铺床。"

她从没舍得删,当年换手机后她把所有的聊天记录都迁移了过来。

她以为时过境迁,他们的距离已经远到看不见彼此了,他们从亲密到熟悉,从熟悉到陌生,他身边应该有了她不知道的女人。

但这几天,他硬拽着她倒走,从陌生走到熟悉,从熟悉走到亲密。

仿佛他们从没各自天涯,争吵还在昨天。

她慢慢重看聊天记录,看着看着,看到有一回,她说她想吃水晶饼。

他说:"买好了。"

他人在英国,在淘宝上买好了,寄到她的公寓。

她忽然想知道一个答案。

她退出聊天框,翻找到苟强的微信,可是打开半天,她又迟迟没打出字。

大约是太晚,她疲惫得意识有些不清,最后还是在凌晨两点,发出了一条微信。

她从前也问过苟强这个问题,可对方当年只知道嘻嘻哈哈。

如今她再问一遍。

她问苟强:"高二前暑假的那个晚上,孟冬到底是怎么去买水晶饼的?"

"可人会把时间往回拉。"蔡晋同说。

沁姐没理解:"什么?"

蔡晋同道:"你不知道孟冬干了什么。"

他把孟冬出现在这里的事情,一五一十地全部告知沁姐。

孟冬大拇指擦了擦照片上的那张小脸。

她长大后的样子跟小时候一个样，只是她如今留了长发，少了从前的几分乖张任性。

她现在性子也变得更稳、更安静。

他的变化比她大，不论是模样还是性格。

他记得有一回他和合伙人一道坐车前往某地，他们都坐在后面，他系上了安全带。

合伙人和他同学多年，读书的时候没见他坐后座系过安全带，诧异地问了他一句。

他答不上来，大约是因为她在他耳边唠叨过太多次。

以前他从不听她的。

他照镜子的时候总觉得自己变化太大，轮廓更明显，眉眼更锋利，工作需要，他的穿着也渐渐变得成熟稳重。他会抽烟，会喝酒，会和人谈笑风生，会拍桌大骂下属，会在独处时听着她的歌，看落地窗外的伦敦夜景。

他变化太多，怕她觉得陌生，怕她不爱了。

孟冬放下照片，把烟从嘴里摘下，扔到一边，这支烟始终没点燃。

他拿出手机，习惯性地打开微信，点开除了新添的蔡晋同外，从前唯一的那个联络人。

聊天记录是空的，这是新手机。

他看了一会儿，打字："睡了吗？"

点击发送。

发送成功。

他一愣。

沁姐听完蔡晋同的叙述，叹了口气。

蔡晋同觉得疑惑解得差不多了，已经凌晨两点多，不能再打扰人，他正要说晚安，忽然又想起他最初的目的。

"对了，姐，喻见偷歌的这事现在越闹越大，她自己完全不着急，你要不给我出个主意，接下来该怎么办？"

沁姐说："这不急。"

蔡晋同诧异:"你怎么也不着急?"

"因为当初这事被媒体一爆,半小时后我就收到了几段视频。"

"什么视频?"

"喻见高中期间,录下歌曲的过程。"

蔡晋同一愣,这回他直接站了起来,光脚踩在地上:"怎么回事?你有证据还藏着掖着?"

敢情就他一个跳梁小丑,这段时间忙里忙外,跳上跳下,差点儿秃头!

沁姐说:"受尽了委屈,她最后才能得到更大的利益。"

蔡晋同一听就明白了,这是沁姐出的主意,真够绝!

他虽然和喻见接触时间短,可是以现在他对喻见的了解,他觉得喻见不像是会同意干这事的性格,她喜欢光明正大。

他把他的疑惑问了出来。

沁姐道:"是啊,所以你说,她为什么会同意我这个馊主意?"

楼上客房,床头灯还亮着。

喻见握着手机,看着自己发出的那个问题。

也许苟强在睡觉,看不到。

也许苟强看到,会莫名其妙。

很快她收到一条回复语音。

苟强声音沙哑,显然是半睡半醒。

"喻见?你是喻见?"

喻见正要回复,苟强又发来一条。

"当然是游泳过去买的,三更半夜他一来一回,哪来得及坐车,他是游过黄河去给你买的!"

喻见听完这段话,手不知不觉用了下力,屏幕被不小心上了锁,黑色的手机屏上忽然跳出一条微信。

"睡了吗?"

喻见看着人名,愣了一下。

这部手机的铃声随即响起,紧接着,有人大力拍打她的房门。

她坐在卧室床上没动,房门外的人锲而不舍,拍门声一声比一声响。

手机铃声也没断,在她耳朵边不停地追着她。

门外的人始终不出声,只用拳头砸门,焦躁又迫切,越来越急促。

她走下床,朝门口走去。大门的剧烈震动似乎传到了她的脚底板,她猛地一下把门拉开。

孟冬捏着手机,拳还捶在门边,他死死盯着门里的人。

喻见一巴掌拍向他捶门的拳头。

孟冬放下手,将人推进去,他挤进门,把大门关上。

喻见这几年生活平静,没人欺负她,她也从不和人发生争执,更不会有人冲她动手。

如今凌晨两点多,本该是睡觉养生的时刻,她突然被人推了一下,脚跟趄着后退,锁骨也被揿得一疼。

这一下,就像生锈的燃气灶阀门毫无预兆地被人大力拧开,她的火噌一下往上冒。

她立刻反击,把孟冬往外推,但孟冬无论是体型还是体重都远胜于她,她连推两下,孟冬纹丝不动。

她攒足力气,又奋力将人往后撞。她手肘生疼,这人才退了一步,但下一秒他又走近她。

阀门显然瞬间开到了最大,喻见左右一看,跑向沙发,抓起靠垫砸向他。

孟冬下意识地偏了下头,但人没躲开,他还朝她走近了些。

靠垫掉在地上,喻见抓起下一只,继续用力砸向他,可砸人完全不顶用,孟冬面不改色,步步向她逼近。

喻见抄起最后一只靠垫,这回没砸,她铆足劲地抽打孟冬。

靠垫再柔软也有分量,抽在人身上,声响砰砰。孟冬好像没痛感,他仍旧不躲,只是偶尔避一下头。

喻见边抽他边喊:"装啊,你继续装啊,你怎么不继续装失忆!"

孟冬完全不还手。

靠垫没抓稳,几下就掉到了地上,喻见心头的火越发旺,仿佛是憋得太久，一夕间轰地冒出，势必要烧到人才罢休。

她连推带打，不停地说"你怎么不接着装"，每一巴掌都像扇在了板砖上，她最后像小牛犊一样低头冲过去，把人顶向大门口。

孟冬进来的时候能听见手机铃声响。那铃声是喻见的歌，她当年自己录制的，弹唱设备简单，不是如今网上能听到的版本。

电话一直没人接，就自动挂断了，歌声也随之消失，房里只剩喻见打他的动静。

他的手机还拿在手上，在喻见顶他胸口的时候，他松了手，手机坠地，落到地毯上几近无声。

他顺势后退，逐渐退回到门口。

喻见伸手就要转动门把手，孟冬原先都由着她，见她要开门，他这才动作，压下了她的手腕。

喻见换手去开门，孟冬又压另一只。

喻见再换，孟冬索性单手掐住她两只手腕，一把举高她的胳膊。

打人吃力，喻见气喘吁吁，她双手被人制住无法动弹，这一幕似曾相识。

他们太多年没打架，长大后的打闹，孟冬向来不怎么还手，只有他们认识的头两年，每次打起来，孟冬都不会让她讨到好。

在孟冬长了个头，而她的身高怎么都追赶不上他的时候，每一回，他都会先让她尝到点儿甜头，最后再掐着她手腕，举过她头顶。

她总是气他耍人，耍够了就显摆自己的身高和力气。

而他总不屑地说这叫"一招制敌"。

如今历史重演，不同的是，现在的他们，一个神情隐忍，眼睛微红；一个长发凌乱，早前眼中含着的水光，在喊出"你怎么不继续装失忆"的时候，终于化成眼泪，夺眶而出。

喻见没意识到自己在哭，她挣不开手，用力往下拽，她质问："装不下去了？"

孟冬看着她的眼泪，手上力道稍松，但仍不放开她，他说："不是不认识我吗？"

喻见听到，更加来气："好玩吗？是不是很好玩？！有本事你就装到底！"

她手挣不开,脚朝孟冬踢,但她穿的是酒店的一次性拖鞋,单薄得就像没穿。她忘了娱记偷闯她家时她崴了脚,这一脚下去,她反而自己脚腕先疼。

怒火压倒了这点儿微不足道的疼痛,她又连踢两下,下一秒孟冬松开了她,她双手刚自由,突然就被托臀抱了起来。

"放开!"她推他肩膀。

孟冬不为所动,大步往里走。喻见扭动得更加厉害,手脚齐上。

孟冬没再忍,在她差一点儿就要蹬下地的时候,他突然顺着她的力,把她放倒在地毯上。

"小疯子。"他压在她身上,去捉她乱打人的手臂。

从前曲阿姨总这么叫他们两个,喻见听到孟冬这么叫,她蹬得更加凶。

可她被压着,根本蹬不动对方。手腕又被人抓住了,她躺在地上侧头,把手腕扯到嘴边,她一口咬住这家伙的手背。

阳台玻璃门还是没有关紧,仍旧是蔡晋同接完电话进屋后的样子。

今晚风大,白色的窗帘又一次被吹起,夜幕下,浓雾渐渐散去。

真像是那夜薄雾。

就在黄河边,她摔下自行车,和他打在一起,她受尽委屈,在大人赶到前愤恨地咬住他的手背。

恍惚间时光回到了一开始,她还不认识他,他也不认识她,是他把她拽下了车,拽进了他的未来。

孟冬任由一只手被咬,他觉得喻见咬人的这会儿难得乖巧,他可以让她一直咬下去。

他抬起另一只手,拨开喻见右耳边的头发。

过了这么多年,她右耳的外伤已经看不出来,但他好像还能一眼找准她当年的伤处。

他轻轻抚了下她的耳朵,然后一口含住。

耳朵被卷进了滚烫的唇舌间,喻见一颤。但她没松嘴,她咬得更用力,似乎要咬开孟冬的皮肉。

245

孟冬浑不在意,好像那不是自己的手,喻见咬得越狠,他的唇舌就越温柔。

喻见死死地闭住眼睛。

她右耳一直听不太清,听到的声音低又浑,也没方向感。但此刻咬舐的声音离她太近,她仿佛能不靠触觉,光凭空气细微的波动就辨认出他唇齿游走的方向。

她脊椎发麻,依然不松嘴,她在他身下挣扎。

孟冬将她锁紧,他将自己所有的情绪都给了她的右耳。

"见见,喻见……"他在她的耳边呼吸和说话。

似乎有温热的水珠滑进了她的耳里,喻见不能确定。

她嘴中好像尝到了铁锈味。

她闭着眼,不知道把这人咬到了什么程度,她记得上一回她没尝到铁锈味。

上一回他们都才十几岁,瘦瘦小小,再狠也没多大力气。她也就那次和他对打有几分势均力敌,她把他的手背咬伤了,但只咬到破皮有牙印的程度,根本没出血。

铁锈味越来越浓,她忽然松嘴,睁开眼,她大口呼吸。

还没看清手背,这人突然掐住她两颊,她偏头一躲,他紧追不放。

她看见了他那只手背上清晰的牙印,还有因为用力扣住她而挤压出的鲜血。

他再次吻上来的时候,她不经意地松开了牙关。

客厅灯并没有开,卧室灯照明,客厅的光线温柔。

孟冬离开她嘴唇,她不由自主地又看了一眼他的手背。

孟冬低声说:"你以前咬得更厉害。"

喻见看向他的眼睛,只见到一片猩红,水珠仿佛真是她的错觉。

她本来想说,他不是失忆而是痴呆,以前她没把他咬出血。

但她没来得及说出这个长句。

地毯厚实柔软,她后背贴紧,再不能自已。

他不厌其烦地叫她的名字,她又一次咬住他的肩膀。他把她抱起来,踩着一地衣服,脚被绊了一下,她有一秒觉得自己得摔死,但意识回笼时她还在他的怀里。

等空气沉静下来时,喻见已经半昏。

卧室被子掉到了地上,床单褶皱不堪。

孟冬下床捡被子,轻抖了一下,再盖到喻见身上。无意中扫到喻见上臂内侧有一道血渍,他顿了顿,松开被子,掰过喻见的手臂。

没伤口,血渍很淡,是从哪里蹭上去的,他看了眼自己的右手手背。

牙齿印很深,伤口周围也有很淡的血渍。

是他的血蹭到了喻见手臂上。

他俯身咬了她一口,半晌离开,她上臂已经光洁白净。

孟冬把被子给她盖好,走到客厅,翻出一瓶冰水,他喝完半瓶,又拿上一瓶常温的。

回卧室前他把他的手机捡了起来,没管地上凌乱的衣服,他光脚踩过,进卧室把常温矿泉水放到了喻见这侧的床头柜。

想了想,他搁下手机,拿起水瓶把瓶盖给拧开了,再原样放好。

他绕到另一边上床,床垫微陷。喻见闭着眼,好像半点儿都没醒。

孟冬把顶灯关了,留下床头灯,然后侧身,手隔着被子,搭在喻见的腰上。

他在她背后亲她耳朵,低声说:"醒了?"

喻见仍闭着眼睛,手却往后一挥,正好拍到孟冬的脸,啪的一声,很轻。

孟冬捉下她的手,越过她,捞起她那侧床头柜上的手机。

不是他的那只,而是喻见的那部旧手机。

身上一重,但又长久都没动静,喻见慢慢睁开眼。

她先看到枕头边一只男人的大手,虎口的位置能见到深深的牙印,接着她注意到了这只手正拿着她的手机。

她正要动,这人压在她身上,脸贴着她的脸,她根本掀不开对方。

她伸手去夺。

孟冬手一翻,将手机按在了掌心底下,任由喻见掰他的手指,他问:"什么时候再用的?"

他的话问得没头没尾,但他知道喻见能听懂。

喻见掰着他的手说:"跟你没关系。"

孟冬道:"我充了六年的话费。"

"我还给你。"

"好。"

喻见停手,眼瞥向他。

孟冬嘴唇贴在她下巴上,低声说:"你还给我。"

她还给他。

喻见这才听懂了这当中的歧义。

她想还嘴说她可真便宜,当年她的手机套餐一个月好像是六七十元,算七十元,一年八百四十元,六年五千零四十元。

六年……

已经过去了六年。

这人的存在就像一道影子,她身边和她关系亲近的工作人员都知道他。她眼睛不看,耳朵却总能听到他的生活和工作。

好像两个多月前,她回来参加表妹的婚礼,沁姐打电话跟她道:"对了,孟冬跟我说他这几天会在国内。"

她戴着一顶宽边帽,"哦"了一声,慢慢走向酒店。

沁姐道:"我跟他说你回老家了,我没跟你一起。"

边上有亲戚搭了一下她的肩膀,无声地催她走快点儿。她点了下头,手机还贴着耳朵。

沁姐最后揶揄:"你说我不在,他这次怎么找到你?"

台阶上掉落着几朵饱满的桂花,还是嫩黄色的,她不自觉地脚步避开:"不说了,婚宴快开始了。"

走进酒店大门,她挂掉电话,花香萦绕鼻尖。两小时后婚宴结束,她离开酒店上车,还对同车的母亲说:"摘几枝桂花放家里吧。"

母亲说:"桂花都谢得差不多了吧,你明天就回北京了,又不住家里,我和你爸可不稀罕这个,你要带着花坐飞机啊?"又道,"这酒店的喷泉挺漂亮。"

喻见回头，车子早已经驶出酒店范围，她没看见喷泉。

她以前觉得自己投入得太多，爱得更深，就像看到黄河后她就沉迷在了河流的险峻壮丽中一样，她轻易地就沉浸在了她以为的爱情世界中。

她稍清醒后觉得自己有几分走火入魔，很不公平。她一早踩进了陷阱，被困在原地，而猎人却依旧自由。

她抽身而出，却又抽得不够干净利落，她不愿再等，却也没能接受他人对她的追求。她把人拉黑，弃号不用，其实把手机号注销才算是真正了断的第一步。

她也并没有自欺欺人，她其实很清楚她当时为什么做得不够彻底。

但就像当年她最后一次在机场送别这人时她想的那样，时间会过去，爱会变淡，她的这个号码会在她遗忘后的某一天自动变成空号的。

可是时间过去了，到现在，她的号码始终如旧，她开始不能确定，究竟他们两个，是谁投入得更多，谁爱谁更深。

快四点了，窗外夜色依旧浓重，房间里连呼吸的声音都很轻。

孟冬没把重量全压到她身上，喻见微偏着头，不声也不响，他似乎能看见投射在她眼睑下的睫毛影子。

这些年他使用的是英国的手机号，蔡晋同带着他跑遍三大营业厅，当然没法找出他的第二个号码。

过往的人际关系他早就都迁移了过去，但国内的号码他始终都没丢。

即使没人联络，但喻见的名字还在上面，他大概一直在期盼着什么，所以往喻见的号码里充话费，早已经成了他的习惯。

他一次最多充半年的套餐话费，更多的是充两三个月，充值的次数频繁一点儿，好像他还在随时跟她保持着联系似的。

这次回国前，他又给她充了两个月话费。他知道喻见这几年顾家，跨年前后基本会抽时间回来几天。

孟冬摩挲着枕头上的手机，看着他身下的人说："为什么一直不澄清？"

喻见没吭声。

249

孟冬又道:"我算着你这几天应该会回来,所以我上你家饭店吃了几天饭。"

喻见没看他,只是说:"你不是约了人吗?"

"是吗,我什么时候说过?"

喻见想起,约人的话都是蔡晋同说的。

孟冬亲吻她的脸。

他们两个都很少说情话,谈恋爱的时候最多互诉思念,喻见也从不像小女生一样把"你爱不爱我"挂在嘴边,他们始终保留着少年时的习惯,聊天中的针锋相对远多过情情爱爱。

他也很少说这样的话。

"我只是很想见你,"孟冬嘴唇滑过喻见嘴角,"我想你,见见。"

喻见指甲轻抠了一下手机侧面的音量键,孟冬手掌离开手机,慢慢覆住了她的手掌。

十指交缠,又紧又烫。

新一年的第一个夜晚过去了。

上午太阳冒头,蔡晋同被照醒,一醒就没能再睡着。

他在床上翻来覆去,又进卫生间洗洗弄弄,打发了大半天时间。眼见已经中午,昨天睡那么晚,楼上的两人也应该醒了,他这才先拨通孟冬的手机号。

床头柜上的手机铃声响了起来,喻见脸贴着枕头,迷迷糊糊地把手机摸了过来。她皱着眉,眼睛眯开一条缝,看见"蔡晋同"的名字,她直接接通。

蔡晋同大嗓门:"没吵着你吧,是不是该起了?该吃午饭了。"

喻见闭着眼说:"就这事?不吃了。"

她说完,电话里半天没声,她也没等,松开手继续睡了过去。

楼下蔡晋同把手机拿离耳边,看了一眼他拨出的号码,确定没错,是孟冬的,他重新贴回耳朵,试探着叫了一声:"喻见?"

孟冬被手机铃声吵醒,他半睁开眼,看喻见接了电话,他就没管,等喻见手一松,明显又睡了过去,他手臂才越过她,拿起他自己的手机。

正好听见蔡晋同叫喻见的名字,他闭着眼睛问:"还有事?"

等了几秒,才听见蔡晋同说:"没大事,我就问问我什么时候上来找你们。"

"晚点儿再给你打电话。"孟冬说。

蔡晋同很干脆:"行,行,我知道了。"

孟冬贴着喻见继续睡。

大约十几分钟后,喻见突然从梦中醒来,她睁开眼发了会儿呆,然后摸到她的手机,翻了下通话记录。

接错电话了。

她把手机撂回去,拽着被子从床上坐起。

孟冬翻了个身,手在她身上拍了一下,迷迷糊糊地说:"再躺会儿。"

喻见捋了下头发,抓着被子下地:"你该回房了。"

四周都没见她的衣服,她也不管孟冬还在睡,抓走整条被子,她裹住自己,光脚走出了卧室。

客厅地上男女衣服乱成一团,她扫了一眼,打开了边上的浴缸水龙头。

浴缸是开放式的,她摁了摁屏风开关,四周屏风没有升起。

她找了找附近,就这一个开关,应该没错,她又按了几下,屏风依旧没升起。

孟冬赤身躺在床上。

室内开着暖空调,但没了被子还是有几分凉飕飕的,他没了睡意,从床上坐了起来,拿起手机,他先看了看工作邮件。

昨天有几封邮件没回,听着卧室外的水流声,他慢慢打字回复。

回复完一封,水声还清晰可闻。

床头柜上的矿泉水还剩半瓶,是喻见喝剩下的。他下了地,拿起水瓶,喝着剩下的半瓶水走到外面,看见喻见裹着被子在摁按钮。

"你回你房间。"喻见看孟冬出来了,又说一遍。

孟冬问:"屏风坏了?"

"升不起。"喻见看他不紧不慢的样子,她道,"我要洗个澡,你回去吧。"

孟冬试了试浴缸的水温,温度适中。

他把矿泉水瓶放在边上,走到喻见跟前,把她被子一扯。

"干什么!"喻见去抓被子。

孟冬卡着她胳肢窝,将她一抱,转身几步,把人放进了浴缸,他自己也跟了进来,水花被踩得四溅。

喻见赶他:"你要不要脸!"

孟冬坐下,把喻见扣在他两腿间,他说:"我以前不是回答过你?"

那年盛夏,在泰国曼谷的酒店里,他们都得到了彼此的第一次。事后他洗澡,她要走,他把她硬拽进浴室,当时她说他脸皮厚,他反问她脸皮什么时候变薄了,她说她当然厚不过他,他最后说了一句"承让"。

她没忘,他也没忘,每一件与他们相关的事,都牢牢地被时光封存住了。

屋内水汽氤氲,暖意让人放纵,也让人沉沦。

到了下午近两点的时候,蔡晋同才接到孟冬的电话,说他可以上楼了。

蔡晋同算了下时间,距他上次见到这两个人,已经过去了整整十二个小时。

碰面地点换成孟冬的房间,蔡晋同上楼后瞄了眼隔壁,看见隔壁正在打扫。

他什么都没说,进门先问:"午饭吃了吗?"

孟冬开的门,他正在剃胡子,说:"还没吃,刚叫了饭,算上了你的。"

蔡晋同想说他早就吃过了,要是等到现在他不得饿死,哪有他们这么精神。

但这话他只能想想。

喻见坐在沙发上,边看电视边吃苹果,蔡晋同坐下问道:"还有什么水果?"

喻见指了下迷你吧的方向,吧台上的果盘是套房赠送的,除了苹果还有阳桃。

蔡晋同拿了个阳桃,进卫生间冲了下水。孟冬胡子还没剃完,蔡晋同笑着说:"现在才刮胡子呢?"

也没想要得到什么回答,洗完阳桃他就出来了。

蔡晋同啃了两口阳桃,拿出口袋里的手机,边翻相册边说:"沁姐把视频给我发来了。你们俩也真行,有视频竟然还瞒我瞒到现在,就让我一个人干着急,我本来还嘀咕呢,你怎么就能这么没心没肺的?"

孟冬正好走出卫生间,闻言看了眼喻见。

蔡晋同对孟冬道:"来,来,一起看看。"

他直接把手机上的视频投屏到了电视机上。

画面起初有些不稳,拍摄者应该是在找最佳方位,背景音中有人在讨论过几天秋游的事。

那时的喻见才念高中,一脸稚嫩,头发刚到肩膀,她抱着吉他唱得很投入,但演唱技巧没有如今成熟。

镜头忽而拉近。

她是真的漂亮,脸小巧,睫毛纤长,眼瞳是天生的棕色,又纯又灵动,低头弹奏时长颈像天鹅。

光影正巧从窗外打进来,伴着她简单纯粹的歌声,画面美得让人着迷。

蔡晋同语气也不自觉地放轻了:"也不知道是谁拍的这个,拍得真好,我看拍的这人光顾着看你的脸了,整体镜头给得少,估计他根本没在听你唱歌。"

孟冬"嗯"了一声。

喻见咬着苹果,瞥了眼边上。

孟冬这回坐在了她旁边,她没转头,只能看见对方的腿。

一首歌结束,镜头里有人乱入。

"你唱得真好,这歌真是你自己写的?我也想学,你教教我啊。"说话的是个跟当时的喻见一般年纪的漂亮女孩。

蔡晋同按了暂停键:"就是这个,我收到视频后反复看了几遍,你听这女的声音。"

他重新播放。

小喻见教人,那女孩跟着她学,唱了几句全都走调。

蔡晋同再按暂停键："听仔细了吗？我听了半天，觉得这女的声音跟网上那条音频里的声音是一个样的，只不过网上她唱歌的调子是准了，这里的还没准。要真是同一个人，那证据就全妥了。"

他看向喻见，"她是你朋友，你该知道是不是她吧？"

咔嚓——

喻见咬下一块苹果，说："她叫方柠萱。"

蔡晋同听这名字耳熟，一想，昨晚喻见的讲述中，恰好出现过这个人名。

"嗬！"蔡晋同指着电视机，"就是她？！"

喻见朝蔡晋同看了眼。

蔡晋同又朝孟冬睨了眼。

孟冬侧了下头，跟近在身边的人说："我不知她的近况，她爸妈跟我爸散伙之后，我爸听人说起过他们家的生意没什么起色。前两年苟强三更半夜跟我打过一次越洋电话，醉得满嘴跑火车，说方柠萱嫁人了，他要赚钱把方柠萱追回来。"

喻见问："那追回来了吗？"

孟冬说："去年苟强跟他公司的女同事结婚了。"

喻见咬着苹果果核。

她嘴唇有点儿干，抿着果汁润了润，心里说不上来是什么感觉。

她也是在两周前才听到方柠萱录下的这首歌的。

当初她借方老师的设备录歌，方柠萱要学，她一句一句地教了对方几回。喻见那段时间没录成功，直到入冬后才上传了她的歌，没想到方柠萱趁此期间，早于她，悄悄地把她的歌发到了那个论坛。

她不确定方柠萱当初这么做的目的，也许对方存了险恶的用心，也许只是觉得好玩，但时过境迁，方柠萱的音频被网友挖了出来，到底让她遭受了一堆恶意。

她问："你说方柠萱有没有看到我的新闻？"

孟冬坐在喻见左边，看不到她的右耳，他想着她的耳朵，把她咬剩的苹果果核从她手里抽走，说："她就算看到了，也只会当看个热闹，不会出来帮你说任何话。"

他把果核扔到了边上的垃圾桶里。

喻见抽了张纸巾擦手,对蔡晋同道:"今天把视频传上去吧。"

蔡晋同说:"沁姐也让我今天晚上再上传。你跨年演出被删,昨天网上的负面舆论达到顶峰,今天把这视频传上去,两天时间,全局反转,我想想都激动。"

见孟冬朝他看,蔡晋同向他解释:"哦,这是沁姐出的主意,视频她早收到了,特意算准了等今天再爆。"

这主意沁姐能想得出来,但喻见不会认同。

孟冬在上大学以前不爱听歌,也从不关注娱乐新闻,大学以后他才开始关注娱乐圈。

两周前喻见的新闻一出,他半小时后就知道了。

他翻出视频发给沁姐,却迟迟等不到结果,他没什么耐性,只想见到喻见。

孟冬想起他昨晚问她为什么一直不澄清,她没有回答,此刻他心里似乎有了答案。

他没吭声,握住了边上的手。

喻见刚擦干净手,连纸巾一起,突然被裹进了孟冬的手掌中。

饭菜送到了,蔡晋同去开门,没看到这一幕,回来的时候那两人举止如常。

蔡晋同帮着把菜放到茶几上,忽然注意到纸巾盒里放遥控器的格子中有张照片,他抽出来,翻过来看正面,果然是一张照片。

他挑眉一笑:"嘿,这照片找到了?"

喻见看清照片,瞥了眼孟冬。

孟冬分发着筷子,说:"嗯。"

他没再说其他的。

三人两点多才吃午饭,午饭一过,很快入夜,蔡晋同忙着和公司远程进行今晚的计划,身为当事人的喻见却全然没放在心上。

月光格外亮,似乎把雾都给照散了。

喻见站在阳台上,后知后觉地发现笼罩了几天的雾忽然淡得几近消失,她手伸出阳台接了一下,依旧什么都没接着。

但有一只手掌放了上来,然后握紧了她的手。

她盯着薄雾中抓着她的那只大手。

"不冷?"孟冬站在她背后问。

"不冷。"喻见说。

"手是冰的。"

"冬天我的手都是冰的。"

"芜松镇比这里冷。"

"理工大也比这里冷,"喻见说,"我们这儿很少下雪。"

孟冬下巴抵在她头顶,不知道在想什么,突然沉默下来。

喻见也不再说话,静静地望着远处的灯火。

过了会儿,孟冬亲吻她头顶。

一下,两下,三下,很慢,也很用力。

喻见被锁在他怀里,想动也动不了。

晚八点,视频传上网络。

喻见没看这些热闹,她站久了觉得脚腕疼,不自觉地扭了下脚,她就被孟冬拎回了屋内。

孟冬蹲地上掐了掐她的脚腕,喻见往回抽:"过两天就好了。"

孟冬半蹲着,他穿着一条黑色的裤子,只看得出膝盖的弧度,看不出其他的。

喻见顿了顿,说:"你让我看看膝盖。"

孟冬抬眸看她:"昨晚没看见?"

喻见摇头。

孟冬说:"洗澡的时候也没看见?"

喻见把脚往回一抽:"你该回自己房间了。"

孟冬坐在茶几上,道:"退房了。"

"哦,你行李呢?"喻见问。

孟冬说:"待会儿就拿过来。"

"看来酒店对你格外优待。"退房了行李还能存放在里面。

"那我现在就去拿。"孟冬说。

喻见忍不住踹他一脚。

孟冬似乎就等着这一下,他眼明手快地捉回了她的脚。

喻见发现她总能上当,以前孟冬让她吹生日蜡烛的时候也是这样,她永远都记不住教训。

孟冬又给她揉了揉脚腕,喻见舒服不少。

"待会儿再用热水泡一泡,还疼的话就上医院。"孟冬说。

喻见把腿盘到沙发上,捏着自己的脚腕说:"轮到你了。"

孟冬没再惹她,他把裤腿往上扯。

腿伤的那一年他肌肉萎缩相对较重,十二个月后他才能适当小跑,跑得不能快,也不能久。

但他每天都会锻炼,每个礼拜都会进行热敷和按摩,又过了半年,他的腿基本就看不出异常了。

如今膝盖内的钢针和钢丝早已经取出,只有去不掉的疤痕才能证明那段日子真的存在过。

中午喻见在洗澡的时候其实已经看到了他的膝盖,但看得没现在仔细。

他的膝盖形状如常,疤痕没她从前看到的那些照片那么恐怖,但过了这么多年依旧很明显。

当年在北京,他刚能下地慢走,疤痕肯定比现在的吓人许多,所以他没让她看。

"有关节炎?"喻见问。

"嗯,但不严重。"孟冬道。

不严重,怎么会只在酒店门口站了两个小时,膝盖就疼了呢。

喻见轻轻摸上去。

室内开着空调,她的手已经暖和了,因为经常使用乐器,她的指腹有一点儿薄茧。

孟冬觉得膝盖有点儿麻,但他没缩回来,他任由喻见抚摸,眼睛盯着她,直到喻见往他膝盖亲了一口,他才扣住她后脖颈,亲吻她嘴唇。

桌上的手机不断传来微信的提示声，他们谁都没管。

楼下蔡晋同发送完喜讯，等了半天都没得到楼上任意一人的回复，他心里有数，不再打扰人。

随后，微信和电话让他应接不暇，他兴奋地投入工作，挑选着答复记者的问题，记下各种访谈、综艺、音乐节目的邀约，他等着之后再慢慢筛选。

他已经迫不及待地想把喻见轰回北京了，不知道她什么时候会走。

第二天，蔡晋同等到中午才冲上楼，问喻见："都来六天了，现在事情都解决了，是时候该回北京了吧？"

喻见还没答，孟冬先说："我还要复查。"

蔡晋同心想这家伙这是讹人讹上瘾了："什么时候复查，我陪你去。"他打太极拳。

孟冬看向喻见："明天？"

喻见今天起得迟，醒来就看见孟冬在办公回复邮件，状态和精神都极佳，她说："你还要复查？"

孟冬道："纱布还贴着。"

喻见问："那你失忆全好了？"

孟冬看着她，笑了下："我真失忆过。"

喻见显然不信。

蔡晋同看这两人的对话完全不避忌他，他想再装天真无知也装不下去了。他索性想问就问："你还剩下那首《冬》，什么时候肯拿出来？要不就趁现在的热度？"

喻见说："没写好。"

蔡晋同一噎，转身就去忙自己的了——眼不见为净。

喻见今天还是没回家。她打电话问过小区物业，知道她家别墅外现在来了更多记者和看热闹的人。她索性就安心住在酒店，又给父母打电话报了声平安。

父母早就已经看到网上的信息，怕打扰她所以没主动给她打电话，见她自己打了过来，父母问她："那我们现在能不能回家？"

喻见说:"再晚两天吧,记者太吵人。"

"好,好,听你的。"父母又问,"那你住家里不嫌吵?你也住到佳宝这里来吧。"

孟冬递了一瓣橘子过来,喻见张嘴吃了,说:"不吵,我现在在外面。"

父母问她:"那你说我们饭店现在能不能开?"

"能啊,"喻见道,"你们想开就开。"

父母彻底安心。

第二天吃过早饭,喻见和蔡晋同一道陪孟冬去医院复查。

喻见又换上了黑色羽绒衣加毛线围巾的那身装束,她把自己裹得严严实实地坐上车。

孟冬调节空调风向,看了她一眼,问:"怎么不系安全带?"

喻见朝他身上看了看。

他系着。

他们的角色似乎颠倒了,从前总是她遵守交规,即使坐后座也老老实实地系上安全带,孟冬每次都和她对着干。

后来她是怎么改变了这个好习惯的?

大概是有一回她工作实在太累了,上车后也提不起劲,她忽然想到他。

他坐后座的时候总是舒舒服服的。

于是从那天开始,不上高速高架的时候,她坐后座就再没系过安全带。

车子启动,眼前阴影覆下。

孟冬靠过来,把安全带一拉,替她扣上了。

她看着他。

孟冬往下压了压她的围巾,露出她的鼻子,说:"别憋死了。"

蔡晋同偷瞄后视镜,转着方向盘,开出酒店上了大路。

他一边跟喻见讲那些邀约,着重强调了时间和通告费,喻见"哦"了声,也没说马上就回去复工。

蔡晋同绞尽脑汁,开出一段后他看见马路对面的小饭店,说:"你爸妈可比你积极多了,这么快就复工了。"

他把车靠边停:"要不要去看看?"

喻见和孟冬望向车窗外。

小饭店开着大门,四周人来人往。有工人架着梯子在挂招牌,喻父在底下指挥,喻母在跟隔壁店主说话。

喻见和孟冬解开安全带下车。

蔡晋同手机来了电话,他解开安全带先接听。

斑马线在百米之外,喻见和孟冬慢慢走过去。

喻见把围巾往上提了提,遮住大半张脸。

羽绒衣口袋里的手机响了,是喻母来电。

喻见朝对面饭店看了一眼,接通电话,贴住左耳。

喻母说:"见见,饭店招牌重新做好了,我跟你爸今天过来挂上,想尽快开店。被我们家招牌砸到的那个男人,你到底什么时候带我和你爸过去看他啊?我们心里实在过意不去,想着看望完他才好开店。"

马路上人声嘈杂,孟冬在旁边听不见电话内容,喻见朝孟冬看了一眼,回答母亲:"今天吧。"

挂掉电话,喻见问孟冬:"你真失过忆?"

孟冬说:"真的。"

"那你什么时候记起来的?"

"你自己想。"

喻见不知道他说的究竟是真话还是假话,就像从前她问他到底是怎么过黄河去给她买水晶饼一样。

孟冬问:"你呢,《冬》真的还没写完?"

喻见不吭声。

走到了斑马线,红灯还有六秒,孟冬牵住了她的手。

那首歌早就已经写完了。

那年冬天,她戴着耳机,边哭边不断调节着电脑的右声道,跟着哼唱的就是这首歌。

过去和未来就是一条左右拉扯的线,在他再次牵上她之前,他们其实永远都停留在了那个冬天的节点上。

红灯转绿,孟冬带着喻见向前走,身后蔡晋同奔跑着追赶上来:"孟冬,孟冬——"

孟冬和喻见回头。

蔡晋同气喘吁吁:"你那个房产中介给我打电话,说他又找到了两套极佳的房源,问你这回到底能不能去看了,错过了可就真的没了!"

孟冬对喻见道:"那你再晚两天走。"

喻见说:"再看。"

蔡晋同愣了下,喊:"看房子用不着两天吧,要不待会儿去完医院就把房子看了吧,喻见你这都回来七天了,七天了!"

两人没理他,牵着手跟着人流向前行。

过了马路,他们远远望见饭店招牌已经挂好了,工人正下梯。

喻见和孟冬走过去抬头,看见阳光明媚,招牌崭新,名字还是从前那一个。

叫作——

"小四季"。

[番外一]

小阳春

ZAI DONG

（1）

孟冬的外公姓韩，外婆姓曲，二老教书几十年，培养学生无数，所以外公过世后，前来吊唁的人络绎不绝。

曲家有个亲戚家的小孩，曾经也是外婆的学生。当初小孩不学好，家里大人把他送到芜松镇，被曲外婆教导了三年，中考的时候竟然考上了区重点，所以这家大人格外感激和敬重曲外婆。

大概是怕外婆今年春节会觉得冷清，所以丧礼后没多久，过了年三十，这对夫妻又大老远来到芜松镇看望曲外婆。

孟冬不喜欢家里来客，他跟人不熟，但开场必须得作陪。

照流程先被问学习，再听夸奖，他渐渐不耐烦，看时间已经待得够久，正巧苟强找来，他二话不说就招呼人上楼。

亲戚见苟强拎着笔记本电脑包，好奇地问："带了电脑过来啊？"

苟强支支吾吾："啊，嗯，我们做作业，做作业！"

亲戚说："你们初中现在要用电脑做作业了？"

外婆没揭穿他们，笑着说："也不知道他们老师布置了什么寒假作业。"

孟冬照着苟强后脑勺来了一巴掌，轰人上楼："走啊，赶紧写作业去。"

到了楼上卧室，苟强从包里拿出笔记本电脑，说："我这不是觉得让人知道我们打游戏不太好吗。你外公刚走，让你家亲戚知道你没事人一样还玩电脑，对你影响多不好。我自己是无所谓，撒谎还不是为了你。"

孟冬懒得瞧他："那我还要谢谢你了。"

"咱们兄弟俩谁跟谁啊，就不用说谢谢了，快开电脑！"苟强催促。

孟冬卧室的电脑是台式机，配置高端，网速也比苟强家里的快，所以苟强时常过来蹭网，偶尔跟孟冬交换电脑打游戏。

一人一张椅，两人正玩得起劲，突然听见有人在外面敲门。

"小阳春，你在不在屋里？我进来一下？"

是楼下的亲戚。

苟强一个激灵，第一反应就是关游戏，按鼠标动作慌张，他还催孟冬："你快关啊！"

孟冬瞧不上他这副窝囊样："我看你已经被你爸妈吓傻了。"

说完，孟冬朝门口喊："进来吧。"

苟强迅速帮孟冬关上游戏，又没好气地给了他一拳。

亲戚开门进来，笑问："在学习呢？没打扰你们吧？"

孟冬说："没有。表舅有事？"

"没事，没事，我这不是来了你家才想起来，上个礼拜我不是在那个大院里给一个小姑娘拍了张照片吗，后来我记下了她的QQ，说好回头把照片发给她，结果回家忙起来，我把这事给忘了。正好这次我也带了相机，"亲戚把拿在手上的SD卡递了过去，又拿出钱包，从夹层里翻出一张字条，"喏，你帮我发给她行不行？"

孟冬看了眼字条上的QQ号，号码前还留了名，"喻见"两个字写得七扭八歪，字如其人。

他把SD卡用读卡器插电脑上，问："你的QQ号？"

亲戚一笑："我哪会玩QQ，你有吧？你帮我加下她。"

孟冬输入号码，对方头像是卡通棒棒糖，QQ名字叫"又、、又"，孟冬觉得挺非主流。

他添加人时备注了"芜松镇照片"，对方很快就通过了好友申请。

亲戚不太会用电脑打字，让孟冬帮他打。

孟冬刚要敲键盘，对方先发来问候："叔叔好。"

孟冬挑了下眉，他手从键盘上收回，按住鼠标，直接把那张照片发了过去。

对方回复："谢谢叔叔。"

孟冬扯了下嘴角。

亲戚任务完成，拿回SD卡走了。孟冬还没关QQ，苟强凑近看照片："这是什么拍照姿势，撩裤腿脱鞋子？"

孟冬漫不经心地说："可能觉得她袜子好看。"

"所以想秀袜子啊？"苟强挠头，搞不懂女孩子的大脑结构，他问，"这小孩是谁啊，也是你家亲戚？"

孟冬没答，他敲字："叔叔前几天有事，今天才想起还没给你发照片。"

对方回复得很快："没关系，叔叔，谢谢叔叔。这张照片我很喜欢。"

孟冬继续发："你寒假作业做完了吗？"

这回对方回复稍慢："差不多了。"

孟冬又发："你上学期期末考试考得怎么样？"

"还好。"

"语文数学分别多少分？"

孟冬等了几十秒，没见回复，他又发一条："都优秀吗？"

苟强还在等着打游戏，他推孟冬手臂："你干吗啊，还聊上了？快点儿接着打游戏啊，我四点半前要回家。"

孟冬挥开他的手："待会儿。"

半晌，对方才再次回复："叔叔，我爸妈催我写作业了，先不聊了，再见。"

孟冬牵起嘴角："等一下，再问你个问题。"

"什么？"

"你的网名为什么是个猪鼻子？"

他依旧没马上得到回复，过了一会儿，孟冬发现对方的QQ名字忽然从"又、、又"变成了"叉叉"。

"叔叔，是我没把两个点放进去，现在放好了，我网名其实叫叉叉。我写作业去了，叔叔再见。"

再看，对方QQ已经显示下线。

孟冬拍桌狂笑。

苟强吓呆了，孟冬平常喜欢装酷，他从没见孟冬这样笑过。

后来孟冬没再给人发信息，他也只是一时兴起，开学后他就彻底忘了他的QQ里有这样一号人。

初二学年结束的那个暑假，曲外婆找人把家里围墙垒了起来，顺便还改造了一通院子，栽树又栽花，弄得像模像样。

过了一年，树和花都彻底与这家融为了一景，曲外婆偶尔会剪几枝花送给邻居，邻居再回赠几样自家院子里种的蔬菜瓜果。

孟冬没有外婆的这种诗情画意。

初三一整年忙中考，他游戏打得少，中考结束后他通宵三晚把游戏玩了个够。曲外婆即使看不过去，也不会勒令禁止他的行为，只不过会拐弯抹角地提醒两句，"等见见来了你就得注意注意了，她一直以为你读书多用功呢，我也把海口给夸下了，你怎么说都是哥哥，总不好给人家树立坏榜样。"

孟冬躺在沙发上，跷着腿玩游戏，他不在意地说："别，她是长辈。"

曲外婆说："那等她来了，你有本事当面叫她一声阿姨，我保证随你想怎么样就怎么样。"

孟冬瞧了眼自己的外婆。

曲外婆笑道："谁让你是这个家里最小、最需要呵护的呢。"

孟冬"嚯"了声："外婆，你恐怕误会了一件事。"

"什么？"

"她的智力问题不是别人树立一下榜样就能解决的。"

"你这孩子！"

孟冬不再多说，垂眸继续玩起手机。

喻见来的那天，孟冬去陪苟强摆地摊了，苟强想换新手机，他父母让他自己挣钱。

孟冬闲着没事就去帮他一下，这天收摊回到家也晚了，已经快七点，但外婆还没回来。

孟冬进屋喝了两杯冰水，再回院子的水龙头底下冲凉。冲到一半听见外婆在门口叫他，他转头抹了下脸上的水，第一眼先看见一个小矮子，还没看清脸，对方先朝着他"呕"一声。

孟冬低头，一地秽物。

……

想把她的脸按到地上摩擦。

外婆护着小矮子进屋，孟冬在院子里收拾残局。

地上这堆玩意儿没法直接用水冲，得先扫了，孟冬不管三七二十一，抓过扫把直接干，扫完把扫帚和畚箕全往院子外面一扔，打算不要了。

活还没干完,门口离水龙头太远,水管够不到,他得拿盆接水冲洗地面。

连冲三回,孟冬抬头,隔着屋子的玻璃窗,他和里面的小矮子对上了一眼。

他撂下脸盆,一步一个水脚印向她靠近。

小矮子打量着他的脸色,故意说:"你气色不好,是中暑了吗?"

外婆正好听见,担心地问他:"怎么了,哪里不舒服吗?"

孟冬没理外婆,他盯着小矮子说:"我没事,倒是你,要帮你倒立吗?"

小矮子倒没上当,装聋作哑不吭声,但是外婆接过了话茬,问道:"倒立干什么?"

孟冬这才说:"帮她抖干净肠胃!"

小矮子瞪眼,瞬间咬牙切齿。

孟冬这才觉得痛快。

家里多了个人,还是女的,完全没影响孟冬的日常生活。他想看电视就看电视,想玩游戏就玩游戏,穿着裤衩背心在院里冲凉,他完全没把喻见的突然加入当一回事。

但现实教会他,这个家里多了一个人,早晚都会对他的生活产生影响。

这天下午他约了同学打球,正要出门,他听见外婆说要让喻见掌勺,他脚步退回,倚在厨房门口望向里面。

小矮子面对一盆四季豆无从下手。

外婆说:"你一段段地折下来,把筋也要一起撕了。在家没择过四季豆啊?"

小矮子摇头:"没有。"

"你爸爸妈妈让你进厨房吗?"

小矮子说:"不让进,他们没让我理过菜。"

"你家开了这么多年饭店,你爸妈都没让你理过菜,你爸妈真的很疼你。"外婆说,"那你现在先理菜,待会儿先烧鱼再炒菜,过两天我教你擀面条。"

小矮子惊讶:"还要擀面条?"

"当然,我们这里都吃面食,很少吃米饭。"

小矮子一脸沉痛的表情。

时间已经晚了,孟冬没再多待,他心情愉悦地出去和同学碰上面,打球打到四点,他就说要回。

同学不乐意:"才多久啊,再打一会儿。"

孟冬说:"赶着回家吃饭。"

"你什么时候吃饭这么积极了,你家今天有满汉全席?"

孟冬脱下T恤抹汗:"是啊,你一起来?"

"算了吧,我没这福气。"

孟冬往家走,进院子先冲凉。

曲外婆有些意外:"今天回来这么早?"

孟冬说:"饿了。"

"饭菜还没好呢。"

"还要多久?"

"这么饿啊你?"外婆说,"今天饭菜都是见见做的,我让她一个人做,我没帮手。"

孟冬"嗯"了声。

"你要有心理准备。"

孟冬关上水龙头,把湿漉漉的T恤给拧干:"什么心理准备?"

"待会儿你就知道了。"

大约等了四十多分钟,孟冬才知道外婆让他做的是什么心理准备。

几盘菜的颜色一言难尽,但他还是不怕死地试了一筷子。

咽下去后他再试第二盘,第三盘。

小矮子坐在他对面,从没这么目不转睛地看着他过。

他喉结轻动,觉得第三盘应该能撑上一撑。

第三盘吃到第三口时,他觉得自己已经仁至义尽。他撂下筷子,一声不响地进厨房煮了一锅泡面。

煮完出来,一老一少两个女人都在等着,他端着锅,先给外婆捞了一碗,然后想回座吃。

一抬眸,他对上一双眼巴巴盯着他的深棕色眼睛。

这小矮子一年半都没怎么长个儿,现在刚来他们家,要是把人饿得停止发育了,到底不够大气。

孟冬筷子一敲锅沿,当的一声响,他走到她边上,给她捞了两筷子泡面。

"汤,再倒点儿汤。"小矮子说。

要求倒挺多,孟冬又把汤给她倒上,这才回座位端着锅吃剩下的。

掌勺大权重回曲外婆手里,孟冬接下去几天伙食恢复正常。

孟冬跟喻见平常不来往,一天下来没什么对话,在家里碰到面不聊天,在外面撞见了,他们彼此也不打招呼。

这天孟冬又在外面撞见了她。回家路上他看到小矮子又坐在黄河边发呆,他没过去,到家后他跟外婆说:"喻见又去了黄河边上。"

曲外婆正在打扫仓库,她道:"是吗?她怎么这么喜欢黄河啊。"

孟冬拣了一个甜瓜,一边冲洗一边说:"她可能是想跳下去。"

"呸,呸,你胡说八道什么。"曲外婆想了想,道,"你待会儿带见见出去玩玩。"

孟冬说:"我跟苟强去摆摊。"

"那就带着她一块儿去摆摊。"

"不带。"

"为什么不带?"

"女的麻烦。"

"麻烦什么,我看你更麻烦。"

"她不会答应。"孟冬洗完了手上的甜瓜,想了想,他又拣了一个冲洗。

"放心,我会让她答应的。"

曲外婆刚说完这句话,喻见就回来了。孟冬瞥了她一眼,继续冲洗手中的甜瓜。

苟强和方柠萱在门口叫人,看到喻见,他们问:"这是谁?"

孟冬吃着甜瓜没答,直到听见小矮子说:"我是他小姨妈。"他这才抓起另一个洗干净的甜瓜，扣着小矮子的后脖子，往她嘴巴里塞。

（2）

孟冬早说了女的麻烦，事实证明，果不其然。

他最后还是把喻见一道带了出去。

荀强摆摊的地方在一座风景独特的山头，旅游旺季每天都有不少游客来观光打卡，但这周围暂时没有建造任何基础设施，包括厕所。

孟冬正坐在荀强的三轮车上玩手机，忽然听到喻见问："厕所在哪儿？"

他和荀强平常使用的那个厕所不太适合女的用，所以他难得大发善心地问了一句："很急？"

喻见说："你就指个方向给我。"

孟冬不动声色地挑了下眉。

看来小矮子是很着急，他总不能让人尿裤子上，他跳下车给人带路。

所谓的厕所是一座荒宅，露天的，大小号都在地上。

走了一段，孟冬把人领到，小矮子不可置信，差点儿跳脚。

孟冬不管她，自顾自地去墙根"放水"了，他先警告对方："转身，我尿了。"

"放水"的时候孟冬回头看，小矮子不情不愿地背对着他，面朝戏台，左脚蹭右脚。

他特意朝她瞥了眼，裤子没湿，看来还能忍。

等他尿完，小矮子果然还在嘴硬，说不愿上露天厕所。

孟冬转身就走："那回吧。"

他从不惯着人，不管男女，是死是活，拉裤子上都跟他无关。

但这小矮子平常没半点儿用，连四季豆都不会择，偏偏嘴硬头铁，比驴还犟，说不定真会尿裤子上。

他本来就觉得这人智力有问题，露天光屁股撒尿丢脸，尿裤子难道就不丢脸了？

女的麻烦，小傻驴更麻烦。

孟冬刹住脚步回头，指着破房子说道："你去不去，不去我给你把裤子扒了!"

傻驴说:"有本事你扒!"

他上手就搭住了她的腰,作势要往下拉。

他再给她最后一次机会,心中倒数着,他说:"我扒了。"

下一刻,小傻驴打掉他手臂,逃一样地冲向了破房子。

孟冬一向觉得苟强的尿样看着烦人,但这会儿看小傻驴乖乖听话的尿样,他竟然感觉还不错。

这天之后,曲外婆时常会在家里喊:"你们两个小疯子,都别闹了,吃饭!"

孟冬和喻见的关系从互相无视,互不干扰,变成了针锋相对,一碰就着。

暑假才算刚开始,房子里成天鸡飞狗跳,但没多久,又迎来了短暂的和平,因为小傻驴先举白旗。

这天孟冬刚一身汗地从外面回来,习惯性地要先在院子里冲凉,才走近水龙头,喻见就冒了出来说:"我帮你!"

说着,她直接拧开了水龙头,拿着水管殷切地瞧着他。

孟冬没管小傻驴想打什么主意,他扯了下嘴角,完全不怵地走上去,站她跟前等着她下一步的动作。

喻见把水管对准他上半身,水柱哗哗,她问:"这么直接冲不冷吗?"

"你能加热?"孟冬问。

"我怕你不同意。"喻见说。

"嗯?"

"我要是在嘴里过一遍再吐给你,你能同意?"

孟冬一笑,默不作声地抓住水管头,方向一转。

"啊——"喻见闭眼撒手。

孟冬重新给自己冲水,当边上的人不存在,但才冲几秒,水就停了。

他往旁边看,小傻驴身上衣服湿了半截,手正按在水龙头上。

孟冬去掰她的手,谁知道这家伙把另一只手也叠放了上来,死死抓住水龙头不放。

孟冬嗤笑,撂开水管,双手上前掰她,但这回喻见整个人都抱住了水龙头。

"你答应我一件事!"小傻驴喊。

"不同意!"孟冬说着,从她背后掰她整个人。

"我还没说是什么事!"喻见死不撒手。

人掰不开,孟冬从她身后去扯她手指头。

"无论你说什么我都不同意!"他道。

"那好,你比我聪明!"小傻驴抱紧水龙头喊。

孟冬差点儿笑出声,他压下嘴角,从小傻驴背后将她整个人往上拎起,说:"行,你刚让我答应你一件事,这件事我同意了。"

"啊——"小傻驴气愤挣扎,"抠门精,我就是想借你电脑用用而已!"

但已经迟了,孟冬从根上下手,直接将小傻驴整个人抱开了。

"跟我借东西还想威胁我?"

喻见不停地蹬腿:"我倒想跟你好好说话,我才说了一句,你看你自己刚才是什么态度!"

"那我还要跟你道歉?"孟冬将她抱离水龙头的范围,原本想就地扔了,最后又多走几步,把她扔进了门里面,然后利索地关上大门,从裤兜里掏出钥匙,从外面反锁住。

小傻驴在里头拍门:"孟冬,小阳春!你把门打开!"

孟冬完全不搭理她,他回院子里,脱下T恤继续冲凉。

门里面忽然安静了,孟冬直觉那家伙没这么老实,他视线往那一瞟,果然看见客厅窗户打开了,喻见半湿着正要从里面爬出来。

孟冬抹了把脸上的水,大步过去,往窗外一站。

里面的人不动了,因为他挡着,她跳不出来。

孟冬也不说话,就等着扒窗户的人自己回去。

扒窗户的人磨蹭半天,最后递上一块白毛巾。

"电脑你不用的时候借我,我不妨碍你打游戏。"

孟冬没吭声。

"怎么了,我拿错毛巾了?这不是你的那块?"喻见查看毛巾。

她的短发上还滴着水,水珠落到睫毛上,她皱眉眨了几下眼,上手去揉,还带下一根睫毛。

又长又翘的一根黑色睫毛沾在了她有点儿婴儿肥的脸颊上。

孟冬扯下她手里的毛巾,往满是水的身上抹了几下。

家里就一台电脑,放在孟冬的卧室,他当天晚饭后就把那小傻驴放了进来。

他没去楼下,楼下一群老头老太太坐在沙发上开大会,他在楼上待着图清静。

喻见抱着把吉他,对照着电脑里的教学视频自学。孟冬听了两耳朵,有些受不了:"仓库里不是有书吗?"

"光看书不行,没有视频直观。"喻见说。

孟冬靠在床头玩手机游戏。

他的房间,床贴墙,电脑桌就在床边上,喻见坐在那里弹吉他,他一瞥就能看见她。

玩了一会儿游戏,孟冬的耳朵遭了大罪,想赶人,抬眼见小傻驴目不转睛地盯着电脑屏幕,嘴里还跟着念念有词,他到底忍了下来,今晚就这样了。

但没法再继续打游戏,他把手机一撂,双手枕到脑后,干脆看着傻驴学琴。

第二天,孟冬约了苟强他们几个人打球,正要出门时对上一双水汪汪的大眼睛,他挥手赶人:"没锁门,自己上去!"

小傻驴立刻一阵风似的消失在了他眼前。

孟冬在原地站了几秒,才摇摇头离开。

孟冬中午出门,晚饭时间回家,餐桌饭菜已经摆出,外婆催他:"把水擦擦,成天在院里冲了凉再进来,家里地板迟早得被你泡烂。"

没见小傻驴,孟冬拿毛巾擦了擦身,问道:"她呢?"

曲外婆笑着说:"她呀,现在正废寝忘食地学吉他呢,刚我去你房里叫她,她让我不用等她。"

孟冬坐下吃饭,吃完还没见人下来,曲外婆一早已经盛出干净的饭菜,说:"你把饭菜给见见端上去。"

孟冬嘴上说:"惯得她。"

边说边起身,他端着托盘往楼上去。

房间门没关严,露出一条缝,孟冬刚走到门口,就听见里面传出吉他声。昨晚磕磕巴巴的噪音,一下午的功夫,已经连成一小段完整的曲调。

再看里面的人,这会儿没坐在电脑前,而是光脚盘腿,抱着吉他坐在地上,面前摊着个本子。

孟冬脚顶开门走了进去,看见本子上密密麻麻全是字和音符。

"吃饭。"他说。

小傻驴点点头,像是听见了。

孟冬把餐盘放到电脑桌上,下楼去陪外婆看电视,看到八点多,还没见人下来,外婆先回房睡了,他继续待在客厅。

电视没什么可看的,手机也玩腻了,他无所事事地在沙发上躺到十点多,才听见下楼的脚步声。

孟冬睁开眼,睨向楼梯口。

小傻驴端着餐盘,嘴上还有酱油渍,哼着歌走进了厨房,没看见沙发上有人。

孟冬坐了起来,伸了一个长懒腰,穿上拖鞋上楼去了。

接下来几天,孟冬没再给自己找罪受。小傻驴要是晚上还在废寝忘食地学习,他也不待在楼下,他回房间该干吗就干吗,有时看书,有时玩手机,有时玩模型。

房间分隔成两个地带,一边有声,一边无声,气氛和谐。

他的房间平常都是他自己收拾的,那段时间他让小傻驴帮他拖地擦桌,整理柜子,小傻驴也任劳任怨。

渐渐地,孟冬有时候躺在床上,会在小傻驴的琴音中不知不觉地睡着。

睡到半梦半醒,睡眼蒙眬间就见到小傻驴在蹑手蹑脚地关电脑。

小傻驴见他睁眼,还会压低声音,凑到他面前说:"吵醒你了?我现在回房了。"

她用气声说话,空气带出来的声音,轻轻的、软绵绵的,一双眼在灯下望着人,明亮得像在发光。

孟冬嫌刺眼，胳膊挡住眼睛，卧室灯关了，闯入者悄无声息地走了出去，他继续睡觉。

孟冬有时觉得，喻见要是肯把自学音乐的一半劲头用在学习上，都不至于连个高中都考不上。

暑假结束，他们升入高一，小傻驴读书学习的本事没有，招蜂引蝶的本领倒是不甘人后。

孟冬帮人转交给她三封粉色书信后，开始嫌烦，让她自己的事情自己解决。

喻见把一封信拍给他："这是别人托我转交给你的，我都没说什么。"

孟冬随手把信扔到边上的垃圾箱："行了。"

喻见指责："你居然这么缺德？"

孟冬把她手里刚拿到的信给抽走，一并扔进了垃圾箱。

喻见眼一瞪就要去捡，孟冬一把抓住她胳膊："捡什么捡！"

喻见气道："你是猪啊，上面写着我们的名字！"

孟冬这才放开她，在她低头捡信的时候往她后脑勺按了一下。

一学期过去，喻见头发长了不少，孟冬身高拔得更快，衣服裤子和鞋子都得换新的。

过年前，曲外婆去给他买了一身，回家让他换上试试。

孟冬刚在卧室玩电脑，从电脑旁捡到一根挂着樱桃模样装饰的头绳，他把头绳张开在两指间，玩了一会儿，听见外婆在楼下叫他，他这才下楼。

家里开着暖气，他穿着短袖走到楼下，拎出外婆买的新衣服看了看，他说："我爸妈都给我买了。"

"衣服不嫌多。"曲外婆催他，"快换上，大小不合适还可以再换。"

正说着，外婆手机响，孟冬听见那头欢快的嗓音："曲阿姨，我刚到家了。"

"好，好，你爸妈去火车站接你的吗？"

"我妈来接我的。"

孟冬忘了手上还拿着皮筋，他听着对话，把皮筋套到腕上，换上外婆给他买的外套，长袖遮住了手腕。

（3）

喻见读书早，年龄在同年级中的学生里算小的，她个子又长得慢，所以脸上一直有婴儿肥。

高一下学期，五一劳动节刚过，喻见脸上的婴儿肥就逐渐退去了。等到暑假结束升上高二，她再回芜松镇，孟冬目测，现在他要是掐喻见的脸，也应该掐不起多少肉。

偏偏这人平常食欲不振，外婆变着法地给她做吃的，她每次吃饭还是像喝毒药，就今晚，她突然说想吃水晶饼和蜜三刀。

孟冬回卧室后输了一盘游戏，没心情再战。

他在游戏里叫苟强："过来。"

苟强："过哪儿？"

孟冬："我家对面。"

苟强："不是刚跟你拜拜嘛，你有啥事啊，不会是想我了吧，明天早上去学校不就能看到我了嘛。"

孟冬："滚过来！我要游去趟对面，你把家伙都带上。"

苟强："？？？哥，你梦游呢？"

孟冬："别啰唆了，现在过来！"

十分钟后，苟强骑着电瓶车，火急火燎地赶到黄河边，还没下车他就嚷："你到底来真的假的，喻见刚不是说了不要吃了吗！"

孟冬指了个方向："去那边。"

苟强骑车横在他面前："你到底是怎么回事，喻见人呢？"

孟冬绕开他往前走："在家写作业。"

"她知不知道你出来了？"苟强慢慢跟在他边上，"我要不叫她出来再拉你一回？你刚不是挺听她的话，她一拉你，你就跟她回去了？"

孟冬皱眉："你嗓门再大点儿。"

黄河边上已经没人，苟强的大嗓门在夜里像放炮。

苟强勉勉强强降低音量："大哥欸，我求你了，别半夜发疯，你要是真想去对面给她买,大不了我电瓶车借你。"

"一来一回得多久。"孟冬选定地方走下坡。

苟强赶紧下了电瓶车,跟孟冬一道下去。到了岸边上,孟冬脱了T恤甩给苟强,再把手机装进防水袋。

苟强绞尽脑汁地劝:"你明天给她买不行?明天放学我陪你去趟对面,你要是真等不及,大不了明天上午我们旷课半天,保管让喻见中午能吃上。"

孟冬把鞋子甩到了一边,做起热身。

"要不我们现在去给她买别的,她夜宵喜欢吃什么,小龙虾?烧烤?"

孟冬没理。

那家伙现在要是愿意吃别的倒好了。

苟强气急了,不再给孟冬留面子,喊道:"你就说吧,你是不是不纯洁了?!你不是我单纯的小哥哥了!"

孟冬动作一停,眼睨向苟强。

苟强提防着孟冬打人,特意后退半步。

孟冬倒没凶,语气还不急不躁:"你少胡说。"

苟强嗤笑。

孟冬扭动肩膀和脖子,望着黄河目测游过去的时间和距离,说:"我是看她可怜。"

苟强翻了个白眼:"她可怜个鬼啊。"

"上回五一她回家,是因为她表哥发生意外去世了。"

苟强一愣,这他倒还真不清楚,只知道五一过后,喻见确实少了笑脸,平常她总跟孟冬打闹,那一阵别说打闹,连话都少了。

苟强挠头,又唉声叹气:"那你也不用大晚上的,为她送死吧。"

孟冬一脚踹过去:"不会说话就闭嘴!"

苟强自打嘴巴:"好、好、好,我反正肯定劝不动你,你主意大得很。"他望向河对岸,"可这都多少年没游了,你不慌我慌啊。"

对岸属于外省,小时候他们不懂事,胆子大过天,偶尔会约上几个伙伴一起游到对岸,吃喝玩乐一通后再游回来。

那时他们没有生死概念,两岸之间的距离又不远,他们每天的精力也充沛得无处发泄。

现在已经不同了,人长大了自然懂得了生死,心存了畏惧。在河里泡一泡没问题,游过岸这事基本已经没人敢做。

今晚倒是没什么浪,可谁知道河面之下是什么情况。

苟强不放心,千叮咛万嘱咐:"你可一定要慢慢来,游不动了就马上返回,千万别逞强,喻见少吃一顿也饿不死。"

孟冬嫌他啰唆:"行了,你帮我看着。"

"知道,知道,你当心啊。"

孟冬一头扎进了黄河,浪声哗啦。

他没断过游泳,不上学的时候,他的体育活动基本就是打球和游泳,但游黄河不同,阻力比在泳池里游要大得多。

幸好他手长腿长,体能过关,小时候有经验,刚才又预估了一下耗时,他能控制自己在水中的体力流失。

游过半程其实已经有些累了,他望向灯火通明的对岸,想着刚出门时,他在院里看见二楼的灯还亮着,不知道这会儿那盏灯关没关。

他攒足劲,加速往对面游去。

不知道有没有超过他的预估时间,孟冬游到对岸时没马上起来,他在岸边趴了一会儿,稍稍喘匀气,他才站起身,朝河那边挥了挥手。

苟强一直抱着孟冬的T恤坐在岸边,眼睛都不敢眨一下,嘴里还在不住祈祷。

他不知道孟冬游泳时是什么感受,他只知道他自己的感觉是度秒如年,等过了孟冬预估好的时间,他还没见孟冬上岸,他差点儿等不及要打电话叫人。

终于见到那疯子朝他挥手了,苟强差点儿哭,他没好气地从地上跳起,知道孟冬听不见,他还是大骂:"你真是个疯子!"

孟冬抹了抹脸,踩着台阶上去。

他就穿了一条裤衩,湿漉漉地走进人群,难免招人打量。

没在夜摊上看见卖鞋的,他加快脚步朝小吃店走去,店不远,他迅速买了两份水晶饼和蜜三刀,装了几层袋子后,他又装进了带来的防水袋。

店主忍不住好奇地问:"你别是从对面游过来的吧?"

孟冬"嗯"了声。

店主目瞪口呆:"你可真行。"

孟冬蹭走粘在脚底板的小石子,抓紧时间原路返回。

等他再一次从水里出来,就听头顶一声嚷:"我打死都不信你是单纯地可怜喻见!"

孟冬没力气回嘴,他仰面躺在地上,闭着眼睛喘气。

苟强绕着他踩脚:"没死吧?你死了吱一声,我让喻见来给你收尸!你老实给我交代,你俩现在是什么情况!"

孟冬胸口起伏,他闭着眼手一伸,一把抓住苟强脚腕,狠狠一拽。

苟强扑通一下砸地上,狼嚎般地喊着疼。

休息够了,孟冬穿上T恤拖鞋,让苟强送他回家。

苟强老老实实地将人送到家门口,嘴巴又贫了一句:"要不我跟你进去,跟可怜的小见见打个招呼?"

孟冬朝电瓶车轮踹了一脚,他力气大,苟强差点儿被踹倒。

苟强稳住后嘲笑他:"还不承认你被我说中了,要不你怎么今晚踹我两次,都不来点儿真刀真枪的?"说着转动把手,一溜烟地逃走了。

孟冬进院子,先看了一眼二楼。二楼窗户紧闭,灯还亮着。

孟冬这才去水龙头边冲干净身上,然后摘掉包裹着食物的几层袋子,检查了一下吃的,确认完后,他上楼,敲响了小可怜的房门。

这一晚,小可怜不停地问孟冬:"你到底是怎么去的?"

孟冬说:"我游过去的。"

"你想骗我。"小可怜说。

"嗯,坐车去的。"

"你到底怎么去的!"

他说实话她不信,他说假话她也不信,女的就是麻烦。

等洗完澡出来,孟冬看见小可怜坐在茶几边上,一边写写画画哼着歌,一边吃着他买回来的东西。

孟冬没马上回房,坐在沙发上让她再唱一遍歌,她乖乖地给他唱了。

他其实不爱听歌,但大约是这趟游黄河太耗体力,他现在一动都不想动。连眼睛也懒得动,盯住了一个方向,他就不想再动了。

这之后,酷热渐消,天气转凉,喻见的饮食也逐渐恢复了正常。

有天孟冬从外面回得迟,他冲凉进屋后,外婆和喻见已经在吃晚饭了。

曲外婆说他:"天凉了,你小心感冒。自己去厨房盛饭。"

孟冬踢了一下小可怜的椅子脚:"去盛饭。"

喻见看向他的腿:"我看你腿没事啊。"

孟冬捏住她脸颊:"你胖了,让你多动动是为你好。"

曲外婆赶紧喊停:"你怎么又欺负见见,快放开她!"

孟冬又捏了两下喻见脸上的肉,才在她即将暴走前收回了手,转身进厨房盛饭去了。

后头的人还在喊:"你手上都是水!姓孟的,我跟你势不两立!"

孟冬掏掏耳朵。

没多久,学校组织的秋游结束之后,孟冬接到了父亲和母亲分别打来的电话。父亲远在英国,问他有没有出国念大学的打算,母亲远在柬埔寨,直接要求他从现在开始准备出国的事宜。

孟冬下意识地就拒绝了,父亲问原因,他说:"没什么原因,就是不想出国。"

父亲道:"这不叫原因。我跟你妈不同,向来不会逼你做你不愿意做的事,但这次情况不一样,这关乎你的未来。你从小到大都很懂事,从没让家里人给你操过心,我不信你不知道出国的好处。爸爸希望你考虑清楚,现在还有时间,你再好好想想。"

孟冬连着几天都没松口,外婆和喻见都知道他的脾气,所以没当面给过他建议。

孟冬白天照常上课和准备竞赛,晚上一闲下来他就去打球出一身汗。发泄到筋疲力尽后大脑能得到一段放空的时间,他觉得只有这段时间才真正属于他。

晚上又一次打球到深夜才回，孟冬在院子里冲了一把脸，见边上仓库门没关，里面还亮着灯，他撩起衣服下摆擦了擦脸，然后走了过去。

仓库里的东西被整理得井井有条，喻见披着校服外套，靠在桌上像是睡着了。

孟冬手插着兜走到桌边，垂眸看着人。

这家伙脸上的肉是长回了一点儿，但有时候看着，他还是觉得她有点儿可怜样，胆小起来连窑洞山的石头路都不敢走，但胆大起来又嚷着要跟他势不两立。

孟冬伸出手，指头戳住喻见的脸颊，看着她脸上的肉在他手指下凹下去，他心情莫名好了许多。

戳了一下，他挪位置再戳一下，戳着戳着，大概是扰到人了，小可怜皱眉，动了动。

他手指没离开，仍旧戳着她的脸，说不清在等待着什么，可是等了半天，对方再没其他动静。

孟冬收回手，心里有点儿说不清道不明的失望。他把边上的椅子拉了过来坐下，脚架在桌上，他懒洋洋地瞧着睡得像死猪一样的家伙。

时间没法再拖。

不多久，母亲在电话里又哭又劝，给他下了最后通牒。

孟冬其实很清楚利弊关系，他对自己的未来有着雄心壮志。

这天他松了口，对电话那端说："行，我出国。"

可是做完这个无比正确的决定后，他心里像蹿起一把大火，愤怒又烦躁，还带着点儿不安。他无法再靠打球发泄自己，他把卧室的椅子踹倒在地，下楼就问："喻见呢？"

"她今天跟新认识的朋友在山上聚餐。"曲外婆说，"你下来得正好，开饭了。"

孟冬顿了会儿，问："她什么时候回来？"

过了会儿，他又问一遍："几点了，她还不回？"

曲外婆后来给喻见打了一通电话。

饭后喻见还没回。

孟冬在客厅坐了一会儿,起身对外婆说:"我去接她。"

他骑上车,像发泄着火似的飞快抵达了山下,又大步往山上走,没多久就看见上方石头路上的两人亲密地站在一起。

孟冬盯着他们,叫了一声:"喻见。"

喻见看见了他。

孟冬等着他们走下了阶梯,心里的怒火已经失控,他一拳头挥了过去,砸中那个给喻见送过信,名叫许向阳的男人。

喻见阻止,他朝她大声喊:"你不知道他的心思?!"

火熊熊燃烧。

这一天,孟冬再也无法忍受他每天强行压制的冲动。

[番外二]

小四季

ZAI DONG

（1）

"小四季"的卷帘门被拉了下来，喻父喻母拖地擦桌，为明天的重新开业做准备。

两人擦着擦着，不知不觉都放慢了动作，喻父的拖把撞到了桌角，喻母的抹布差点儿掉地上。

对视了一眼，喻父先开口："我怎么觉得有点儿假呢？"

喻母捏着抹布说："我也觉着像在做梦。"

"这个孟冬……"喻父狐疑，"真是小阳春？"

"这个肯定不会错，我们是听习惯了叫小阳春，但他大名叫孟冬，我肯定不会记错。"喻母皱眉，"我怀疑见见大学时候交往的那个男朋友，其实也是小阳春。"

"哑……"喻父把拖把搁边上，道，"你是说，就是以前我们在她租的房子里发现的那个？"

"对，就是那个。"

那年喻见出事，右耳受伤，他们夫妻俩一道去了Y省照顾喻见，陪她出院回她租住的公寓后，他们发现了房子里有男性用品。

从前他们私下想喻见的时候，也讨论过喻见大学里谈没谈恋爱的事，但他们做父母做得很传统，跟孩子的相处不像朋友，喻见有什么心事都不会跟他们交流。

他们也是从孩子一路走过来的，自然清楚大部分小孩喜欢瞒着父母过他们自己的生活，对闺密兄弟无话不谈，对父母反而有所保留。

因此，他们虽然思想观念很传统，但并不古板，喻见不说自己的感情生活，他们也不会追着问，反正她的感情要是修成正果了，总得把男孩带回家见父母的。

那回他们在喻见的公寓里发现了男性的衣物用品，想问又怕挑起孩子的负面情绪。

喻见伤了耳朵，虽然她表面看起来一派轻松，但他们当父母的怎么会看不出孩子掩藏起来的低落情绪。

而她出了这么大的事，他们都没见到男方身影，他们私下猜测两人可能闹矛盾或者分手了。

所以他们当时不想刺激她,等他们离开Y省回到家,又过了一段时间后,他们才在电话里问起喻见男朋友的事。

那时他们已经知道了喻见一直瞒着他们右耳听力受损严重的事,也知道了喻见自作主张地办理了休学,他们担心、难受又气得火冒三丈,最后挑明了问她:"你那个男朋友呢?"

喻见没否认男友的存在,她当时回答得轻描淡写:"已经分了。"

他们想再问得仔细一点儿,比如他们是什么时候分的,那男的是不是因为她耳朵坏了所以嫌弃她?

可是喻见什么都不跟他们说,他们很长一段时间都只能自己胡思乱想。

喻父没心思拖地了,他拉开椅子坐下:"你不是跟小阳春的外婆是好姐妹吗,他外婆知不知道他们的事?就没跟你提过?"

喻母也放下了抹布,坐下说:"我们是以姐妹相称,事实上以她的岁数来说,她是我的长辈,哪能真像小姐妹一样相处啊。而且你不看看我们这儿离她那里有多远,这么多年,也就她老公过世的时候我们才见上过那一面。"

"你平常就不跟她聊天?"

"也就见见在她那里上学的时候聊得多了些,后来只有逢年过节给她发条微信。本来我每年都给她寄点儿礼物去,前几年她不是到处旅游就是去柬埔寨她女儿那里,人都不在家,所以让我不用寄了。这么一算,我上次跟她联系还是去年过年的时候,也不清楚她到底知不知道,反正她从来没跟我提起过。"

喻父想了想,拳头敲了几下桌子,道:"难怪呢,见见和佳宝一直不告诉我们这个人叫什么名字。"

喻母说:"佳宝一定是听了见见的。"

"见见肯定是跟她说,不想让我们担心,所以让佳宝什么都别告诉我们。"

"这么一说就想得通了,见见一直拦着不让我们去看望他,就是怕我们把小阳春给认出来了。"

"结果今天还不是把人领到我们跟前来了？"

"还又在一块儿了！"喻母皱眉，"刚人都在，见见的那个经纪人也在，我是不好多说什么，待会儿回去我一定要问清楚了，他们两个到底在玩什么把戏！"

喻父严肃道："还让我们提心吊胆了这么久，这个孟冬是一点儿都没把我们放在眼里！"

喻母翻个白眼："怎么不说是你女儿！"

"那怎么能一样。"

另一头，从医院复查完回来，孟冬就联系了那位房产经纪，约好看房现场见。

蔡晋同没有同行，独自回了酒店。孟冬带着喻见先去吃饭，吃完后才去约定地点。

房产经纪带他们看的第一套房位于江边，套内面积不到四百平方米，是个大平层，精装修，房主未曾入住过，家具电器全是名牌。

房产经纪打开落地玻璃门说："前几天我手上的那两套好房子，一放出来就被人抢了，当时怎么都联系不上孟先生您，可把我给急坏了。幸亏那老话说得好，好东西都在后头，今天这几套房，不是我夸，保管您看了一定有一套喜欢的。"说着，又对站在孟冬边上的喻见笑道，"孟太太也一定能中意！这不连老天都帮忙吗，之前几天都是大雾，现在天气刚刚好，你们是第一对看清这江景的。"

嘴上说着话，房产经纪暗自打量这位"孟太太"，心里嘀咕着好奇怪，没见人把自己的脸包成这样出来看房的，像见不得人似的。

上了三十楼，远处江景一览无遗，阳光正好，喻见能望见江面波光粼粼，比洒了一层钻石还闪亮。

孟冬搂着她的腰，低头问她："这里怎么样？"

喻见嘴巴闷在围巾里说："你要买这么大的平层？"

孟冬说："不算很大，喜欢吗？"

房产经纪听见了这句询问，但看喻见没马上回答，他赶紧抢着说："孟先生当初指明了只要大平层,我就专为他找大平层的房源,这套房可以称得上是稀有房源了,不管是位置还是房子本身,都挑不出毛病,可抢手了。"

喻见看向房产经纪:"辛苦了,我们能自己看看吗?"

"哦,哦,好,那孟先生孟太太随意,我正好去打个电话。"房产经纪识相地回到客厅了。

耳根清净下来,孟冬说:"嫌他话多?"

"我怕你说自己看上了就不好压价。"喻见道。

"所以你把人赶走了,好说悄悄话?"

"什么悄悄话,我又没什么见不得人的。"

孟冬道:"哦,那你说说看,是喜欢还是不喜欢。"

喻见说:"好是好,就是大了点儿。"

孟冬说:"你楼梯懒得走,现在连平地也懒得走了?"

喻见想起从前,每次要走楼梯,她就在孟冬面前耍赖。

但她没觉得自己懒成这样,她扯下围巾透气,说:"谁说我懒了,我家别墅是带楼梯的。"

"你一年才回家几次,能走几趟?"

"那你买了这里我会常住?"

孟冬说道:"不是你说的吗,以后不管在哪里工作,你总要回家的。"

这句话好像是在她大二时说的,那年她准备为父母买房,孟冬问她以后打算去哪里工作,她当时心里没数,只是肯定不论将来她会走到哪儿,最后一定是会回到父母身边。

所以孟冬才会来这里买房子⋯⋯

喻见没想到他会连这么一句随口说的话都记得一清二楚。

她踢了踢脚问:"那你是想买养老房啊?"

"你想当养老房也没问题。"

"你钱太多吧?"

"这么几年下来,我才存到这一套房钱。"孟冬道。

喻见不说话了。

有几根头发蹭到了喻见的眼睛,孟冬替她拨开,说道:"你这人吧,初中毕业了连四季豆都不会择,才进一趟厨房就把想去新东方当厨子的愿望给放弃了。"

喻见听到这里,瞪眼推了他一下。

孟冬一笑,捉住她的手接着说:"你就不是个能吃苦的性子。"但还是吃了很多苦……孟冬边想边说,"总得给你最好的,才养得住你。"

喻见说:"我需要男人养?"

"我就大男子主义了。"

"难怪你动不动就跟我动手。"

"你讲话得摸良心。"孟冬握着她的手,按住她自己的心口。

喻见说:"衣服穿多了,摸不出来。"

孟冬道:"这里不好扒你衣服。"

喻见又瞪他一眼。

孟冬笑了笑,轻声说:"估计得再过一两年,我才能赶得上你。"

喻见垂下眸,使劲眨了几下眼,压下情绪后才故意说:"一两年就能赶上我,你这是看不起我?"

孟冬把她上下嘴唇一捏:"你还是少说话吧。"

喻见呜呜叫。

这套房子设计规划得很合理,主卧面积最大,双儿童房把男孩女孩都考虑到了,父母房跟其中一间儿童房的阳台相通,保姆专用套间也弄得很贴心。

孟冬和喻见都很满意,但他们还是去看了另外两套,一套四百多平方米,一套三百多平方米。

看完后喻见想直接定下第一套,孟冬说:"晚上回去问过你爸妈再给中介打电话。"

"问我爸妈干吗?"

孟冬摸摸她的头说:"这些年你不光是没长个。"

喻见过了几秒才听懂他的潜台词,踹他说:"岂止,我看到你就想揍你的毛病也没改!"

上午在饭店碰面时说好的,晚上孟冬去喻见家里吃饭。看完房子,两人先去买礼物,到别墅时天还没黑,喻父喻母已经备下了一桌好菜,还剩一道汤在燃气灶上煲着。

喻父虽然嘴上说孟冬没把他们放在眼里,好像很不满意孟冬似的,但这桌菜全是出自他的手,连摆盘都格外用心。

吃饭的时候,喻母问孟冬:"你外婆知道你跟见见的事吗?"

孟冬实话实说:"我爸妈都知道,这几年我们怕外婆担心,所以还没告诉她,这次过年我打算回去一趟。"

喻父和喻母不动声色地对视了一眼,都听出来了——这两个小的这些年有些坎坷。

孟冬顺便把他打算在这里买房的事说了,让喻父喻母帮忙参谋,提提意见,三套房里哪一套房更好。

喻父喻母哪懂这个,但孟冬的举动让他们感到无比熨帖——他好像也没有不把他们放在眼里。

比喻见懂事多了。

但喻父忽然想到一点:"你现在能在我们这儿买房?你不是S省的户口吗?"

孟冬说:"可以,房本写见见的名字。"

"啊?"喻母惊讶,"写见见的名字?"

喻父也惊到了。

孟冬又说道:"除非我跟见见在买房前先把结婚登记办了,否则只能这样。"

喻见在喝汤,听到孟冬这句话,她不小心呛了一下。

她知道孟冬让她父母参谋买房是为了以示尊重,没料到孟冬会突然来这一句。

这一下,喻父喻母的视线双双挪了过来,像是被粘在了喻见身上。

饭后喻母进厨房收拾,喻父去泡茶,喻见坐在沙发上说:"买公寓不限购。"

孟冬给房产经纪发着微信,说这两天去办理过户,他捏捏喻见的脖子,边打字边说:"我就喜欢住宅。"

"小心你的身家打水漂。"

孟冬牵了下嘴角,捉住喻见的手亲了一口,其余什么都没说。

过了会儿,喻见脑袋在他肩膀上蹭了蹭。

喻父泡茶泡到现在还没出来,喻见朝厨房的方向望了一眼,小声道:"我爸妈肯定在说你。"

"好话坏话?"

"你去偷听一下不就知道了。"

"我去不合适,你去。"

喻见穿上拖鞋,真的悄悄去了,孟冬看着她的背影,好笑地摇摇头。

喻见走到厨房门口的时候,正好听见喻父说:"我就问他这几天有没有空。"

喻母道:"有空怎么样,没空怎么样?"

喻父说:"他要是说有空,我就让他来饭店里帮忙。"

"你脑子没问题吧,啊?"

"你才脑子有问题,你没听出他的暗示啊,还想着马上跟见见登记结婚,想得倒美!"

喻母道:"那你既然这么不愿意,现在直接出去拆散他们好了。"

喻父:"我说不愿意了?我总要考验考验他的诚意。"

"我说你是不是最近几天没开店,闲出病来了,电视剧看多了吧。"

喻父喻母小声吵了起来,喻见没往下听,溜回去跟孟冬说:"我爸想让你去饭店帮他几天。"

喻见原本只是觉得她爸这主意有点儿损,挺好笑的,所以她才会告诉孟冬,事实上直到孟冬离开别墅,她爸都没把这馊主意给落实下来。

可是第二天,喻见还在家中睡觉的时候,意外接到了母亲的电话,母亲捂着话筒小声跟她说:"孟冬来店里帮忙了。"

她昨晚没再回酒店,跟孟冬说好十点一起去找房产经纪签合同,现在才七点多,父母在卖早饭,她觉得可能是自己没睡醒,听岔了。

她道:"妈,我没听清,你说什么?"

"我说,孟冬来我们饭店帮忙了。哎呀,我给你看!"

说着,电话挂断,微信视频发了过来,喻见接通。

画面有些混乱,饭店闭门了七天,重新开张后来光顾的客人格外多。喻见看到一个高大的身影,穿着件深蓝色毛衣,系着店里的围裙,端着两只瓷碗挤到一张桌前,放下碗后又马上转身进厨房。

她从没见他系过围裙,他在她的记忆中,是夏天站在水龙头旁冲凉的少年,是冬天捧着电脑写论文的学霸,是和她一样宁可啃面包、泡面也不愿意下厨的懒鬼,是穿着西装衬衫日渐深沉的社会精英。

这是她第一次,看见他为她系上围裙,奔走在逼仄拥挤的小饭店里,给人端上一碗碗滚烫的馄饨和面条。

喻见没了睡意,她捧着手机看了许久,直到喻母说要挂电话了,她才恍惚抬头,在床上又坐了一会儿,她下地去卫生间洗漱。

洗漱完,她翻出一只口罩戴上,对着镜子照了照。

其实被人认出也没关系,大家都知道那是她父母的饭店了。

她也可以去店里帮忙。

(2)

孟冬在"小四季"里帮了两天忙,喻见也跟着去了,她没给人端盘子,就在后厨帮忙择菜。

但喻见厨房活干得少,手速太慢耽误事,喻母说她是诚心来捣乱的。

蔡晋同也觉得喻见在捣乱,听说喻见上饭店干活了,他火急火燎地从酒店里冲了过去,义正词严地要求喻见履行职责,不能继续耗在这里了。

这回喻见没反对,她让蔡晋同订了后天的机票。

晚上喻父喻母在卧室里说话。

喻母常年做事,手老得快,喻见给她买了许多大牌的护手霜,喻母用着其实没多大感觉,但买都买来了,她舍不得浪费,所以只能强迫自己每天涂抹。

喻母搓着护手霜上床,说道:"我看孟冬还不错,以他的脾气竟然肯在我们饭店里连端两天盘子,真挺给我们面子的。"

"啧!"喻父瞪她,"你怎么说话的,说得好像他多了不起,他是什么大官啊?端端盘子还是看得起我们?"

喻母拿胳膊肘撞了一下丈夫:"我是说以他的性子。"喻母指指天,"他妈眼睛长在头顶上,孟冬多少也有点儿像他妈。"

喻父没听懂:"你这是夸还是骂?"

"算是夸吧。"喻母道,"孟冬应该说是傲,他人挺傲的。"

"你才见他几面,这么了解他?"

"他外婆以前跟我聊天的时候自己说的,说她外孙脾气犟,性子傲。"

喻父想了想说:"那跟见见挺像。"

"是吧,"喻母笑着道,"我也这么觉得。"

喻父一笑:"难怪他们俩第一次见面就能打起来。"

"何止第一次见面的时候打了,曲姐以前经常跟我说,见见和小阳春一碰面就打架,她每天被吵得头都要炸掉了。"

喻父好笑地摇摇头:"一眨眼都过了这么多年,那会儿他们才多大,我记得我们一家三口去芜松镇的那回,连张火车卧铺票都舍不得买,见见还跟小孩子一样。"

"孟冬也是,那会儿跟见见差不多高,误打了人让他道歉,他不情不愿的,还伸出手让我们看见见牙齿咬的那处伤。"

"转眼他们都要结婚了。"

喻母刚在闻手上的香味,闻言看向丈夫:"哪里说就要结婚了?"

"连新房子都买好了,婚前房,写的还是见见的名字,那小子不都明示暗示了几回。"

喻母笑着睨丈夫:"我看你也挺乐意,还教他做你的拿手菜了。"

喻父道:"他脑子倒聪明,从小到大读书都好,一学就会了。"

喻母说:"而且你看他才多大,就买得起这么大的房子了,几个人在他这岁数能做到?"

"见见啊。"

"那赚钱方式不一样,不能比。"

这点喻父认同:"孟冬是不错,不错。"

喻父喻母完全挑不出孟冬的毛病,又早做好了这两人随时会结婚的心理准备,因此过年前,喻见说不能在家过年三十了,要和孟冬一起去芜松镇看望曲阿姨时,喻父喻母全都没意见。

年前那段时间,喻见回北京工作,孟冬要飞一趟英国,去处理手头的事务。

孟冬高中毕业后就去了英国,他所有的资源和人脉也全都在英国,想回国发展相当于在白纸上重写开头。

幸好这几年他打下了一定的基础,去年起他已经开始有计划地将一部分业务转移到了国内,但这两年他还是需要英国中国两头跑。

孟冬先陪喻见回北京,在北京的时候他跟她聊了聊之后的事情。

如今他们比从前成熟许多,懂得了理解对方,也有了经济能力,彼此也都愿意妥协。

喻见平常也忙,但她拥有很多时间用来创作,她觉得英国的风景应该能给她带来不少灵感。

她又忽然想起从前读书的时候,孟冬说他准备了房间等着她去,可她一次都没去过英国。

想到这里,喻见往孟冬胸口一钻。

孟冬从善如流地将人抱住。

孟冬飞了一趟英国,又赶在喻见工作完成的时候回北京跟她会合了。两人先去喻见家,陪喻父喻母待了两天,然后在腊月二十七这日出发前往芜松镇。

早前喻见看新闻,知道她读高中时,每年寒暑假来回乘坐的那条火车线路即将被取消。她心血来潮,想在它消失前,再坐一趟那列熟悉的火车。

孟冬自然愿意陪着她,即使知道春运期间坐火车就是受罪,他也早早买好了软卧票。

两人顺利登上火车,进软卧包厢后,喻见边打量,边摘帽子围巾。

高级软卧是两人间,床是上下铺,大小和硬卧的没差,都只容一人睡。这里还配备了行李架、电视机和独卫,床铺对面还有一张单人沙发。

孟冬放好行李箱,从随身带的旅行包里拿出两瓶苏打水,问:"之前都没坐过软卧?"

"嗯,我都坐硬卧。"喻见脱下外套,坐到床上说。

"上铺下铺?"

"硬卧分上中下,我都坐过,上铺坐得多,寒假的时候下铺总抢不到。"喻见问孟冬,"你以前是不是没坐过火车?"

孟冬还真没坐过国内的火车,他只坐过国外的。但他到过几次火车站。

喻见问:"你去火车站干吗?"

孟冬脱着外套:"你说呢?"

"嗯?"

孟冬把外套扔到上铺,朝喻见伸手,喻见把自己的羽绒衣给了他,孟冬也把它扔到上铺,说着:"我第一次去火车站是为了送你。"

喻见回想:"是不是高一下学期那次?"

"嗯。"孟冬卷着袖子,坐到喻见边上说,"还给你带了饭,你死活不吃。上车后吃了?"

"吃了。"

"没馊?"

"你是不是盼着那份饭馊了?"喻见拧开一瓶苏打水,递给孟冬,"你那回不是特意送我去的,你是去接你妈。"

孟冬喝着水看着她,不语。

喻见顿了顿,才道:"你那个时候自己说的,你要去机场接你妈,顺便才送我去火车站。"

孟冬"嗯"了声,放下水瓶,眼仍瞧着她。

喻见眯眼:"原来你撒谎啊……你那个时候就喜欢上我了?"

孟冬掐她脸。

喻见想躲:"干吗?"

"看看有多厚。"孟冬说。

喻见觉得自己的脸皮就算有了厚度,那也是被孟冬给捏肿的。

这趟火车要开二十多个小时,他们下午上车,到站正好是第二天中午,晚上得在火车上过夜。

火车行进的声音哐锵哐锵,喻见已经很多年没听过。

她还记得这一路的风景会从绿意盎然变成恢宏荒凉,十多年前她第一次坐火车前往芜松镇,那应该也是她第一次从电视和网络之外,真正见识到什么叫地大物博,什么叫海阔天空。

喻见把相机拿了出来,架在桌上拍摄沿路的风景。这条线路将要消失,她要把记忆中的景色记录下来。

孟冬帮她调了调镜头,问:"打算录下全程?"

"不,分段录。"喻见抽出张纸巾擦窗户,窗户有些脏,镜头不够完美,可惜擦不干净,因为脏的是外面。

喻见有点儿失望,她把纸巾扔了,跟孟冬聊天:"我第一次坐火车,睡的是椅子。那个时候要去你家,我爸妈舍不得买卧铺,就买了硬座。"

"你能睡?"

"能睡啊,我爸在地上坐了一夜,我躺在双人座上睡觉。"喻见从前觉得习以为常,懂事后才意识到父母对她有多疼爱。

孟冬挑眉笑了下。

喻见问:"你笑什么?"

孟冬说:"我在想一件事。"

"想什么?"

孟冬舒展了一下筋骨,说:"想你那个时候有多矮。"边后背靠向墙。

因为他个子高,上下铺间距又不够长,他还朝上看了眼,在喻见眼中,更觉得他老毛病犯了,又在显摆自己的身高了。

"缩着腿的话,成年人也能睡好吗!"喻见又提醒,"别忘了那个时候你跟我一样高。"

孟冬懒洋洋地靠着墙,回应得漫不经心:"是吗?"

喻见最讨厌孟冬用这种姿态跟她讲话,好像是在说"真拿你没办法"。

看起来像在让着她,但每次都能把她气炸毛。

喻见没好气地去拍他大腿,孟冬让她打了几下,然后捉住她手腕,笑着把她抱进了怀里。

人在火车上会觉得无所事事,停靠了几站,车也没停多久,想下车走走也不行,待无聊了只能在车上闲逛。

吃过晚饭,喻见穿上羽绒衣,和孟冬去逛硬座车厢,路上她说:"看你没见过世面,带你见识见识。"

孟冬好笑,可惜这会儿她裹着围巾,没法捏她的脸。

硬座车厢人太多,晚饭时间还有一股味道,喻见隔着围巾都能闻到,她指着一张双人座说:"我第一次坐火车,坐的就是那儿。"

"这么久了还记得?"

"第一次坐火车太兴奋了,忘不了。"

像她当年的性格,孟冬忍不住揉了下她的脑袋,说:"你等会儿。"

孟冬走到那张座位边上,跟四位乘客交谈了一番,然后回头朝她招手:"过来。"

喻见把围巾往上拉了拉,走了过去。

四人起身相让,喻见坐到椅子上,孟冬拿出手机给她录视频。

孟冬体格大,站旁边一挡,别人很难看到喻见的正脸。喻见趁机把脸露出来,让孟冬好好拍摄。

录得差不多了,喻见心情正愉快,忽然听到孟冬说了一句:"你顺便躺一个给我看看。"

喻见气得又要动手:"孟冬——"

孟冬将她围巾往上一拉,堵住了她的声音。

回去的路上喻见拉着他胳膊,能踹他几下就踹他几下。

天黑了,喻见把旅行睡袋拿了出来。睡袋比床宽,多出一大截,她仔细调整了一下,铺完后躺上床。

孟冬洗漱完走出卫生间,踢了踢床板:"下来。"

"干吗?"

"我没地方躺。"

喻见手指朝上:"你睡上面。"

"就不能你睡上面?"

"我床都铺好了。"

"上面太低,我睡不了。"

"床小,躺不了两个人。"

"所以我让你下来。"

"当我不知道我一下来你就要明抢了?"

孟冬忍俊不禁,干脆动手把人抱下来。喻见也不故意逗他了,自觉下床说:"不是应该让我往里面缩一缩吗,我不要睡外面。"

"不让你睡外面。"孟冬躺上床,一下就把整张床给占据了。

他朝她拍了拍手,然后张开手臂说:"过来。"

喻见怀疑这样根本没法睡,到半夜,他们两个中的一个,一定会去上铺。

她踢掉拖鞋,往孟冬身上一躺,孟冬将她搂住。

暖融融的,也不用怕掉下去,喻见闭眼说:"早知道睡觉可以垫着你,我就不铺睡袋了。"

孟冬笑了笑,在她额头亲了一口。

孟冬很久没睡过这么小的床了,过了不知多久,他在睡梦中想翻身,念头刚起,他又马上意识到他正抱着人,不能翻。

他一下子清醒过来,睁开眼,月光照亮着车厢。

他没敢大动,亲了亲喻见的脸,他想继续睡,可一时半会儿睡不着了。

过了一阵,他才发现火车没发出哐锵声,车好像静止不动了。

他转头想看看,怀里的人动了一下。

"怎么了?"

"车停了。"孟冬摸摸喻见的头发,"你接着睡,我去看看。"

喻见从他怀里起来,睡眼惺忪地望向车窗外,孟冬也跟着坐了起来。

火车停在一片荒野,他们看见有几个乘客模样的人在外头走动抽烟。

喻见估计:"可能是火车出现了故障。"

孟冬问:"你知道?"

喻见说:"我第二次去你家,也是第一回自己一个人坐火车那次,就出了故障,火车在路上停了很久,可能有半小时。"

孟冬望了一会儿窗外,问:"要不要出去走走?"

"都几点了,不去。"

"那我去走走。"

喻见想找水喝,说:"别来不及上车。"

孟冬从放在沙发上的旅行包里拿出一瓶水,递给她说:"一会儿我就回来,你把门关紧。"

孟冬出了车厢,喻见一时也不想睡,她喝完水,又上了个洗手间,出来翻找手机里的歌曲,想听一会儿歌。

还没选定听哪首,她忽然发现窗户外贴着个人影,心差点儿从胸口跳出来。她定睛一看,才看清是孟冬。

孟冬拿着张纸巾,正在擦玻璃窗。

喻见愣了下。

孟冬隔着窗户看着她,敲了两下窗示意,他继续擦拭玻璃,擦好了问:"怎么样?"

听不清,喻见是看口型。

她把相机打开。

镜头干干净净,深夜的荒野,她的风景中有了他。

喻见站了起来,对外面的人说:"你别走。"

她披上羽绒衣走了出去。

室外寒冷,夜风凛冽,喻见头裹着帽子跑到孟冬身边,孟冬将人搂住:"怎么出来了?"

喻见望向车厢内的镜头。

这一刻,风景中有了他们。

(3)

喻见性格挺外向,通常不懂得害羞,但很奇怪,面对曲阿姨慈爱的目光,她脸颊的温度在逐步升高。

他们下午火车到站,天没黑就到家了,比从前耗时少——因为当年行车颠簸的小路早已经修整成平坦宽敞的大路了。

趁曲阿姨去厨房,喻见问孟冬:"你就没觉得不好意思?"

孟冬正找电视新闻看,说:"有什么不好意思?"

"你当年看我这么不顺眼,曲阿姨可都是看在眼里的,你现在不觉得打脸吗?"

"那你的脸疼不疼?"

"疼啊。"

孟冬忽然把她脖子一箍,亲了口她脸颊,说:"行了,不疼了。"

喻见掰他手臂:"我看你何止是不知道脸疼,你还越来越无耻了。"

孟冬不放开她,眼睛看着电视机说:"你可以告状啊,像以前那样——"他故意学她,"妈,我脚疼!曲阿姨,孟冬打我!"

喻见脑袋挣不开,被孟冬箍在胸前,她控制着笑:"你学错了,我喊的是——"喻见放开音量,"曲阿姨,我大外甥又跟我动手了!"

这招孟冬完全没料到,他蒙了一下,然后扔掉遥控器,双臂齐上将人箍得更紧了。

曲阿姨的笑声从厨房传来:"你们两个都多大了,还这么疯?小阳,我待会儿出来可别让我看见你在欺负人!"

喻见蹬着腿,好半天才从孟冬怀里逃出来,她长发乱糟糟地跑向厨房:"我去给曲阿姨帮忙。"

孟冬胳膊长,还来得及朝她屁股拍一记:"改口!"

"有便宜不占是什么来着?"喻见不说不文雅的词,她几步就闪进了厨房。

孟冬捡起遥控器,又找了一会儿新闻。客厅就他一个人,他觉得挺没意思,看了几条新闻后,他也起身去了厨房。

厨房里在做菜,曲阿姨调大燃气灶的火焰准备爆炒,见孟冬进来了,她看了一眼:"你怎么也过来了,是不是无聊了?那你去干见见的活儿吧,别让她把菜叶子都糟蹋了。"

喻见正在择菜,说:"别翻老皇历,我早就练出来了。"

299

孟冬胳膊搭住喻见的肩膀,说:"我来?"

"不用,"喻见道,"你别碍事就行了,手拿开。"

曲阿姨看出来了,孟冬进厨房是为了喻见,她摇头笑笑:"你们两个连酱油瓶倒了都不知道扶的,以后怎么过日子,天天吃泡面还是请阿姨?"

喻见说:"请阿姨。"

曲阿姨问:"阿姨放假的话出去吃?"

孟冬估计喻见会说那就多请两个,他撸了下袖子走到外婆边上:"我来炒吧,你去歇着。"

曲阿姨说:"你会吗你?"

喻见回头道:"他跟我爸学过了。"

孟冬拿走外婆手上的锅铲:"那边炖的什么汤?"

曲阿姨道:"汤你别管了,我看着,你把菜炒好了就行。"

厨房被扔给了孟冬和喻见。孟冬炒菜架势猛,一套动作行云流水,喻见被他给唬住了,觉得他手艺应该不错。事实上是喻见期望过高了,孟冬就炒了两道菜,一道油太大,一道盐放少了。但味道也还行,比她第一次做的菜像样多了,她和曲阿姨吃得心满意足。

晚上准备睡觉,曲阿姨之前只收拾出了孟冬的房间,她说:"谁让你们要给我惊喜的,在一起了不早点儿跟我说,我以为就小阳一个人回来,现在怎么办,你那房间估计都是灰尘。"

喻见说:"没事,我来收拾。"

曲阿姨年纪大了,精力不及从前,晚上通常八九点睡,早晨四点就醒,她今晚又被喻见的出现给惊喜到了,兴奋劲一过,只想回床上躺着。她没把喻见当客人看,就让两个小的自己去打扫卫生了。

喻见真去拿了抹布拖把,不过把拖把给了孟冬:"地板你来拖。"

孟冬把拖把随手一撂,去拉喻见的手:"还装什么。"

"谁装了,"喻见去扯他,"我不跟你住一间,被曲阿姨看到像什么样。"

孟冬一笑,手掌贴住喻见脸颊。

喻见问:"你干吗啊?"

"测测温度……嗯,挺烫的。"

"那是我热，"喻见歪了下脸，"暖气开太足了。"

"我也没说你害羞。"孟冬道。

"我用得着害羞吗，我是尊重曲阿姨。"

孟冬懒得啰唆，扯走抹布，他直接上手抱人："那别吵醒她。"

要真把曲阿姨吵得出房间来看了，喻见也嫌丢人，所以她打了孟冬两下，要下地自己走。孟冬没放人，他亲亲喻见的嘴："上楼了，别说话。"

等进房间，孟冬才把人放下。

两人吻了一会儿分开，喻见打量孟冬的卧室。

好像跟从前一个样，台式电脑没换，书架上摆放着满满的书，只有床上四件套是新的，不是孟冬以前用的款式。

"完全没变啊。"喻见说。

孟冬从背后搂着人，撩开喻见的长发，亲了亲她的耳朵："外婆刚跟我说，在我们结婚前把这间房重新装修一遍。"

喻见道："什么时候说的，我怎么没听到？"

"背着你说的。"

"那你什么时候结婚啊，我给你准备个红包。"

"跟你嫁人同一天，巧吗？"

"好巧。"

孟冬一笑，把人拎进洗手间："更巧的是，我跟你马上会一起洗澡。"

两人从洗手间闹完出来，上了床继续闹，凌晨的时候喻见实在太累，趴在孟冬身上让他老实点儿。

她视线正好对准书桌前的椅子，以前她常坐在这张椅子上用孟冬电脑。她用电脑的时候，孟冬经常会靠在床头。

喻见视线一转，忽然从孟冬身上起来。

孟冬去搂她："还有力气？"

喻见打掉孟冬的胳膊，拎着被子遮住胸口，手伸向电脑桌。

桌上有一个她从前没见过的笔筒，笔筒里插着几支笔，其中一支笔的笔头上缠着一根樱桃头绳。她伸手过去抽出笔，递到孟冬跟前："女人的东西，你哪来的？"

孟冬抬起眼皮看了眼。

他房间没笔筒，这显然是外婆新添的，还把他抽屉里的笔都拿了出来。

他推开喻见的手说："物归原主。"

"……我的？"

"难不成我要扎头发？"

顿了顿，喻见从圆珠笔上拆下头绳，说："谁知道你有没有这个癖好。"

孟冬猛然翻身将人扑倒："你怎么每天都欠收拾？"

喻见扑腾了一会儿，笑够了才说："你偷我东西干吗，什么时候偷的？"

"你怎么不问问自己是什么时候落下的。"

喻见只知道她很早以前就不喜欢这种小女孩才喜欢的粉粉嫩嫩的东西了，大概也就只在高中上学期，她刚开始留长发的时候起兴买过这种可爱的头饰。

她推算了一下时间，问孟冬："那我是什么时候落下的？"

孟冬看着头绳回忆了一下："高一寒假。"

他记得太清楚了，喻见一时语塞，她开始怀疑，孟冬比她猜测的，还要更早喜欢她。

喻见忍不住问："你不会是对我一见钟情吧？"

孟冬听她忽然说了这么一句，一口气差点儿没上来："那我能不能怀疑我们第一天打架的时候你就打算讹我一辈子了？"

喻见顿了顿，才道："我们还是不要太自恋的好。"

孟冬忍不住笑了，他连亲喻见数口，喜欢得不行。

闹得太晚，第二天两人都醒迟了，没听见曲阿姨叫人，估计她已经知道他们昨晚同房了。

喻见抓着被子让孟冬给她拿衣服。

两只行李箱都在房间，孟冬翻出喻见的衣服，问她："顺便帮你穿了？"

喻见故意曲解："好啊，你穿上给我看看。"

就这样，一大早他们一言不合又杠上了。

曲阿姨经过孟冬房间的时候，不小心听见了里头的打闹声，忍俊不禁地摇摇头。

她没叫他们,昨晚是她没意识到这两人已经真正长大了,今早她要是叫他们起床,她怕喻见脸皮薄会害羞。

曲阿姨体贴,喻见和孟冬两人也懂事。上午他们陪曲阿姨一道去菜场买菜,下午的时候开始准备年夜饭。

芜松镇是小镇,逢年过节放鞭炮没人管,夜里外头爆竹声声,桌上手机开着视频通话,喻父喻母和曲阿姨聊上了天。

除夕热热闹闹地过去,喻见和孟冬打算待到年初六再离开。

两人没事做,白天就骑着自行车在小镇上转悠。

车还是从前那两辆,曲阿姨保存得很好。她有自行车情怀,以前孟冬外公在世的时候,他们夫妻俩无论去哪儿,都是骑自行车的。

喻见也很喜欢这两辆自行车,她和孟冬在这车上摔过也闹过。她按了按铃,丁零一响,孟冬朝她看,她佯装着要去撞他,孟冬轻巧避开,绕着她骑了一圈。

喻见还记得镇上的那座无名山头,两人骑着骑着就到了那里,一眼望去变化颇大。

孟冬说:"后来苟强家里在这儿搭了个收费厕所,一次一块钱。"

喻见咋舌:"他家人真有商业头脑。"

孟冬一笑:"前几年这片的基础设施开发建设完了,苟强家在这儿开了间饭店。"

可惜苟强去他外地老丈人家过年了,喻见估计等她和孟冬走时苟强还没回来。

昨天她和孟冬去看望了高中老师,回来的时候经过了苟强家和方柠萱家,方柠萱家早已人去楼空,喻见骑车过去时只瞟了一眼。

山上风大,孟冬和喻见没有多待,不一会儿就回去了。

到家时正好碰见曲阿姨在视频通话,喻见一看,通话对象又是她爸妈。

曲阿姨说:"我也觉得春天办事好,天气不冷不热,婚纱好穿。"

喻母道:"是吧,我也是这么想的,见见他爸总说国庆节好,大家都有时间。"

喻父:"本来就是嘛。"

喻母:"你怎么不动动脑子,见见又不是在公司里上班的,小阳春公司在英国,他俩谁会在国庆放假?"

曲阿姨:"是啊。"

曲阿姨当刚回家的两个人不存在,仍旧自顾自地在和喻父喻母聊着还没有眉目的婚事。

喻见看向孟冬,孟冬笑着摇摇头,握住她的手。

在十三个月后的婚礼上,孟冬给这只手戴上了一枚婚戒。

婚礼是在英国举行的,只限亲朋参加,不对外邀请媒体。事后喻见只在网上公布了一段婚礼进行时的VCR,VCR里没露出孟冬的脸,婚礼上的那首背景音乐从前没人听过。

走过了冬春夏秋,又开启了一个新的四季轮回。七月盛夏,孟冬和喻见回到芜松镇度假。

这天孟冬买菜回来的路上碰见了苟强,苟强开着电瓶车,朝他按了按喇叭:"怎么又是你去买菜,你家大明星呢?"

孟冬瞟了眼对方电瓶车脚踏板上的一堆菜,说道:"怎么,你是去偷菜的?"

"去你的!"苟强配合着孟冬自行车的车速,说,"我家是分工合作,我负责买菜,我老婆烧饭。"

孟冬说:"你下次出门前记得在下巴上补个妆。"

苟强朝后视镜看了眼,有点儿糗:"就是被我老婆不小心挠了一下。"

孟冬懒得拆穿他。

苟强道:"怎么,你跟喻见就从来不吵架?我可记得你们以前天天打架。"

孟冬说:"现在都多大了?"

苟强叹气:"你是新婚,还甜着,等过两年你们就会像我这样了。"

"不会。"

"话别说得太死。"

"说了不会。"

苟强烦他这样,没好气地哼了声,转动把手嗖一下就飞走了。

孟冬浑不在意。

到了家,他推车进院子,先把菜从车把手上拿下来,放到石桌上。然后 T 恤一脱,他走到水龙头旁冲凉。

院里放着歌,他听习惯了,也会跟着哼几声。水从头冲到脚,他甩了甩头发,然后抹了把脸,忽然把水管头转向边上——

"多冲会儿。"喻见躺在藤椅上,早脱了拖鞋等着了,水冲着她的双脚,冰冰凉凉的,很消暑。孟冬连她的小腿一起冲了,冲了一会儿,他关上水龙头,喻见还没冲够。

孟冬没理,他过去拿起小几上的水杯喝水,喝了一口才发现杯子里放了一堆柠檬片,酸得他皱眉。

"你放了整只柠檬?"

"半个而已,好喝吗?"

孟冬放下杯子说:"不抢你的。"

喻见道:"我愿意跟你分享。"

孟冬蹲下来,朝她小腿拍了一记:"是不是还等着我跟你说声谢谢?"

"那你说呀。"

孟冬抬起她的小腿,放到他膝上,低头咬了一口。

喻见懒洋洋地躺着,说:"你道谢的方式真别致。"

孟冬亲她两下,帮她捏腿:"过几个月再收拾你。"

喻见听得多了,满不在乎,她指挥:"你就捏中间那一块。"

"这里?"

"对,就捏这里,稍微轻点儿。"

孟冬放轻几分力。

"你买了什么菜?"喻见问。

"青菜、胡萝卜、口蘑,还有基围虾和牛肉。"

"虾就这么放着?你放到厨房里去,外婆去邻居家拿土鸡了。"

"先帮你捏完。"

"待会儿再捏,你身上还都是水。"喻见脚趾蹭到了孟冬的胸口。

孟冬瞥她:"你脚是干的?"

"那你身上都是汗,我脚是干净的。"

孟冬捧着她的脚，故意往胸口蹭了几下，喻见叫："啊，啊，孟冬！"

"行了，你也不干净了。"孟冬说。

喻见笑着踢了他一下，孟冬继续替她捏腿。

前几年喻见到处飞，总觉得每次落地后脚下都是空空的，这会儿她的脚明明没踩在地上，却觉得落在了实处。

喻见脚趾蹭了蹭孟冬的手臂，孟冬捉住她的脚趾捏了两下。

水杯边上的红色蓝牙音箱里换了一首歌，孟冬跟着哼，喻见也跟着哼。

捏完了，孟冬亲亲喻见的腿，才把腿放回去。

"快点儿去放菜。"喻见提醒。

孟冬起身，又亲了亲喻见的嘴唇。

婚礼上的那首歌如今还在继续放，是喻见写了五六年，藏了五六年，在结婚时才愿意拿出来的那一首。

孟冬亲完喻见的嘴唇，又俯身，亲了亲她的肚子。

烈日炎炎，院子里绿意盎然。

"我先理菜，待会儿再帮你按。"

"嗯，你出来的时候帮我带个甜瓜。"

"还要什么？"

"棒冰。"

"不带。"

"我又不是没腿。"

"那你顺便把菜拿进去。起来，让我躺会儿。"

"姓孟的——"

"嗯？"

"我是你长辈。"

"我也当过你长辈。"

"你不提我都差点儿忘了！"

院门吱呀一声打开。

"哎哟，你们两个小疯子，我在外头就听见你们在吵了。再过几个月你们就当爹妈了好不好。"

喻见的小腹已经隆起,预产期在农历十月,她最近小腿开始浮肿,孟冬每天都替她按摩。

农历十月,又是一个小阳春。

[番外三]

遇见你之后,四季都是你

... ...

ZAI DONG

太阳高照,喻见在床上睡得香甜。

小小阳春醒来后,看喻见没睁眼,他跷起自己的小肉腿,左右滚了滚。

裤裤有点儿紧,勒得难受,小小阳春趴到喻见脸边上,又看了看她,她还没醒。没办法,他从小床上翻起身,爬到床尾后慢吞吞地滑到地上,然后跟跟跄跄地走到大床另一侧,从柜边地上的袋子里,拽出一张尿不湿。

小小阳春艰难地爬回床上,坐着低头研究了一下,接着扯开自己穿着的尿不湿裤裤,躺平下来,吭哧吭哧地想给自己"换新装"。

大约是母子之间心有灵犀,喻见突然睁开眼,及时扑过去,慌忙喊:"宝宝,你干什么!"

小小阳春举着新裤裤,口齿不清地吐泡泡:"妈妈,换裤裤!"

孟冬做好早餐,过来准备把人叫醒,刚走到卧室附近,就听见了喻见拔高的声音。他快走几步进入卧室,只看到小小阳春光着屁股,沾着屎的尿不湿乱糟糟地摊在床上,小家伙哼哼唧唧,拽着新的尿不湿不放手,非要自己穿。

喻见蓬头垢面,苦着脸冲孟冬道:"你儿子是不是没喝孟婆汤,自力更生得太早了!"

孟冬哭笑不得:"行了,你先起床,我来收拾他。"

喻见说:"床得扔了,都沾上屎了。"

孟冬道:"你儿子也沾上屎了,一块儿扔了吧。"

喻见下了床,边走向卫生间边跟孟冬商量:"那扔远点儿,扔近了怕他自己找回来。"

孟冬把儿子抱到专门买来换尿不湿的高脚床上,一边替他清理,一边应和道:"不如扔出省外……想不想去旅游?"

"你有时间了?"

"有一周时间。"孟冬道,"我的时间好安排,你呢?"

"我产假还没休完,空得很。"

"蔡晋昨天还找我哭,问你什么时候能接个活。"

"等我儿子长大。"

孟冬果断道:"那我待会儿把他联系方式拉黑。"

"好啊!"

"原来你们就是这么对我的?"蔡晋同义愤填膺。

他们坐在客厅沙发上看从前的视频。小小阳春出生后,孟冬和喻见在家中各处都安装了监控,定期会将有趣的监控视频保存下来。今天是小小阳春的四岁生日,蔡晋同受邀而来,不承想看到了他们夫妻对他的"心狠手辣"。

小小阳春也不能接受,他戴着生日帽,坐在自己专属的小沙发上,皱着小包子脸,声音奶声奶气,语气却老气横秋地说:"那个不是我,好脏!"

喻见吃着切块的哈密瓜说:"证据都摆出来了,你还不承认?"

"就不是我,那么脏!"

喻见道:"那么帅的小宝宝,不是你还能是谁?"

小小阳春纠结万分,最后勉强道:"就算这个宝宝是我,我也比哈布干净!"

哈布是孟冬抱回家的边牧小奶狗,还没学会上厕所。小小阳春有小洁癖,刚才看到客厅角落的狗粑粑,他严肃地向孟冬要求将小边牧送走。

于是孟冬就将小小阳春"儿时"的视频翻了出来,揭他的底:"你小时候比哈布更脏,哈布拉地上,你直接在我们的床上玩屎。"

小小阳春身心备受打击。

孟冬从喻见的叉子上夺走一块哈密瓜,教小家伙道理:"但你现在干净卫生,跟小时候完全不一样,因为你已经长大懂事了。哈布还小,我们还没教它怎么讲卫生,等教会它,它也会跟你一样懂事。"

小小阳春望着被蔡晋同抱在腿上的哈布,大概听懂了孟冬的话,他乖巧地答应:"好吧,爸爸,那我们一起教哈布拉屎。你现在要不要拉屎?你拉屎的时候记得把哈布抱过去,让它看着你拉。"

孟冬:"……"

蔡晋同抱着哈布,笑成疯子,什么怨气都没了。喻见一口哈密瓜呛在喉咙里,眼泪都快笑出来了。

客厅的监控清晰地记录下了这一幕。

烈日炎炎，今天家里意外停电，通知说两小时后会恢复正常。没必要外出找酒店，一家三口就窝在大床上，点了几支香薰蜡烛当照明，无所事事之下，孟冬和喻见只能翻起手机。

翻着翻着，就翻到了一年前的这一段视频。

小小阳春上个月刚过完五岁生日，明年他就要上小学了，如今他已经识字，这会儿正翻着他的恐龙绘本。

喻见哄儿子："别看书了，伤眼睛，我们一起看你小时候的视频啊。"

小小阳春小小一只，盘腿坐在父母中央，低头看着棘鳄龙说："看手机更加伤眼睛。"

"谁说的，现在没有灯，摸黑看书才伤眼睛。"喻见反驳。

小小阳春一本正经道："黑暗中看手机，眼睛受到的刺激更强烈，眼睛的调节系统负担会加重，而且还会刺激人的神经系统，容易造成失眠。"

喻见目瞪口呆，看着孟冬道："你儿子我是没法教了！"

孟冬搂搂她："你那点儿知识储备，早就不用勉强了。"

喻见从小是学渣，以后家里还会多一个人碾压她，趁现在小小阳春还能任由她搓圆捏扁，她伸出魔爪，把儿子猛地抱到了腿上。

"啊——"小小阳春叫唤。

喻见举起手机，打开摄像头，说："你叫得再大声也没用，宝宝，笑一个！"

小小阳春听话地咧开嘴角，被迫"营业"。

影像存在的意义就是"留住"，留住喜怒哀乐，留住尘埃和阳光，留住幼稚和成长。

小小阳春刚戴上红领巾不久，就解开了小学五年级的一道数学题，喻见觉得自己被儿子碾压的日子应该不远了。她不由得想起去年停电的那晚，自己也曾冒出这个念头。

喻见翻出当天自己用手机拍摄的那段视频，感慨道："完了，完了，时候快到了！"

孟冬好笑："明天给你买点儿核桃？"

"多买点儿，以后得长期作战。"

喻见觉得既然儿子这么聪明，也该抓紧时间培养他一些有意义的兴趣爱好，音乐能陶冶情操，家里有钢琴和吉他，甚至还有一把上低音号。

她把小小阳春抓了过来，小小阳春听完她的话，表示可以尝试。

他更小的时候，他们不是没尝试过，只是当时小家伙更沉迷于"侏罗纪时代"。

这回小小阳春乖乖坐在钢琴前，喻见终于能凭自己的真本事碾压儿子一回了。

孟冬坐在沙发上看书，听见一会儿凌乱，一会儿优雅的钢琴声，他抬起头。

阳光碎金般洒落，一大一小两个人坐在黑色的钢琴前，虽然鸡同鸭讲，但这一幕却格外和谐。

孟冬不由得想起年少时的某一天，喻见抱着吉他，弹奏着她自己写的歌，阳光也是这样洒落。他举起手机，悄悄记录下了那时的阳光、歌声，还有少女。

孟冬放下书本，这一刻，他又举起了手机。

"所以我跟儿子弹钢琴的这段视频是那个时候偷拍的啊？"

喻见整理自己的音频资料，无意中翻到了这一段，不知道孟冬是什么时候把这段视频存到电脑上的。

孟冬拿着咖啡杯走过来，说："那个时候准备换手机，我就把部分视频都传电脑上了。"

"我都快想不起这回事了。"喻见张张嘴，孟冬把咖啡杯递到她嘴边，喂她喝了一口。

孟冬道："现在有印象了？"

"当然，"喻见说，"也不是很久，那个时候儿子上一年级，现在他也才上三年级。"

孟冬也喝了一口咖啡，说："对了，小家伙今天早上跟我商量，说想跳级。"

喻见惊讶："什么时候跟你说的，我怎么没听到？"

"送他上学的时候。"孟冬道，"你那会儿在睡回笼觉吧。"

今早依旧是孟冬开车送小小阳春上学，喻见吃过早餐后确实去睡了一个回笼觉。

喻见问："能随便跳级？"

"考试通过就行，但是我不赞成。"孟冬道。

"我也不赞成。"喻见说。

童年宝贵，不用急于求成，但他们两个也不会"一言堂"，傍晚小小阳春放学回来，他们召开了一次家庭会议，探讨跳级是否值得。

小小阳春正襟危坐，列举一二三，孟喻二人也反驳一二三，双方各抒己见，据理力争，最后二比一获胜。

小小阳春气得差点儿结巴："你们本来就是一伙的，我要找爷爷奶奶和外公外婆，还有曾外婆！"

与会人数瞬时扩大，曲阿姨在手机那端无条件地站在小曾外孙这头，小小阳春的爷爷奶奶同样，喻父喻母站女儿女婿。

四比四，打成平手，喻见说："那就维持不变！"

"谁说的，还有一票！"小小阳春蹦下沙发，冲哈布跑了过去。

"哈布，你站谁？"

"汪——"

"哈布最后站了谁？"蔡晋同迫不及待地想知道答案。

"它不是汪了吗？"喻见说。

"是啊，所以呢，它站了谁？"

"它'忘'了呀，忘记了呀。"喻见道。

蔡晋同满头黑线："哈布跟你老公一样，还会玩失忆呢？"

喻见一听，看了眼身旁正开车的男人，对电话那头道："男人的天然属性吧……"

蔡晋同脑子转得还算快，气道："你怎么还骂上人了！"

喻见无辜:"我什么都没说。"

孟冬忍俊不禁,趁机捏了捏喻见的脸。

蔡晋同懒得再打嘴仗,他急切道:"行了,说正经的,你什么回来?"

"等小家伙开学。"喻见回答。

暑期两个月,一家三口都抽出了时间。孟冬买了一辆拖挂型的房车,设计好了自驾游的路线,今天是他们出发的日子。

小小阳春坐在后座,捧着中英双语版的恐龙科普书籍看得津津有味,哈布把狗头凑过来看。喻见揉了揉刚被捏的脸,挂断电话后对孟冬道:"对了,你到现在都还没说,你是什么时候恢复记忆的。"

孟冬道:"你还没猜出来?"

喻见看向他,想了想,说:"我在医院见到你的那一刻,你就是记得我的。"

孟冬微扬起嘴角:"嗯。"

"那你是什么时候记起的,就不重要了。"她出现在他面前的时候,他从未遗忘,这就够了。

喻见调整了摄像机的镜头,她打算记录整段旅程,等以后白发苍苍,满脸皱纹,步履蹒跚之时,他们还能记得一年有四季,四季皆是你。